WYIMKI Z RECENZJI

Jej powieść jest czymś w rodzaju antytezy całego tego kobiecego bajdurzenia literackiego i budzi nadzieję, że książkę tę pokochają młode czytelniczki, które się nie identyfikują z tamtymi „ciepłymi kluchami". Taka powieść musiała powstać jako zdrowa reakcja młodej pisarki, której inteligencję obraża tzw. nurt literatury kobiecej i to nie na zasadzie parodii, bo ośmieszenie tego „nurtu" to zajęcie tyleż łatwe co jałowe intelektualnie. Autorka „Suki" postąpiła inaczej: stworzyła modelową jego bohaterkę (uroda, sytuacja materialna, praca, samodzielność) namalowała coś w rodzaju obrazka marzeń klasy średniej, ukształtowanych przez reklamy i potem, z premedytacją i bez litości podłożyła pod ten cały świat bombę i zdetonowała! I świetnie tę „detonację" opisała.

„Suka" to książka nietuzinkowa. Jest z jednej strony pełna humoru, z drugiej – odwagi w poruszaniu trudnych i niewygodnych kwestii. Dodatkowy komentarz stanowią błyskotliwe rysunki autorki, które pojawiają się co jakiś czas na jej kartach.

KATARZYNA
GRYGA

Suka

WYDAWNICTWO
Studio
Emka

WARSZAWA
2013

Projekt okładki: *Maciej Sadowski*

Redakcja: *Zofia Skorupińska*

Redakcja techniczna: *Paweł Żuk*

Korekta: *Zofia Kozik*

Wszelkich informacji udziela:
Wydawnictwo Studio EMKA
ul. Królowej Aldony 6, 03-928 Warszawa
Tel./fax 22 628 08 38, 616 00 67
wydawnictwo@studioemka.com.pl
www.studioemka.com.pl

ISBN 978-83-63773-64-9

Skład i łamanie: ANTER (www.anter.waw.pl)

Druk i oprawa: ABEDIK S.A. (www.abedik.com.pl)

Suka alfa przejmuje rolę samca alfa, jeśli ten jest nieobecny

Piąta rano to zdecydowanie za wcześnie, aby wymyślić coś mądrego. Za wcześnie na pracę, za późno na giełdę kwiatów. Gdy nie mogła spać, jeździła tam, i dzięki temu dowiedziała się, że czerwone róże są najtańsze, a wszystkie inne „uczucia" – droższe. Jej pośladki wystawały spod kołdry, a żaluzje okienne rzucały na nie pasiaste cienie. *Ładny kadr, kiedyś wykorzystam go w pracy.* Kątem oka dostrzegła wyżła leżącego w nogach łóżka. *Kiedy on tu wlazł? Cholera, w mojej nieskazitelnie białej pościeli wyleguje się cielak!* Ale i tak tylko jego tolerowała w swoim łóżku. Wychodziła z założenia, że lepsze są gościnne występy w cudzych łóżkach. Jako samiec alfa musiała mieć zagwarantowaną suwerenność własnej nory. Jej nora była dostępna tylko dla niej, a wyżła tylko tolerowała. Pomiętosiła mu uszy stopą z paznokciami pomalowanymi na kolor gorzkiej czekolady. *Wyżeł, spieprzaj do siebie! Sorry, ale alfa może być tylko jeden, już cię nie ma!* Pies spojrzał z wyrzutem zaspanymi zielonymi oczami i ociężale ruszył na swoje posłanie. Nie po to kupiła mu designerskiego fatboya, aby teraz spał w jej ręcznie szytej pościeli z monogramem. Kultura łóżkowa, szeroko rozumiana, była jej bardzo bliska. Jeśli człowiek spędza jedną trzecią życia w łóżku, powinien to robić w jak najlepszych warunkach. Jedwabne koszulki, kaszmirowe pledy, pościel szyta według jej projektów, czasem zamawiana na drugim końcu świata. Mogłaby spokojnie

JEDNAK MIŁO SIĘ DO KOGOŚ PRZYTULIĆ...

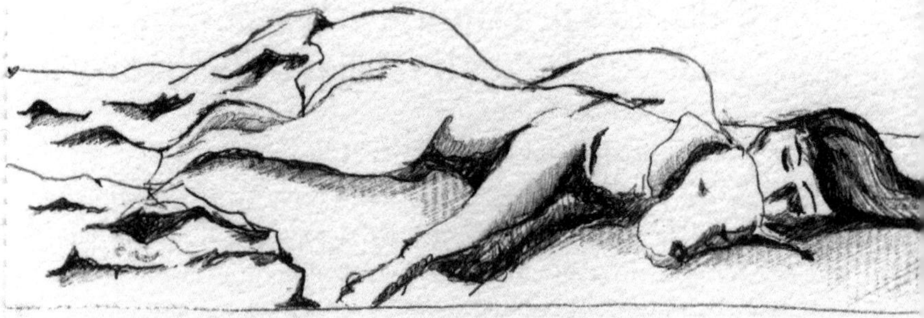

...PO SEKSIE

nazwać się snobem i lanserem, ale... ona uważała się po prostu za rozpuszczoną dziewczynkę, a właściwie chłopca z wielką słabością do ładnych kadrów i obrazków. Dlaczego chłopca? Bo chłopcom wolno więcej.

Szybko odkryła, że chłopcy mniej się przejmują, mniej przeżywają i więcej rzeczy mają w dupie. Jej to odpowiadało. Była samcem alfa, i to ona zawsze ustawiała stado. Paradoksalnie dlatego, że była kobietą, atrakcyjną kobietą – co ważne. Z tego powodu owo ustawianie stada było dla niej czystą przyjemnością. Nie musiała i nigdy nikomu nie tłumaczyła się ze swojego zachowania. Jak miała ochotę kogoś opierdolić, robiła to, jak miała ochotę wyjść na imprezę w piątek i wrócić w poniedziałek rano, *nie ma problemu*. Uważała, że życie jest za krótkie i ze swej definicji za nudne, aby bawić się w zbędne sentymenty. *Kawior je się łyżkami!* Szybko pozbyła się złudzeń, że bycie dobrym dla wszystkich da jej cokolwiek oprócz marnego uczucia satysfakcji. Poza tym zawsze z podejrzliwością patrzyła na tych do głębi dobrych ludzi, którzy jakimś sposobem pozbyli się resztek swojego egoizmu, który dla niej był tak niezbędny do życia. A nawet więcej – do przeżycia. Ludzie albo ją kochali od pierwszego wejrzenia (raczej męska część, co często ją denerwowało), albo nienawidzili (raczej kobiety). Nie zamierzała się też starać, aby ktokolwiek ją lubił, bo świetnie bawiła się w życiu sama z sobą, z resztą *samiec alfa jest zawsze sam*. Jakoś wizja samotnej starości jej nie przerażała, a problemy natury: kto okryje jej nogi kraciastym kocem, gdy ugrzęźnie w bujanym fotelu, jej nie dotyczyły. Być może dlatego, że miała dwadzieścia sześć lat, a być może dlatego, że nie wierzyła w układy do końca życia. Chyba że finansowe. Inwestowanie w uczucia uważała za większe szaleństwo niż grę w kasynie czy na giełdzie. Jak już się bawić w ryzyko, to lepiej przeprawiać się rozklekotanym autem z Tarify w Hiszpanii do Maroka. Adrenalina gwarantowana i nie trzeba do końca życia znosić czyjejś obecności. Można by ją nazwać suką, gdyby nie to, że sama nazywała się tym pieprzonym samcem alfa. Złośliwym już na wejściu wytrącała argument z ręki: *Nie, nie jestem zimną Suką, raczej samcem alfa*, a do tego uśmiechała się uroczo, więc naprawdę trudno było ją zranić. Wolała trzymać ludzi na odległość. Człowiek to *raczej niebezpieczny ssak*. Umiejętność przewidywania kilku ruchów szachowych do przodu sprawiała, że świetnie wypadała w negocjacjach, nawet wtedy, gdy przeciwnikami byli faceci dwadzieścia pięć lat od niej starsi. To nawet lepiej, *kryzys wieku średniego sprawia, że są oni przeciwnikami zachowującymi się tak nieracjonalnie jak postrzelona sarna w lesie, przy czym cały fun polega na tym, że oni ciągle uważają mnie za zwierzynę łowną, błąd! W ogóle o co chodzi z tą andropauzą, WHO już dawno powinno ją uznać za chorobę zakaźną.*

Zwlokła się z łóżka i poszła do kuchni zaparzyć kawę. Zastanawiała się, jak wygląda jej kalendarz i co powinna dziś zrobić. Opcja „nic nie muszę" była kusząca, ale wiązała się z prawdopodobnym kacem dnia następnego. Ta siła napędowa „muszę coś robić" dawała jej wielką energię do działania, lecz skutkowała też megadołami. Cały jej świat był jedną wielką sinusoidą. Zawsze zazdrościła stoikom umiejętności wyzbycia się wszelkich zbędnych emocji. I ona bardzo chciała tak mieć, niestety… *No, po prostu nie mogę, nie mogę na to patrzeć*, wkurwiało ją dosłownie wszystko. Zabrała laptopa na kanapę, odpaliła go, a w międzyczasie włączyła telewizor. Znalazł się w jej mieszkaniu zupełnie przypadkiem, a miało go nie być. Ale jej były facet nie mógł zrozumieć, jak można tworzyć produkcje telewizyjne i nie mieć w domu tego urządzenia. Na etapie budowy mieszkania wywierciła potężną dziurę w ścianie i norę na kable, aby niczym węże można je tam było upchnąć, i po ostatnich architektonicznych poprawkach decyzja zapadła. Biały płaski ekran z sieczką, która się z niego sączyła, zawisł w salonie. Efekt był taki, że denerwowała się za każdym razem, gdy go włączała. Teraz siedząc z laptopem na kolanach, który nie mógł się zdecydować, czy się uruchomić, patrzyła kątem oka na jakieś poranne pasmo, które przypominało wycinankę informacyjną. Dziewoja, której twarz nie grzeszyła inteligencją, i facet z lawendowym szalikiem pod szyją, *czy im tam jest, kurwa, zimno w tym studiu?*, i o wyglądzie pedała coś tam szczebiotali o dzieciach trenujących tenisa, o sadzeniu kaktusów w domu i o ćwiczeniach mięśni Kegla w pracy, w przerwie modelka, która ważyła w porywach ze czterdzieści trzy kilogramy przy wzroście sto osiemdziesiąt centymetrów, podała omlet z wiśniami na gorąco. *Oto dzisiejsza telewizja, wszystko, kurwa, w trzydzieści sekund. Tak jakby cały smak życia upchnąć w paczce chipsów. Swoją drogą, dlaczego wszyscy faceci wyglądają dziś jak geje? Jeśli jesteś facetem i chcesz się ubrać, możesz zostać dresem, hip-hopowcem albo gejem. Ostatnio wizerunek „na geja" jest bardzo popularny i modny. Faceci w różowych sweterkach zalęgli się jak różowe króliczki i chodzą tacy wymuskani, różowiutcy i świeżutcy.* Sama, jak mówiła, czysty testosteron wyczuwała na odległość i robiła na niego stójkę, niczym wyżeł w polu. Za to nie trzymała mężczyzn w domu. Miała dawkę testosteronu wystarczającą do życia, czyli czterdzieści kilogramów osobistego Wyżła było naprawdę OK. Skąd ta jej niechęć do gejów? Sama była biseksualna. Po prostu drażniła ją ich estetyka, która zawłaszczała mężczyzn hetero. W swojej biseksualności czuła się tradycjonalistką. Tylko piękne kobiety i męscy mężczyźni. Przy czym dla tych drugich miała specyficzną kategorię. Zupełnie nie kręciły jej kaloryfery na brzuchach. Od razu odrzucała takich, bo zakładała, że facet tak dużo czasu poświęcający na wyrzeźbienie sobie brzucha musi być półgłówkiem. Zdecydowanie bardziej lubiła urzeźbiony mózg. Ten kręcił ją najbardziej. A nie ma większej przyjemności niż muskanie pofałdowanej tkanki mózgowej. To jest prawdziwa przyjemność. Plus rozmowy o abstrakcji.

Jej łącznik ze światem zbudził się ze snu, i mogła odpalić skrzynkę mailową. Zobaczyła, że jest na niej obecny Jerz. Jurek był jednym z tych facetów, z którymi uwielbiała gadać. Tak po prostu, nic więcej. Przez moment istniało zagrożenie, że zostanie jej szefem, ale na szczęście w nieszczęściu tak się nie stało. Więc nawet jeśli to miałby być flirt, to mogła się bawić bez ryzyka.

`> Napisałam Ci, Jerzu, maila, ale nie odpowiedziałeś mi na niego. Czuję się tak, jakbym pisała listy do Świętego Mikołaja.`

> Wiem, przepraszam, mam same kłopoty.
> Myślałam, że Jerze noszą jesienią jabłka na grzbiecie, a nie kłopoty.
> Opowiem Ci, jak się zobaczymy.
> Mam nadzieję, bo ja wierzę w Święte Jerze.

Zamknęła pokrywę laptopa i poszła pod prysznic.

Sobota miała w sobie coś miłego, bo spokojnego. Ale tylko wcześnie rano. Była pewność, że knajpy są puste do około dziesiątej, potem zaczynała się histeria weekendowa. Korki, zakupy, zakupy i jeszcze raz zakupy. Ludzie łudzili się, że kolejny sweter i kolejna torba poprawią im samopoczucie i coś zmienią w ich życiu. *Co za bzdura*, mruknęła do siebie i wyjechała z garażu podziemnego. Jesienne słońce oślepiło ją, Wyżeł leżał grzecznie na fotelu obok. Umówiła się z mamą na kawę. Pierwsza filiżanka w domu, druga w centrum. Rozkład dnia według kaw. *Trzeba mieć w końcu jakiś schemat minimum*. Biorąc pod uwagę jej niechęć do schematów, ten był jednym z najprzyjemniejszych. Musiała się pospieszyć, zanim dzieci oblegną knajpy i kawiarnie. Miała czas tylko do jedenastej. Potem kończą się pasma telewizyjne dla dzieci, a rodzice, którzy układają dla swoich pociech ramówkę zabaw i rozrywek pod układ telewizyjny, wyjeżdżają wózkami z rozwrzeszczanymi małymi potworami na ulice. *Czy nie ma miejsc w tym mieście z napisem „z dziećmi wstęp wzbroniony"?* Ona, wchodząc gdziekolwiek z Wyżłem, musiała się tłumaczyć, że jest wychowany i grzeczny, podczas gdy przestrzeń publiczną zawłaszczały małe, obrzydliwe potwory i wszystko było OK. Wszystko było w porządku. Ona musiała tłumaczyć, że Wyżeł jest szczepiony, a przecież to te małe bachory roznoszą większość chorób. Kichają, są zasmarkane i zasrane. Młode matki przewijają je prawie na kawiarnianych stolikach i popierdalają po mieście jak oszalałe z chustami, w których są niemowlaki. I gdy taki mały przybysz z kosmosu drze się jak oszalały, to jego święte prawo, ale gdy Wyżeł coś chrząknie, to jest wielkie oburzenie. Przecież pies jest na etapie rozwojowym dwuletniego dziecka i zarówno pies, jak i dziecko nie rozumieją, że nie powinno się wyć. Spojrzała na małego chłopca w samochodzie obok na skrzyżowaniu, któremu ciekła ślina z bezzębnej paszczy. *Wyżeł, zmieniam zdanie, ty jesteś kilka długości dalej, nie ślinisz się bez sensu i masz mądrzejszy wyraz mordy.*

Mama czekała na nią z wielką torbą kosmetyków, które właśnie kupiła.

– Już po zakupach, widzę... – zaczęła Suka na przywitanie.

– Wiem, że tego nie lubisz, więc zrobiłam to bez ciebie. – Machnęła przegubem ze złotymi kółkami. – Zostajemy tu czy idziemy do ogródka?

Podszedł do nich jakiś strażnik z miną palanta i powiedział, że z psami nie wolno.

– Dlaczego?

– Bo on jest brudny – odparł strażnik w uniformie.

– Jak jest brudny, skoro rano brał prysznic i użył dezodorantu?

Strażnik na tę odpowiedź uśmiechnął się i wskazał stolik, przy którym mogą usiąść, zastrzegając, że psu nie wolno siadać na kanapie. Ostatecznie była w stanie zaakceptować tę opcję, ale zapomniała, że jej matka pali, zatem i tak musiały wybrać stolik w ogródku.

Jesienne słońce wpadało przefiltrowane przez białe parasole. Matka w trenczu w kolorze wanilii wyglądała wyjątkowo pięknie. Odkąd pamięta, zawsze nosiła szpilki. I ten gest! Od dziecka ją fascynował. Zapalenie papierosa i jej drobna dłoń na uchwycie filiżanki z kawą. Drobniutka, wręcz dziecięca, gdyby nie paznokcie w kształcie migdała i w kolorze soczystej czerwieni. *Jak ona mogła skończyć szkołę muzyczną? Przecież ta dłoń ledwo obejmuje oktawę.* To zapalanie papierosa, zaciąganie się nim, a później wypuszczanie dymu na bok, pozwalające przy okazji zobaczyć idealny profil matki. Zawsze uważała tę scenę za najbardziej seksualną. Wszystkie inne, z tymi filmowymi włącznie, przy tym kucały. Może dlatego, że była to jej pierwsza taka obserwacja.

Daleka od nachalnej seksualności wylewającej się z kolorowych tygodników, internetu i telewizji. Ostatnio nawet stwierdziła, że ciężko iść na jakiś koncert, bo większość wokalistek wygina się w majtkach. *Ja pierdolę, czy one naprawdę nie mają się w co ubrać? Co za durna moda!* Sama się na siebie wściekła, że denerwuje się bez sensu.

Matka była dla niej jedną z tych nielicznych osób, z którymi mogła swobodnie milczeć. Nie z każdym można, bo zapada krępująca cisza. One mogły sobie na to pozwolić, szybki przegląd prasy żadnej nie urażał ani nie powodował zamieszania. Zawsze twierdziła, że prawdziwych przyjaciół poznaje się po jakości milczenia.

– Nie, nie mogę tego czytać – powiedziała matka. – Zmiany regulacyjne mnie wykończą, kto w tym ministerstwie sprawiedliwości przygotowuje te nowelizacje?

– Nie chcę cię zmartwić, ale dzieci albo studenci prawa. – Wiedziała, że matkę to martwi, bo jest adwokatem, ale nie zamierzała słuchać o tym w weekend. – Obawiam się, że nic na to nie poradzisz.

– No i właśnie to mnie martwi. Jak nie będę miała siły znosić dalej tego wariactwa, to mnie dobij!

– Mamo! Jak? Teraz są ciężkie czasy, Sylvia Plath mogła przynajmniej włożyć łeb do piekarnika, a te dzisiejsze są elektryczne. Nawet poparzyć się porządnie nie można, bo jeśli masz wyjątkowego pecha, to kupiłaś płytę indukcyjną…

– Ja mam… – stwierdziła z rozbawieniem. – Ciężkie czasy dla samobójców, słowo daję, w tym supermarketowym Disneylandzie człowiek nawet ukatrupić się z godnością nie może. Trzeba by skorzystać z piekarnika babci…

– Nooooo, ale gdy babcia będzie w kościele. W godzinkę zdążysz? Wyżeł, złaź z fotela! Chyba mu zimno, myślisz, że mogę go owinąć tym kocem, czy ten smętny cieć znowu tu przyjdzie?

– On chyba jest przeznaczony na polowania, to jak mu może być zimno?

– Mamo, on polowania to ogląda na Discovery z kanapy. To kanapowy wyżeł.

– Mówiłam ci, byś sobie kupiła małego psa, jak mój Iwan.

– Twój pies to nie pies, to świnka morska, a Wyżeł może go nosić jako aport. Poza tym, tobie najwyraźniej wystarczają trzy kilogramy testosteronu, a mnie nie.

– Wiesz, kiedy ci dawałam po urodzeniu na imię Suka, nie przypuszczałam, że naprawdę na nią wyrośniesz.

– A co myślałaś, że wyrosnę na jelenia?

– Ile ja przez ten pomysł przeszłam, ksiądz nie chciał cię ochrzcić, co swoją drogą było bez sensu, bo i tak ci to nigdy nie było potrzebne, no i musiałam mu powiedzieć, że to jedna ze świętych, tylko taka mniej znana.

– Uwierzył?

– Nie, ale było tuż po Czarnobylu. Bał się, że dzieci nieochrzczone poumierają.

– No tak, grunt to mieć w życiu dobrego adwokata.

– A co u Marianki?

– A co ma być – odburknęła niezadowolona.

– Podobno to twoja aktualna dziewczyna, wiesz, że nigdy nie nadążam za twoimi partnerami, partnerkami, adoratorami i adoratorkami.

– Czy ty mnie nie pytałaś przypadkiem, skąd jestem taka złośliwa? Słyszałam, że to jest obciążenie genetyczne. A u Marianki nic ciekawego, jakoś raz jest, raz jej nie ma. Nie lubię, gdy mnie pyta, co robię albo co robiłam. Odbieram to jako zamach na moją niezależność i suwerenność. No wiesz, ja tak już mam.

– Ale podobno poznałaś jej rodziców…

– To była masakra, oni są w stu procentach typową polską rodziną. Myślę, że jej matka ciągle ma nadzieję, że któraś z nas zmieni płeć i weźmiemy ślub konkordatowy. A kiedy, na pytanie, czy jestem wierząca, powiedziałam, że Boga nie ma, jej matka miała taką minę, jakbym jej oświadczyła, że Mikołaj w tym roku nie przyjdzie. Szkoda gadać…

– To miałaś wesoło. Trochę folku w życiu nie zaszkodzi – dodała z sarkazmem.

– I kto tu jest złośliwy? Tylko cynizm, sarkazm i orgazm – puściła oko do matki. – No tak, ale z tego wynikają wszystkie inne problemy z Marianką, przejdźmy do innych tematów... Co tam mamy na tapecie?

Jeśli Bóg wymyślił piekło, to jest nim IKEA w weekend. Pojechała kupić tylko świeczki i zieloną herbatę. Herbatę miała kupić w sklepie uchodzącym (a przynajmniej spece od marketingu chcieli, aby ludzie tak uważali) za luksusowy. Liczyła na to, że z powodu wyższych cen będzie tam mniej ludzi. Luksus przestrzeni *included in the price*. Nic z tego! Wszędzie wszystkich dużo. I gwarno, i szczebioczą, i komentują, tyle niepotrzebnych informacji docierało do jej zwojów mózgowych, że miała ochotę się wyrzygać. A przynajmniej wyjąć te zwoje i zanurzyć je w zimnej wodzie w umywalce. Potem wyczyścić szczoteczką do zębów wszystkie zakamarki, a następnie z powrotem umieścić w puszcze czaszkowej. Tak powinna wyglądać współczesna medycyna i technologia. *Niby wszystko, kurwa, jest, ale jakoś wymiennych kart pamięci do głowy nikt nie wymyślił, na chuj mi iPady i ptaszyska na telefon, skoro nie mogę sobie zainstalować dodatkowych języków i umiejętności w formie mikrokarty w głowie!* Tradycyjnie ją to wkurwiało, jak wszystko, co ją otacza, i już zaczynała się nakręcać na niesprawiedliwość tego świata, że musi ślęczeć ze słownikami, a jej koła zębate w głowie zaczynały pracować jak... Znalazła coś, co ją wkurwiało jeszcze bardziej. To ten wieczny dialog, który prowadziła sama z sobą. Ten dialog, który nigdy się nie kończył i oblepiał jej mózg z każdej strony. Czy ci ludzie, którzy sobie tutaj spacerują i porównują ceny pantofli i żeli pod prysznic, też prowadzą takie niekończące się wewnętrzne dyskusje? *I jak ja mam wytrzymać z kimkolwiek innym, jeśli sama ze sobą ledwo co wytrzymuję, a najgorsze jest to, że nie mogę poprosić swojej głowy, aby na moment mnie opuściła, bo muszę posiedzieć w samotności.* Przypomniała jej się rozmowa ze swoim przyjacielem Karolem.

> Nie jest ci tak smutno samej z Wyżłem?

> Nie...

>Nawet z nim nie pogadasz?
>I to jest jego największa zaleta.

Jakoś nie czuła potrzeby rozmów o byle czym. Ciarki ją przechodziły na myśl o rozmowach z sąsiadami o pogodzie, gospodarce, kursach franka i o cenach paliwa. Zapełnianie czasu antenowego swojego umysłu zlepkiem bezsensownych, jałowych informacji. Nic nie wnoszących w jej życie. W tym momencie, gdy stała w kolejce do kasy w sklepie wnętrzarskim, dobiegł do niej wysoki dźwięk kobiecego głosu: „Tak, tak, proszę to zapakować, no więc ta moja koleżanka, która ma brata w Szwajcarii, jest strasznie rozpuszczona, bo ten brat jest w Szwajcarii, wie pani, nie, nie w ten papier, jest jakiś inny? I ta koleżanka nie może znaleźć pracy, bo ciągle szuka, nie, nie, pani Ewo, ja poniosę, nie, naprawdę nie trzeba, ja sobie sama zaniosę". Potok słów wylewał się z młodej dziewczyny, która najwyraźniej bała się chwili ciszy. Kwiliła tak jeszcze z piętnaście minut, aż w końcu wyszła ze sklepu ze swoją małomówną przyszłą teściową i paczkami talerzy na nowy rozdział życia. Tak się Suka domyśliła z rozmowy. Odetchnęła z ulgą, że nie musi z żadnymi teściowymi i teściami gadać. *Ja pierdolę, ile można wyrzucić bezsensownych słów na minutę, bezmyślnie marnować energię! I ta wazelinowa gadka w celu przylizania się, wpasowania do przyszłej rodziny i nowej grupy w życiu.* Już oczyma wyobraźni zobaczyła tę biedną dziewczynę na kolacji wigilijnej, na której będzie starym wujom opowiadać o swoich planach na życie, a ciotkom o zeszłorocznych wakacjach. Jakoś ciepło o niej pomyślała, ale pewnie dlatego, że dziewczyna ze sklepu miała fajny tyłek i duże czekoladowe oczy. Ciekawe, jak wygląda bez tych jeansów, za to z filiżanką w dłoni z serwisu, który właśnie dostała od teściowej w ślubnym prezencie. *Teściowa wyjątkowo szpetna, będzie mieć dziewczyna przerąbane, ciekawe, czy nowy komplet talerzy wyląduje kiedyś w ataku furii na ścianie. Zastawa stołowa i zestaw noży to wyjątkowo nieodpowiedzialne prezenty dla przyszłych małżonków.*

Pokręciła się jeszcze trochę zupełnie bez sensu w supermarkecie, kupiła zestaw do przeżycia na weekend: śledź, łosoś, woda mineralna, pomidory, i wyszła na parking. Wyżeł czekał grzecznie w samochodzie. Pojechali do domu.

Jesień pachnie książkami i nowymi zeszytami, stoją sobie zaostrzone ołówki w sklepach papierniczych, rano są mgły, a szybko zapadający zmrok pozwala bez wyrzutów sumienia (typu: „nie robię nic poważnego"), z lekkim sercem, ciężką od myśli jak olej głową zaszyć się na kanapie pod kocem z książką i winem. Miła perspektywa wieczoru, gdyby nie to, że miała przyjść Marianka. Jest pewien problem z przebywaniem z drugim człowiekiem. Niezależnie od jego płci. Kiedy już opowiecie sobie wszystkie anegdotki z dzieciństwa, okazuje się, że nie ma za bardzo o czym rozmawiać. Przebywanie dwadzieścia cztery godziny na dobę wspólnie z Suką groziło katastrofą, a przynajmniej pogryzieniem. *Nawet nie jestem szczepiona na wściekliznę, gdyby ktoś zażądał świadectwa szczepienia. Na HPV tak, ale na wściekliznę nie!* Suka musiała dozować towarzystwo innych w formie szczypty. Miara małej łyżeczki do kawy wydawała się idealna. Najlepiej raz na tydzień. *Tak jak z pietyzmem dozujesz kreskę amfetaminy, tak należy dozować towarzystwo innych ludzi. W większych ilościach są wyjątkowo toksyczni.* Co gorsze, nie wchodzi w rachubę żaden detoks z towarzystwa innych ludzi. *No co, do klasztoru na miesiąc pojadę?* Spojrzała na swoje dwa telefony. Piętnaście połączeń od Marianny. Nieodebranych. Bała się oddzwaniać. Atak paniki? Chyba tak. Przed towarzystwem.

Kontakt przez światłowód lub przez satelitę według Suki był najbardziej higienicznym kontaktem. Tak. Higienicznym. To najwłaściwsze słowo. Otworzyła wino i zadzwoniła ze stacjonarnego telefonu do matki. Stacjonarny jest najbezpieczniejszy, zawsze mogła powiedzieć Mariannie, że źle odłożyła słuchawkę. Lista jej patentów bunkrowania się w domu nie miała końca. Wszystko było lepsze niż odbieranie telefonu, który akurat brutalnie wdzierał się w jej myśli. Fizyczny ból powodowało szczebiotanie zarówno do słuchawki, jak i w realu w momenćie, gdy sobie tego nie życzyła.

– Cześć, mamo…

– A ty nie jesteś na etapie: „otwieram wino ze swoją dziewczyną”?

– No nie… Sama otworzyłam. Różowe.

– Myślałam, że masz lepszy gust.

– No widzisz. Odreagowuję tym kiczowatym kolorem szarą rzeczywistość mojego dzieciństwa w PRL i tego, że nigdy nie chciałaś mi kupić lalki Barbie.

– Bo wyglądała kiczowato i chciałam, aby kształtowało ci się właściwe poczucie estetyki.

– No to przegięłaś, bo albo wyrywam ładne dupy, albo facetów, którzy mają kryzys wieku średniego, żeby nie nazwać tego andropauzą. – Nalała sobie kieliszek i zwinęła się na kanapie obok Wyżła. – Poza tym ciągle mi wypominasz, że moje mieszkanie to prosektorium.

– Bo to prawda! Jest tak nieprzyzwoicie białe i sterylne! Ale tym argumentem z facetami nie martwię się zbytnio, bo pewnie niedługo zejdą na zawał, a twoje mieszkanie jest w porządku, tylko ta twoja obsesja na punkcie porządku mnie niepokoi.

– Pewnie tak… Zejdą. Wiesz, że gdybym miała więcej czasu, zostałabym alkoholiczką. To całkiem miłe zajęcie. – Pociągnęła łyk wina. – Nic nie trzeba robić, nie masz imperatywu sprzątania mieszkania, bo który alkoholik ma posprzątane mieszkanie, i do tego zawsze masz wytłumaczenie w pracy, rozumiesz, o co mi chodzi?

– Nie.

– No wiesz, alkoholizm to poważna choroba, można się udać na leczenie do ośrodka i zwalać na trudne dzieciństwo, a jak ja mam równie trudno, bo mój mózg sobie jakoś tak pulsacyjnie pracuje, to nie mogę powiedzieć, że miałam trudną noc, bo myślałam.

– Suka, przecież ty nie chodzisz do normalnej pracy!

Temat powracał jak bumerang. Suka pracowała na zleceniach i robiła właściwie wszystko. Dlaczego? Bo uważała, że mówienie o swojej pracy w pierwszej osobie liczby mnogiej jest chore.

U nas jest tak i tak, u nas szef wymaga tego i tego. Jakie, kurwa, nas? Ja jestem ja, a nie my. Niezależnie od tego, czy to była korporacja, urząd czy cokolwiek innego, owa przynależność działała na nią wyjątkowo destrukcyjnie. Nie potrafiła i nie lubiła wpasowywać się w towarzystwo. Nauczyła się oszczędzać na rzeczach niezbędnych, aby mieć na zbędne. Minimalizm jej służył, więc nie rozumiała idei przepełnionej szafy swojej matki. Wizja spędzania gdzieś ośmiu godzin dziennie z tą samą panią Helenką w pokoju, która codziennie mieszałaby herbatę z fusami tą samą łyżeczką w szklance w plastikowym koszyczku, dobijała ją. Nie widziała też powodu, aby wykonywać jakiś poważny i szanowany zawód. Wsadzenie się w uniform marynarki i szpilek byłoby dla niej karą. Poza tym nie potrafiła zrozumieć tego pędu ludzi do jeszcze większych domów, jeszcze większych aut i jeszcze większej ilości ciuchów. *I o co właściwie chodzi z tym szanowaniem się i szanowanym zawodem?* Jedyne, na co była w stanie wydać pieniądze bez bólu, to bilety lotnicze. I właśnie niestała praca dawała jej możliwość kupienia biletu lotniczego z dnia na dzień.

– No dobrze, a wracając do wysprzątanego mieszkania. Wiesz, jak dziś pani Maria mi wybłyszczyła mieszkanie? – zapytała Suka.

– Skąd ją masz?

– Polecił mi ją Maciek Stonka.

– Ten działacz gej, a obecnie poseł?

– Tak. Polecił mi ją, mówiąc, że jest świetna, tanio bierze, bo to Ukrainka, i wyczyści mi kabinę prysznicową patyczkiem do uszu.

– To dziwne. Myślałam, że on walczy też na rzecz mniejszości?

– No walczy, co mu nie przeszkadza zatrudniać na czarno Ukrainki. Aha! Dodał jeszcze, że „nie kradnie, a przecież to Ukrainka"!

– I on walczy ze stereotypami?

– Też mnie to rozbawiło. – Przewróciła się na drugi bok na kanapie. – A wiesz, co to jest „homofobia"?

– No przecież wiem!
– Nie wiesz! Strach przed domem!

Czuła na łydce oddech Wyżła. Jego mokry nos dotykał jej i dmuchał po jej ciele. *To chyba prawdziwa miłość. Tak, to ona. Czuję to.* Uśmiechnęła się sama do siebie.

Rano nie było tak miło, jak zakładała. Obudziło ją pukanie do drzwi. Właściwie nie pukanie, a walenie. Lekko jeszcze na kacu wymamrotała – *gdy pod drzwiami staną i nocą kolbami w drzwi załomocą. Co za, kurwa, pojeb mi tu wali? Ta ochrona jest porąbana!*

– Już idę! Moment!

Wyżeł wszedł pod kołdrę, skoro łóżko było puste i jeszcze ciepłe. Suka otworzyła drzwi, a za nimi stała Marianna. Cała we łzach.

– Czy ty musisz mi to robić? Przecież ja się martwię. Całą noc nie odbierasz i mnie olewasz. Co ja ci złego zrobiłam? Czym cię skrzywdziłam? – Z jej ust wydobywał się potok żalu i skarg. Suka się skrzywiła.

– Rany! Co znowu. Byłam cały czas w domu. Chciałam sama z sobą trochę pobyć. Czy to jakaś zbrodnia?

– Nie, ale ja się martwię! Przecież od prawie dwudziestu czterech godzin ciebie nie ma. Ani w sieci, nie reagujesz też na telefony i SMS-y, co ja mam sobie myśleć? – Drobna twarz Marianny wykrzywiła się w grymasie płaczu. – Jest ktoś inny? Pewnie Jurek albo Piotrek, albo ten pies na baby Karol? Jestem pewna, że z kimś się spotykasz. Nie rozumiesz, że te palanty chcą cię tylko przelecieć. Na tych twoich gender nie nauczyli cię tego?

Suka w takich momentach posiadała umiejętność, którą mają tylko faceci. Po prostu się wyłączała. Marianka coś tam sobie kwiliła, a ona tylko potakiwała, patrząc na nią pustym wzrokiem, i wychwytywała co piąte słowo. To właśnie tego zachowania tak nie lubili faceci. Kiedy słyszą, że nic w domu nie robią albo że niczym się nie interesują, albo że nie widzą, że dzieci urosły. Kobiety w żenujący sposób krzyczą, domagają się przyznania sobie racji, chcą być zauważone, oni zaś tylko z wyższością (przecież nie będą się unosić) potakują głową, mając i tak wszystko w dupie, i marzą już o wyjściu do pracy.

Suka też tak miała (wszystko w dupie), ale ona nie mogła wyjść do pracy. Nie mogła się też wykręcić, że ma ważne spotkanie na mieście, bo była niedziela. Musiała uzbroić swe uszy w cierpliwość i wysłuchać listy miłosnych zastrzeżeń. Stała przy blacie kuchennym i usiłowała zrobić sobie kawę, bo jej suczy łeb boleśnie pulsował od nadmiaru frustracji swojej dziewczyny i różowego wina wypitego wczoraj. Chciała jej powiedzieć, że to nieprawda, że Marianna jest dla niej ważna i że to nie jest tak, jak ona to widzi. Że to nie chodzi o żadne zdrady, tylko ona nie chce się tłumaczyć z każdej godziny swojego życia, i że wypicie z kimś innym kawy to nie jest zbrodnia, a zaraz za tym kara, tylko coś zupełnie normalnego.

– Słuchaj, ja nie popełniam zbrodni przeciwko ludzkości, jeśli wypiję z kimś kawę, nie widzę powodu, aby cię o tym informować, ale jeśli już chcesz wiedzieć, to wczoraj widziałam się z mamą, potem byłam w domu. – Już miała jej powiedzieć, że jest dla niej ważna, jeśli nie najważniejsza, ale jakoś nie mogła się przemóc, aby wycisnąć z gardła, a później przemielić językiem takie słowa jak „kocham cię". – Chcesz kawy? – powiedziała zamiast tego.

– Tak, jak już robisz – wymamrotała zapłakana Marianna.

Marianna, mimo że była lesbijką, była też tradycjonalistką, a do tego katoliczką. Nie lubiła środowisk homoseksualnych, chciała mieć tradycyjną rodzinę. Zawsze zastanawiało Sukę, co to ma oznaczać. Równie dobrze Suka mogłaby chcieć zostać papieżem. Marianna snuła plany o domu z ogrodem i gromadce dzieci, które biegają jak pisklaki, bez ładu i składu… z Suką. *Czy jej na serio nikt nigdy nie powiedział, że jest lesbijką?* Poza tym była wpatrzona w Sukę jak w obrazek i bała się, że to Suka ze swoją przewagą biseksualności zrealizuje JEJ plan z jakimś heterofacetem. A tego by nie zniosła! Byłaby idealną żoną, gdyby nie to, że była lesbijką. Lesbą. Tak o sobie mówiła. Trochę z obrzydzeniem. Błękitne oczy miała zaczerwienione, mały kształtny nos – wilgotny od łez, a krótkie włosy – zmierzwione. Właśnie jej marzenia na życie mogły zostać pogrzebane. I to przez kogo? Przez tych podstarzałych lowelasów! Przez nich. Którzy Sukę, jej Sukę, traktowali wyłącznie instrumentalnie. A ona tego nie widzi! Jest kompletnie ślepa! Nie mogłaby być nawet psem przewodnikiem dla niewidomych. I na co jej ta wiedza z gender, skoro ona tak prymitywnych odruchów u tych pieprzonych samców nie widzi. Czuje się przy nich bezpieczna? – maglowały się myśli w głowie Marianny.

– Przecież dobrze wiesz, że nie jesteś partnerem dla tych dupków... – powiedziała, zrezygnowana.

– Dlaczego? Skąd ci to przyszło do głowy? – Suka widziała to zupełnie inaczej, poza tym nie zawracała sobie głowy tym, co myślą inni.

– Bo jesteś kobietą, do tego dwadzieścia lat od nich młodszą. Mają cię za uroczą dziewczynkę do pogawędek przy kawie. Nie traktują cię jak partnera do pracy czy do realizacji projektów. Jesteś jedną z wielu, która jest okładem na uwierającą ich andropauzę. Ty myślisz, że oni są tacy oczytani i mądrzy, a oni są po prostu starzy i tym peselem cię dystansują. To jest brak równowagi sił! Czy ty tego naprawdę nie czujesz? Jesteś tak głupia? Nie jesteś i nie będziesz dla nich kumplem!

Suka wiedziała, że Marianna ma rację, ale nawet nie chciało jej się o tym myśleć. Na szczęście nie potrzebowała od nikogo pomocy i nie uważała, aby stosowne było sprawdzać jakość znajomości z kimkolwiek próbą pytania: „Czy możesz mi pomóc?". Znała ludzi i im bliżej ich znała, tym bardziej miała pewność, że – jak w pokerze na komendę: „Sprawdzam!" – wykruszają się wszyscy znajomi i przyjaciele. Bez wyjątku. Po prostu nikt nie jest zainteresowany pomocą i wiadomo, że nikt jej nie pomoże. Może poza Marianną. Ona była wyjątkiem. A za bezinteresowną miłość, jaką darzyła Sukę, nie otrzymywała jednego ciepłego słowa. Suce drętwiał język i kompletnie nie potrafiła docenić tak życzliwej jej osoby. To znaczy umiała, ale w ciszy... bez zbędnych słów, bez zbędnych gestów. *Co Marianna robi ze mną? Ja ją chyba unieszczęśliwiam. To przecież jest znęcanie się nad nią. Czy to jest już przemoc psychiczna?*

Ostatnie jesienne ogródki powoli pustoszały. Silny wiatr zrywał parasole i markizy, a nie wszystkie lampy grzejące były włączone. Weszła do kawiarni, w której umówiła się z Jurkiem. Rozłożyła gazety i tęsknie spojrzała na butelki wina stojące na blacie. Niestety, była samochodem. Biorąc pod uwagę niepewną sytuację pijących rowerzystów, i tak zawsze wybierała auto, a jej lansiarski rower stał na tarasie od wiosny. Zamówiła kawę i rozejrzała się po okolicy. Na tyłach Uniwersytetu Warszawskiego było wyjątkowo pięknie. Pomarańczowe drzewa i słońce nisko nad horyzontem. Jeśli jesień jest według niektórych piękna, to właśnie dlatego, że jest wieczny wschód i zachód słońca. Po prostu słońce jest nisko. A nie jak latem, kiedy wisi tak jakoś głupio, wysoko.

– Hey, jak tam? – wyrwał ją z własnych myśli ciepły głos Jurka.

– Dobrze, a jak ma być?

– Poczekaj, zamówię kawę, mamy kilka spraw do omówienia, nie chcę z tobą rozmawiać po łebkach.

Suka na moment skupiła się na „łebkach". Właściwie dlaczego „po łebkach" to „niedokładnie". Przecież głaskanie po łebku jest miłe.

– Jestem. – Jerzy miał w jednej ręce kawę, w drugiej wielki talerz z kanapką z łososiem. – Teraz możemy rozmawiać.

– Dlaczego po łebkach jest niefajnie? – zapytała.

– Że co? Jak dlaczego niefajnie? – Patrzył na nią kompletnie zaskoczony, choć wiedział, że Suka potrafi każdemu słowu nadać zupełnie inne znaczenie. Z pasją rozkładała każdy związek frazeologiczny na czynniki pierwsze, bo (jak twierdziła) słowa są najlepszą informacją o człowieku i ludzkości.

– No po tych łebkach. Przecież to głupie, czasem robienie czegoś po łebkach, czyli powierzchownie i niedokładnie, daje ogromną frajdę – machina w jej głowie już ruszyła – na przykład jak pracujesz od niechcenia, ale nie dlatego, że nie lubisz, tylko dlatego, że podchodzisz do tego na luzie, to przecież dobrze, to znaczy, że nie sprawia ci to trudu. A „po łebkach" od razu ma pejoratywne znaczenie – skomentowała.

– Nie próbuję się nawet z tobą kłócić, bo twój tok myślenia czasem mnie powala. Co ci w tej główce siedzi? – Roześmiał się swoim ciepłym głosem.

– W łebku, w łebku, chciałeś powiedzieć.

– No w łebku, nie ogarniam twojej głowy.

– Nic się nie martw, ja też…

Opowiadali sobie gorące nowiny z rynku wydawniczego i różne inne dziwne i zasłyszane historie, które sobie przypomnieli. Czas płynął niespiesznie, kawę zastąpili herbatą. Pomarańczowe zostały tylko drzewa, bo niebo zrobiło się stalowe. Ludzie tłumnie wchodzili do środka, i tylko najbardziej zapaleni palacze zostawali na zewnątrz. Odkąd wprowadzono zakaz palenia, ogródki żyły cały rok. Mimo szronu przed kawiarniami były poustawiane stoliki, lampiony i dynie. Suka, wrażliwa na otaczające ją obrazki, stwierdziła, że ta zmiana w prawie sprawiła, że ulice są ładniejsze. Uwielbiała miasto i wiedziała, że pod miastem mieszkać by nie mogła. Osiedla domków na podmiejskich uliczkach były dla niej torturą. Miasto żyło, oddychało, miało energię. Nie lubiła ludzi, ale uwielbiała patrzyć na nich znad filiżanki kawy. Ulubionym jej widokiem była weduta. Krajobraz miejski był jej krajobrazem i nie potrafiła zrozumieć owczego pędu swoich rówieśników, którzy byli na etapie zakredytowywania się po uszy na domki na obrzydliwych zamkniętych osiedlach w jakimś tam stylu. Prowansja pod Warszawą, Toskania pod Warszawą, Bretania pod Warszawą czy jakoś tam inaczej. *Kto to wymyślił, przecież to głupie – stworzyć Toskanię na prząśnym Mazowszu?* Kakofonia rozlatujących się kamienic była jej muzyką.

– Suka, ty dziczejesz. Musisz chyba iść do jakiejś pracy, aby pracować w grupie.

– No widzisz, taka ze mnie dzika suka – odparła, lekko rozdrażniona. Wkurzały ją takie uwagi, bo były podobne do uwag jej matki. Wszyscy uważali, że praca w domu ma mniejszą wartość, a co więcej, jest jakaś niepoważna. Ludzie zrównywali to z chałupnictwem czy jakimś innym skręcaniem długopisów.

– Chodzi mi o to, że ty chcesz czerpać z przywilejów grupy z jednej strony, a z drugiej każda grupa czuje, że masz ich w dupie.

– *W suczej dupie* – pomyślała. – Wciąż nie rozumiem, dlaczego nie mogę sobie pracować w domu? Tak jak teraz? Naprawdę to takie dziwne? Takie awangardowe? Poza tym dużo pracuję po knajpach, to prawie jak *open space* w tej twojej korporacji – odbąknęła.

– No tak, ale ja jestem starszy i wiem, że takie podejście do życia źle się kończy.

Suka chciałaby wierzyć, że Jerz się o nią martwi, ale było to raczej ustawianie się w pozycji mentora dwadzieścia lat starszego. Przerabiała to nieraz i wiedziała, że jest to standardowe zachowanie znajomych płci męskiej. Ustawianie i przekazywanie mądrości miała już dawno za sobą i była świadoma, że oni wchodzili w te buty nauczyciela, aby zachować przewagę.

– Słuchaj no, Jerzu, a ty myślisz, że ta twoja grupa coś ci daje? Naprawdę? Mózg ci się w praniu skurczył? Chcesz powiedzieć, że codzienny rytuał tych bezsensownych grupowych czynności coś istotnego wnosi do twojego życia? Na grupę nigdy nie można liczyć. Grupa to masa, a masa to bezmyślny tłum.

– Ale przecież nieuchronne jest życie w masie… – Nie odpuszczał, choć wiedział, że spieranie się z Suką nie ma najmniejszego sensu, bo logika jej wywodu zawsze była nie tylko bardzo zaskakująca, lecz także spójna, i miała sens. Lubiła też wyciągnąć argument poniżej pasa, ale robiła to tak umiejętnie, że nie zdążył nawet poczuć, że ktoś go bije po jajach.

– A gdyby tobie, Jurku, coś się stało… – kontynuowała w wołaczu, więc Jurek już wiedział, że jest wściekła, a wściekła Suka to nic dobrego. – Wyobraź sobie, że masz problem, coś ci się dzieje złego. Wiesz, co robi twoja grupa? Otóż twoi grupowicze siadają na dole w knajpie, zamawiają kawę i mówią: „Biedny Jurek, zobaczcie, co mu się przytrafiło, no popatrzcie, taki fajny facet i takie nieszczęście, ale wiecie, co jest najgorsze, że dziś do kawy nie ma cukru trzcinowego, no, koniec świata, Jurek w nieszczęściu i na dodatek pijemy gorzką kawę". Tak by się zachowała ta twoja grupa, a później ktoś by jeszcze dodał: „Ale wiecie, tak właściwie on się szwendał z młodymi sukami po mieście. Ja to nie wiem, czy to tak wypada?! To u kogo grill w weekend?" – zakończyła piskliwym głosem odgrywanie matrony z jego pracy. – To właśnie zrobiłaby twoja bezmyślna masa – dodała po teatralnej pauzie.

– No tak, masz rację. Właściwie nie o to mi chodziło – odparł zrezygnowany. Wiedział, że miała rację, i nawet trochę ją podziwiał za bezkompromisowość. Miał świadomość, że nie każdego stać na konsekwentne realizowanie swojego programu na życie. Ona projektowała je tak, jak sobie to wymarzyła. Chciała je utkać z miłych wrażeń. Z rzeczy ważnych, bez bezmyślnej pogoni, bez napięcia i bez stresu związanego z „obowiązkowymi" kontaktami międzyludzkimi.

Zdenerwowała ją ta rozmowa. Po pierwsze, nie widziała nic złego w pracy w domu, nie widziała siebie gdzie indziej. Miała też ogromną niechęć do pracowania w wyznaczonych godzinach. Lubiła się czuć panem swojego kalendarza i swojego czasu. Uwielbiała jeździć samochodem, jak czuła taką potrzebę, to zupełnie bez celu. Jest wielce prawdopodobne, że jej mózg w jakiś tajemniczy sposób był połączony z silnikiem jej auta. Siedzenie za kierownicą miało na nią wyjątkowo terapeutyczny wpływ. Nawet w nocy, gdy ogarniał ją paniczny lęk, schodziła do garażu podziemnego posiedzieć w aucie. Ale to tylko jedno z wielu suczych niekonwencjonalnych zwyczajów i zachowań. Obsesyjnie sprzątała. Jej matka twierdziła, że to próba zapanowania nad światem, który ją otacza, bo jej wewnętrzny był w wiecznym nieładzie. Stajnia Augiasza to przy tym pudełeczko. Ponadto neurotycznie myła ręce, które od nadmiaru detergentów były suche i szorstkie. *Jak jakaś pieprzona lady Makbet. Ciekawe, jakie wtedy były mydła?* Wszędzie widziała choroby i bakterie, więc czytając w „Medical Journals" opis jakiegoś choróbska, zaraz dochodziła do wniosku, że jest jego posiadaczem. Jak się okazuje, wielka jest siła podświadomości. Jechała autem i gapiła się na zapalone światła w oknach na Powiślu. *Kto tam mieszka, jakie ma problemy, skąd ci ludzie są?* Te pytania od zawsze ją intrygowały, gdy patrzyła wieczorem na okna. Zastanawiała się też, jak przeżyje kolejny wieczór w czyimś towarzystwie.

Marianna czekała na nią z Wyżłem w jej mieszkaniu. Wiedziała, że szwendała się gdzieś bez celu, jak to suki mają w zwyczaju. Czekała na nią z herbatą. Za oknem zaczął kropić deszcz. Suka weszła zmarznięta, Wyżeł przyjaźnie ją powitał przy drzwiach. Spojrzała z niechęcią na swoją dziewczynę, która gaworzyła z jej psem. Mówiła do niego, używając zmiękczeń, których Suka nie znosiła. Jakby Wyżeł był kretynem albo Czechem. Jemu najzwyczajniej się to podobało. Machał ubawiony potężnym ogonem i przechylał z zainteresowaniem głowę. *I zostaw na moment faceta z obcą dupą, oto efekt.* Poczuła bolesne ukłucie zazdrości, które jej się nigdy nie zdarzało. Może z wyjątkiem psiej osoby Wyżła. Psie oczy i uszy położone albo zaczesane do tyłu, jak to nazywała, bardzo ją rozczulały. Dla tego psa miała niewyczerpane pokłady czułości, których nigdy nie żywiła do żadnej istoty ludzkiej. Marianna, ubrana w błękitną koszulę i proste jeansy, wyglądała bardzo świeżo i chłopięco. Pytała, czy Suka chce coś zjeść, wyjść na sushi czy może coś zobaczyć w kinie, w telewizji. Nie chodziło o to, że Suka nie chciała, ale jakoś to wspólne planowanie budziło w niej agresję. Zastanawianie się, dywagacje, czy lepiej tu, czy tam. Przecież to bez sensu. Zawsze kończyło się to jakimś kompromisem. Nie przepadała też za robieniem wszystkiego w towarzystwie. Towarzystwo było interesujące samo w sobie i nie potrzebowało dodatkowych atrakcji. Czy naprawdę wykonywanie kolegialnie czynności prozaicznych dawało komuś szczęście? Suka miała przez to problem z grą w tenisa. Była totalną fanatyczką nart, jeździła na nich, odkąd sięgała pamięcią. Mała puchata Suka w sweterku w paski na stoku. To jedno z pierwszych wspomnień z dzieciństwa. Od szesnastego roku życia na narty zaczęła jeździć sama. Nie przeszkadzała jej samotność na stoku, raczej ją to kręciło. Jak sobie da radę sama? Off-road w świeżym śniegu tylko z GPS? Idealnie! Jeździła i myślała. Tenis stwarzał pewien problem: należało mieć kogoś po drugiej stronie kortu. I jak tu kogoś takiego znaleźć? Najlepszym rozwiązaniem, chociaż dość kosztownym, był trener. Relacja była jasna, a banknot wręczany pod koniec gry wyjaśniał wszystkie wątpliwości. Nikt nie musiał z sobą rozmawiać i udawać zainteresowania partnerem do gry. *Taka kortowa dziwka.*

– To idziemy do tego kina? – dopytywała się Marianna.

– Nie, nie chce mi się. Może zobaczymy coś w domu albo poczytamy?

– Tak osobno?

– A można czytać razem? – zapytała retorycznie Suka.

– Dlatego się pytam. Myślałam, że spędzimy razem wieczór.

– Przecież spędzamy – mruknęła Suka.

– Ale R-A-Z-E-M! – przeliterowała. – Wiesz, co to w ogóle oznacza? – wybuchła Marianna.

– Wiem, ty i ja czytamy na przeciwległych końcach kanapy.

– Nie, to nie to!

– Nie wrzeszcz tu na mnie. U mnie w domu się nie krzyczy – powiedziała prawie szeptem Suka. Nauczyła się tej retorycznej sztuczki w podstawówce. I właśnie ona pozwoliła jej przetrwać przepłynięcie tej gnojówki, którą zwą systemem edukacji. Nauczyciele, nieprzyzwyczajeni do dzieci mających własne zdanie, wrzeszczeli na nie niemiłosiernie. Suka miała wrażliwe uszy. Tak po psiemu. Wysokie dźwięki sprawiały jej ból. Wtedy bardzo spokojnie odpowiadała temu nieszczęśnikowi, któremu się wydawało, że jego misją jest niesienie kaganka oświaty, że nie będzie tolerować krzyku. Nauczyciel najczęściej zamieniał się w słup soli. Później wyrzucał ją do dyrektora. Suka lubiła to zamieszanie. Śmieszyło ją to, że taki palant zwany nauczycielem tak bardzo chce zademonstrować swoją władzę. Uważała, że ktoś, kto ma chęć władzy, będzie ją akcentował w parlamencie, w rządzie, w szkole, na zebraniu lokatorów, w spółdzielni mieszkaniowej, a nawet wobec żony i psa. Krótko mówiąc, brzydziła się tym.

– Przecież nie wrzeszczę na ciebie – odpowiedziała zbita z tropu Marianna. – Po prostu coraz trudniej mi ciebie zrozumieć. Nie chcesz spotykać się z ludźmi, nie chcesz oglądać telewizji. – Marianna zbliżała się do swojego koronnego argumentu, który zawsze wyciągała w najmniej przewidywalnych okolicznościach. – Nie chcesz mieć rodziny i dzieci!

– Przecież ja mam rodzinę! A mama i Wyżeł to niby co? To nie jest rodzina? Poza tym jakie dzieci? Marianna, ja cię proszę, jak te dzieci zamierzasz mieć i po co ci one?

– Bo ja nie chcę umierać bezpotomnie. To jest słabe…

– I tylko taki masz argument? „To jest słabe"? To jest twoje uzasadnienie, aby sprowadzać kolejną osobę na ten obrzydliwy świat? Tylko to? To jest czysty egoizm – Suka wiedziała, że jej dziewczyna chce mieć dzieci, bo tak została wychowana. Głośno tykający zegar małego miasteczka zmuszał ją do corocznego tłumaczenia się podczas świąt, dlaczego nie ma chłopaka i nie zakłada uświęconej podstawowej komórki społecznej – rodziny. Nawet ich specjalnie nie lubiła, ale cała ta otoczka z gazet dla młodych matek bardzo ją fascynowała. Jej koleżanki z klasy już miały dzieci, jej kuzynki też, cała jej rodzina tonęła w dzieciach. „Mamba? Mam i ja!" – Tak mniej więcej wyglądał proces myślenia Marianny dotyczący posiadania dzieci. Suka chciałaby, aby wprowadzono kursy uprawniające do reprodukcji. Ona jako pierwsza nie zaliczyłaby ich.

– Bo posiadanie dzieci jest fajne – dodała zasmucona.

– Marianko. – Suka chwyciła ją za ramiona. – Może to do ciebie jeszcze nie dociera, ale ty jesteś lesbijką. Wiem, że testy z dzieworództwa wyszły pomyślnie na myszach, ale od myszy do ludzi jeszcze długa droga. Poza tym, nawet jeśli byłoby to możliwe, ja nie jestem partnerką do posiadania dzieci. Ani dla ciebie, ani dla innej kobiety, ani dla żadnego faceta. Zrozum to. Ja ci to mówię uczciwie, bo być może ciebie tym unieszczęśliwiam.

– Ale tobie się to zmieni, ja to wiem… – odpowiedziała trochę zrezygnowana.

Marianna była na wskroś dobra. Dobra do szpiku kości. Sukę to irytowało i budziło w niej niechęć. Nie ufała dobrym katolikom, takim, którzy określali innych słowami „dobry człowiek", a pieniądze nazywali „pieniążkami". A jak widziała samochód z nalepioną rybą, miała ochotę wjechać mu w dupę. Przeczuwała, że oni kiedyś swoją niechęć do innych rozładują za pomocą karabinu maszynowego. Bała się wierzących. Czuła, że te emocje, które nie mogą się składać tylko z tych najjaśniejszych i najwspanialszych, znajdą gdzieś ujście. Marianna była z katolickiej rodziny i sama czuła się katoliczką. To, że była lesbijką, nie miało nic do rzeczy. Bliżej jej było do dewotki niż uczestniczki manify. I to niepokoiło Sukę. Choć radykałów z manify Suka obawiała się równie mocno. Ogólnie uważała, że tam, gdzie emocje zastępują rozum, zaczyna się wojna. Wojna dusz.

– Śpisz już?

– Nie, nie śpię. – Suka przysypiała nad jakimiś wiadomościami z kraju i ze świata. Lubiła tak zasypiać, choć nie lubiła telewizora. Często historie w jej głowie zaczerpnięte z wiadomości miały swój koniec w jej snach. – Oglądam jeszcze, nie wyłączaj.

– Przecież widzę, że śpisz. – Marianna nacisnęła przycisk pilota, a ekran z głuchym „puf" zgasł. – Wiesz, że w Polsce za zabójstwo siedzi się średnio siedem lat? Dobrze, że chcą wrócić do kary śmierci.

– Tak, jasne, krzesło elektryczne to wspaniały wynalazek – skwitowała cynicznie Suka. Nie miała najmniejszej chęci rozmawiać o tym ze swoją dziewczyną. Uważała, że pod tym względem Marianna jest upośledzona. Najwyraźniej małe miasteczko wycisnęło piętno na jej światopoglądzie. – To siedem lat jest wynikiem uśrednionym, w tym masz poślizg samochodowy, jak wjedziesz w nieoznakowanego pijaka przy drodze, oraz matki, które zabiły w obronie własnej ojca znęcającego się nad rodziną. Może tego nie czujesz, a może masz problem z głową, Marianno, ale jak tak ci się to podoba, to wyjedź do Korei Północnej albo do Chin.

– Ja tam uważam, że niektórym należy się kara śmierci.

– Którym?! – wściekła się Suka. – Jak to zamierzasz sprawdzać, którym się należy, a którym nie? Tak bardzo jesteś przeciwna aborcji, ale karze śmierci nie?

– Dzieci nie są mordercami! – wykrzyczała Marianna, siadając na łóżku.

– Ale mogą być! – Suka wstała i zaczęła się ubierać.

– Co robisz?

– Nie będę spać w jednym łóżku z kobietą, która jest za karą śmierci.

Wciągnęła spodnie i bluzę z kapturem. Wzięła kluczyki do auta. Trzasnęła drzwiami i zbiegła po schodach do garażu.

Właściwie powinna być za karą śmierci. Wiele razy miała ochotę kogoś zatłuc. Denerwowała ją chyba tylko indoktrynacja Marianki i to, że często ślepo brała wszystko, co podawali w telewizji, za prawdziwe. Marianna była po prostu beznadziejnie głupia. Mimo tego, że była lesbijką często narażoną na homofobię, wszystkie inne mniejszości traktowała z taką samą pogardą, jak ją traktowano. Do tego wierzyła nie tylko w Boga, lecz także w media. Przecież sama tam pracowała i powinna wiedzieć, że newsy są z dupy, a badania socjologiczne odkrywają takie okruchy prawdy, jak to, że im jesteś biedniejszy, tym większe prawdopodobieństwo, że będziesz cierpiał na niedożywienie (takie badanie przeprowadził „New York Times" w 1972 roku). Co do kary śmierci, Suka uważała całe życie i codzienne obowiązki z nim związane, za tak ogromną uciążliwość, że powinna za nią być. Nie ceniła życia zbyt wysoko. Ponadto sama miała nawet ochotę zabić swojego ojca. I to nieraz. Po raz pierwszy wtedy, gdy pokazał jej kolekcję swoich kochanek na zdjęciach. Był oburzony, że szesnastoletnia Suka nie doceniła jego inwencji twórczej. Rozebrane baby (baby, baby właśnie, bo ojciec nienawidził szczupłych kobiet) siedziały jak dorodne drożdżówki na kanapach w salonie, przy kominku, tarzały się po parkiecie, przy kaloryferze i (to, co Sukę wkurwiło najbardziej) na biurku art déco jej matki. Wtedy miała ochotę go udusić. Skończyło się na wyrwanych dębowych drzwiach z futryny jego gabinetu. Gdyby miała więcej siły, pewnie wybiłaby mu zęby tymi drzwiami. Od tej pory Suka nie ufała zapewnieniom producentów podłóg, że dąb jest najtrwalszy. Powiedziała mu: „Gdybym była chłopakiem, to bym ci wpierdoliła". Sama do tej pory zastanawiała się, dlaczego odebrała sobie ten przywilej zarezerwowany kulturowo dla syna, który może stanąć w obronie matki. Dlaczego nie spuściła mu łomotu? Bo była dziewczynką? Należało mu się. Drugi raz, była wtedy w klasie maturalnej, wyszedł na jaw jego kilkunastoletni romans z kobietą przypominającą rozlazły waniliowy budyń z dziurką. Nie chodziło o to, że on miał romans, tylko o to, że chciał się powiesić. A chciał się powiesić, bo nie wiedział, co ma z nim zrobić. Matka nie trzymała go kurczowo za nogę, powiedziała, że rozumie, i chyba to tak go rozczarowało. On się chciał wieszać, bo nikt za nim w domu nie płakał. Kretyńska chęć zwrócenia na siebie uwagi. Sukę i jej matkę porządnie tym truł. Cały rok. W końcu była już tak zmęczona tym jego gadaniem o wieszaniu, że mu powiedziała, aby się powiesił i dał spokój. Poczuł się urażony i wypominał jej to „pozwolenie na powieszenie" przez kilka dobrych lat. Teraz miała niekończącą się chęć zabicia go i, jak się okazywało, nie była odosobniona. Jej matka też z chęcią by go zatłukła po ostatnich latach jego wariactw, ale bała się, że nie jest pewne, czy w więzieniu dla kobiet dostałaby stanowisko więziennej bibliotekarki. Było to przedmiotem ich długich rozmów, jakie książki są dostępne w bibliotekach więziennych. *No, chyba nie są tak monotematyczni, że tylko „Zbrodnia i kara"?* To było jedyne zmartwienie matki i jej w kontekście tego potencjalnego zabójstwa. Jechała samochodem i się uspokajała. *Przy dzisiejszych cenach benzyny powinnam mieć przepisywaną benzynę na receptę, z dofinansowaniem z NFZ. Właściwie dlaczego jakieś bujanie w kocu dla psychicznie chorych ma być bardziej terapeutyczne niż jazda samochodem?* Suka zazdrościła niektórym żółtych papierów. Dają przyzwolenie na wybuchy złości albo powiedzenie pewnym palantom, co się o nich myśli. Status wiejskiego głupka czy osiedlowego dziwaka bardzo ją pociągał. W sumie była już niedaleko od tego ideału. Przestała na moment myśleć, bo musiała sobie wrzasnąć. Jak Liza Minnelli w „Kabarecie" wrzeszczała pod metrem w Berlinie, tak Suka krzyczała, przejeżdżając przez mosty w Warszawie. Aby spotęgować przyjemność, przejeżdżała przez most Łazienkowski, Poniatowskiego, Świętokrzyski i na koniec dla podniesienia adrenaliny i pięknego widoku na starówkę – Śląsko-Dąbrowski, który był obecnie zamknięty. Władze Warszawy zapewne odbywały jakieś kursy, jak uprzykrzać życie mieszkańcom tego miasta. Albo buspasy, albo zamknięte mosty, albo budowanie metra metodą odkrywkową (czytaj: najtańszą, ale za to najdłuższą). Jeden z jej ulubionych mostów był zamknięty, ale komunikacja miejska i taksówki mogły przejeżdżać. Nie wiadomo, dlaczego prywatne auta – nie. Nie była fanką obywatelskiego nieposłuszeństwa, bo w krajach postsocjalistycznych nie miało ono takiego znaczenia jak w Stanach i było nadużywane. Łamanie prawa w jej rodzinnym kraju było nagminne, a świadomość prawna – zerowa. Obywatelskie nieposłuszeństwo uważała za wspaniałe rozwiązanie, ale dla wybranych, a nie dla mas. Zjechała na most z Pragi, nie po to, aby coś zademonstrować, tylko żeby popatrzeć na widok i wrzasnąć dla rozładowania emocji po raz czwarty. Szybko przemknął jej przed oczami status rachunku bankowego na monitorze komputera i liczba punktów karnych z ubiegłego roku. *Ok. Zapłacę za tę adrenalinę.* W momencie gdy otworzyła usta, aby zaczerpnąć powietrza, a zaraz później wrzasnąć, usłyszała dźwięk sygnału i zauważyła niebieskie światło migoczące w bocznym lusterku. W ułamku sekundy przemknęła jej przez głowę myśl, czy nie uciec. Ale zaraz potem pomyślała o tym słynnym rzucie na maskę samochodu, który robią policjanci, gdy dorwą uciekiniera. *To jednak trochę upokarzające.* Zatrzymała się na krawędzi chodnika i opuściła szybę.

– Prawo jazdy i dowód rejestracyjny poproszę – powiedział funkcjonariusz.

Grzebała chwilę w kieszeniach, zanim zorientowała się, że wyszła z domu w bluzie i zabrała tylko klucze do auta. *Fuck!* Udawała, że nadal szuka.

– Po co pani właściwie tym mostem przejeżdża, skoro jest zakaz? – zapytał spokojnie funkcjonariusz, cierpliwie czekając na dokumenty.

– Naprawdę chce pan wiedzieć? – zapytała uśmiechnięta Suka. – Jazda autem i wrzeszczenie bardzo dobrze jej zrobiły. – Chciałam sobie pokrzyczeć. A zawsze krzyczę cztery razy, w przeciwieństwie do listonosza, który na przykład dzwoni dwa razy.

Policjant stał osłupiały i nie wiedział, czy ktoś go już obraża, czy jeszcze nie.

– Jaja sobie pani ze mnie robi?

– Nie. Krzyczę na mostach, kiedy przez nie przejeżdżam w nocy. A przejeżdżam w nocy, jak jestem wkurwiona. Dziewczyna mnie zdenerwowała.

Policjant patrzył na Sukę i przez moment pomyślał, czy pannica aby nie urwała się z jakiegoś szpitala dla czubków.

– Wie pan pewnie doskonale, jak kobieta potrafi wkurwić. Ciągle gada, szczebiocze, piszczy, nawet wtedy, gdy chcę telewizję pooglądać. I wciąż ma jakieś pretensje, że jej nie kocham wystarczająco mocno, i najgorsze jest to, że ona chce mieć dzieci! – kontynuowała Suka.

– No to chyba wam nie grozi, ale wiem, wiem, moja Kaśka, jak mnie wkurwi, to z chłopakami na piwo wychodzę, a nie po mostach zamkniętych się włóczę. I te baby ciągle gadają jak najęte. Jakby duracell miały w dupie. – Policjant zaczął się śmiać, sam ze swojego dowcipu, Suka pomyślała, że jednak w jego ustach brzmi on niesmacznie. – I one są takie ciągle rozemocjonowane – ciągnął dalej mimo zmarszczonych brwi Suki – i tak przeżywają, że śmieci niewyrzucone albo co tam innego.

– To mnie pan rozumie – westchnęła i mrugnęła porozumiewawczo. – Jak teraz przywiezie mi dokumenty, to będzie mi to wypominać przez najbliższe kilka miesięcy.

– Dobrze, niech pani zmyka, tylko proszę mi przez ten most nie przejeżdżać więcej. Stoimy tu w nocy, bo jak się okazuje, nie jest pani jedyna, ale wszyscy tłumaczą się, że babcia na Pradze w nocy chora, a nie, że jadą sobie pokrzyczeć. Proszę uciekać. – Dotknął prawą dłonią czapki.

Co za głupi gest, macanie opuszkami palców atrybutu władzy, jakim jest czapka, pomyślała Suka i przekręciła kluczyk w stacyjce. Za to policjant całkiem fajny. Miała możliwość odegrania sceny głupiej sarny zagubionej na moście: „No, naprawdę jest zamknięty? Nie wiedziałam!", i wzięcia go na litość. Nie znosiła odgrywania tej szopki, chociaż była w niej dobra. Albo mogła znaleźć nić porozumienia. To drugie okazało się lepszym rozwiązaniem. *Facet z samcem alfa zawsze się dogada, baba z babą – nigdy.* Przy okazji w drodze powrotnej do domu przypomniał jej się wykład Macieja Stonki, jeszcze przed jego wejściem do parlamentu. Wykład był w Olsztynie w uniwersyteckim środowisku gejowskim. Stonka powiedział, a raczej zalecił, aby upić jakiegoś policjanta albo wojskowego i go przelecieć. Suka zagotowała się na myśl, że ktoś taki reprezentuje też jej środowisko i interesy w sejmie. Jej przyjaciółka Dagny zaoponowała i zapytała, jak nazwałby upicie kobiety heteroseksualnej przez heteroseksualnego faceta i później przelecenie jej. Stonka odpowiedział: „To byłby gwałt, ale w przypadku policjantów, wojskowych i gejów to poszerzanie doświadczeń". Po czym głupkowato się zaśmiał w tym swoim pedalskim sweterku w serek. *Palant jeden!* Jej dalsze myśli uleciały w kierunku Dagny. Najpiękniejszej i najbardziej inteligentnej lesbijki, jaką znała. Niestety, zajętej.

Piła kawę nad laptopem i patrzyła przez otwarte szklane drzwi na śpiącą Mariannę z Wyżłem w jej łóżku w sypialni. Odstawiła filiżankę do zmywarki i podeszła do niej. *180 cm kretynki. Po co ja ją trzymam w domu?* Okryła ją szczelnie kołdrą. Nie po to, aby nie zmarzła, ale po to, aby jej nie widzieć, kiedy siedzi przy stole w salonie. Nie mogła na nią patrzeć. A jej zaściankowe poglądy i bezmiar głupoty doprowadzał Sukę do szału. Wyżeł sobie spokojnie spał. Przypomniało jej się, jak Kubuś Puchatek odwiedził Królika, wyjadł mu cały miód i nie mógł wyjść z króliczej nory. Utknął. Puchatkowa dupa wystawała mu w wysprzątanym mieszkaniu Królika. Królik usiłował zasłonić tyłek tępego miśka. Namalował najpierw uśmiech, potem na ogonie zawiesił mu lusterko, aby stworzyć z jego dupy toaletkę. *Biedny Królik.*

Pomyślała. Nie lubiła tej bajki, bo uważała, że obraża jej dziecięcą inteligencję. *Dlaczego Kubuś Puchatek zyskał taką popularność? Główny bohater był durny i infantylny, Prosiak miał poważne zaburzenia osobowości i stany lękowe, Tygrys wiecznie na speedzie, a Osioł w depresji. Jak to Osioł. Jedynie Królik jakoś realnie stąpał po ziemi. Orał, sadził, plewił i miał pod króliczym ogonem to porąbane towarzystwo, które albo szukało motylka w zimie, albo śniegu latem. I zawsze na koniec ten niedorozwój Puchatek podsumowywał głosem mentora-debila do jeszcze durniejszego od siebie Prosiaczka: „No tak, Prosiaczku, motylków nie ma zimą, ale za to mamy miód w spiżarni". Jakoś nigdy tych oczywistości nie mówił do najciekawszej postaci, czyli do Królika. Pewnie dlatego, że dostałby porządny opieprz.*

Miała kilka rzeczy do zmontowania. Pracowała w programie, który spowodował istotne zmiany wśród mediów na całym świecie. Banalny w obsłudze Final Cut od Apple'a zrewolucjonizował pracę montażystów na całym świecie. Był prosty – średnio rozgarnięty orangutan by się go nauczył. Suka z rozrzewnieniem jednak wspominała montażownie wyłożone gąbką i ludzi starej daty wykształconych na Filmówce w Łodzi, którzy sprawnie na dwóch szpulach montowali dźwięk i obraz. Patrzyła na nich zahipnotyzowana. Jak na magików. Prostota Finala miała swoje wady i zalety. Przy pełnej digitalizacji mediów (nienawidziła tego słowa, jak każdej nowomowy) dziennikarze wpuszczeni na głęboką wodę montowali obrazki jak popadnie. Podstawowe zasady kompozycji były im zupełnie nieznane. Mechaniczne ustawienie dwóch ścieżek dźwiękowych na dwanaście i dwadzieścia cztery czasem było błędem. Z drugiej strony, program umożliwił młodym filmowcom stworzenie ich pierwszych filmów. Suce umożliwiał pracę w domu nad materiałem – całe swoje życie zawodowe zamykała w MacBooku Pro. Dawał jej też marzenie, że kiedyś nakręci coś swojego. Opowie jakąś historię. Stworzy jakąś postać. Narracja będzie jej narracją. Może to będzie film dokumentalny, a może zwykła opowiastka. Wiedziała tylko, że musi zdobyć się na odwagę. Odwagę obnażenia siebie. W końcu wszystko, co nie jest mechanicznym tworzeniem, jest publicznym zdejmowaniem majtek. Tymczasem zarabiała na życie w sposób bardzo nieuciążliwy, sama planowała sobie zadania i czas oraz to, co najważniejsze – nie musiała spotykać się z ludźmi w pracy. Wcześniej pracowała w dwóch ministerstwach i korporacjach, a co rano czuła się, jakby chodziła tam za karę. Wiceminister Śluz plus pełny feudalizm – zapraszający ją na drinka, zupełnie nieczujący niestosowności sytuacji. *Powinni jeszcze wprowadzić postrzyżyny i obcinać świeżo zatrudnionych na pazia, aby wyróżniali się od reszty. Banda kretynów plus ludzie z zawodu „dyrektorzy". Państwo tym „dyrektorom" zwracało koszty dojazdu do pracy. W kontekście dziury budżetowej i deficytu jest to szczyt debilizmu. Co ciekawsze, wszystkim w randze dyrektora w ministerstwach przysługuje darmowy lektor z języka obcego. Nie taniej przyjmować do pracy tych, którzy już język znają? Banda idiotów.* Teraz Suka robiła krótkie montaże dla Firmy na stronę z surówki, czyli nieobrobionego materiału, którą jej podesłała redakcja. Podchodziła do tego zajęcia z pasją i sercem. Uwielbiała łączyć słowo, obraz i dźwięk. To w końcu też jakaś historia. Do Firmy trafiła przez polecenie jej znajomego Karola szefowi Firmy. Był to Piotr Furtka. Facet w średnim wieku, nierzucający się w oczy, z przyciężkim dowcipem. Nie był wybitny w tym, co robił, był raczej rutyniarzem i często nie miał wyczucia rynku, ale – jak większość dyrektorów zaczepionych do pracy tuż po 1989 roku – miał być dyrektorem do końca swych dni. Plus – uwielbiał narty, więc wszystkie rozmowy z nim zawsze na tym temacie się kończyły; minus – brak pełnego uzębienia. Suka nie potrafiła zrozumieć, jak ludzie mający dobrą albo nawet bardzo dobrą sytuację finansową nie mają garnituru lśniących, pięknych zębów. *Może teraz się od tego odchodzi? I zęby są już niemodne? Może coś w rozwoju trendów przegapiłam?* Marianna wstała i Suka musiała szybko założyć słuchawki na uszy i wykręcić się, że pracuje, aby nie być zmuszona z nią rozmawiać. To byłoby zbyt bolesne i zepsułoby jej nastrój na cały dzień. Nie chciała też kontynuować rozmowy o karze śmierci. To jak walenie głową w mur. Może nawet w ścianę płaczu.

Jeżdżenie po zakorkowanej Warszawie, w przeciwieństwie do większości kierowców, dawało Suce dużo radości. Pod jednym warunkiem – dobra muzyka w głośnikach. Postanowiła naładować akumulatory na dalszą część dnia i pojechała do GW (Gazety Wspaniałych). Gazecie od kilku lat systematycznie spadał nakład, a plany kolejnych speców od sprzedaży przypominały bieg na orientację w paraolimpiadzie ślepców po macaniu mchu. Jednak po pierwsze, miała sentyment do tych Redaktorów (pisanych koniecznie wielką literą) i ich wymiętego wizerunku (obowiązkowe flanelowe albo jeansowe koszule plus spowijający ich siwy dym od papierosów). Mieli coś z Rosjan – żyli przeszłością. Od etosu i patosu czasem można się było udusić. Poza tym, sądząc po okładkach (obowiązkowo zdjęcie starego, pomarszczonego człowieka), preferowali styl funeralny. Suka nawet to lubiła. Po drugie, GW miała jedną, prawdziwą, czystą zaletę – basen. Zupełnie pusty w ciągu dnia. Chodziła tam regularnie, w pochmurne dni gasiła światło i podświetlała taflę wody. Było bosko. Myśli chlupały jej w głowie, zachowując tempo, jakie daje opór wody. Prawdziwy relaks. W momencie gdy stołówka zapełniała się pracownikami i wypełniała obrzydliwymi obiadowymi zapachami, basen był najspokojniejszym miejscem pod tym adresem. Cieszyła się jak dziecko na samą myśl o samotnym pływaniu i myśleniu.

Weszła do szatni dla kobiet i zaczęła się powoli rozbierać. Gdy postanowiła zdjąć koszulę przez głowę bez rozpinania guzików, utknęła w niej jak w kaftanie bezpieczeństwa. *Bez majtek, za to z zaplątanymi rękawami. Pięknie! Ależ ty jesteś głupia Suka!* Burknęła do siebie. Usiłowała zedrzeć z siebie koszulę, ale miała świadomość, że jak zerwie guziki, to będzie wracać do domu w samej kurtce. Zaczęła intensywnie myśleć, jak tu wyskoczyć z szatni z gołym tyłkiem i poprosić kogoś, aby to z niej ściągnął. Zawsze uważała, że wszyscy producenci sukienek zapinanych na zamek z tyłu nie lubią samotnych kobiet. Bo jak tu samodzielnie wbić się w taką sukienkę?! Jeszcze jak jest wąska?! Ale że męska koszula spłata jej takiego figla? Nie podejrzewała o taką złośliwość męskiej koszuli. *Ach! Przecież to model slim! Taliowany. Dlatego się zaplątałam. Wszystko przez pieprzonych metroseksualnych, zachciało im się talii, a ja przez to wyglądam jak serwetka na stół zwinięta w łabędzia.* Jakby zmartwień było mało, telefon uporczywie brzęczał w torbie. Jedną ręką wygrzebała go z ogromniastego i przepastnego skórzanego worka. Nie lubiła małych torebeczek-pizdeczek. Nic się w nich nie mieściło. Ani notes, ani kalendarz, ani zestaw ołówków.

– Halo?! – wrzasnęła Suka do słuchawki.

– No co halo? Co tam słychać? – powiedział ciepłym głosem Jerz.

– Nic, jestem na basenie, a właściwie w szatni, i siedzę w kaftanie bezpieczeństwa, zaplątałam się w koszulę – powiedziała, zrezygnowana. – Odebrałam cię jedną ręką. Nie wiem, jak mam wyjść bez majtek i poprosić kogoś o pomoc.

– Bez majtek? W kaftanie?

– Śmiej się, muszę wyrwać guziki od koszuli, aby się uwolnić.

Zapadła dziwna cisza po drugiej stronie słuchawki.

– Jurek, jesteś tam jeszcze?! – wrzasnęła Suka.

– Jestem, jestem, właśnie przez tę twoją koszulę, w którą jesteś zaplątana, pomyliłem zjazd na Wisłostradę.

– Słuchaj, to nie jest sekstelefon, tylko złośliwość losu! Poczekaj. – Suka usiadła sobie, nie zważając na brak majtek i unieruchomioną prawą rękę, która teraz wisiała zaplątana jak na temblaku. – Ponawiguję cię! – odchrząknęła i zmieniła swój głos na aksamitno-mechaniczny, jakie są w GPS. – Trzymaj się prawej strony, za dwieście metrów skręć w lewo.

– Chyba żartujesz?

– Za sto metrów skręć w lewo, teeeeraz skręć w lewo – ubawiona ciągnęła dalej zabawę, którą przed chwilą wymyśliła.

– No skręcam, tak jak mówisz.

– Jedź dalej tą drogą – kontynuowała spokojnym metalicznym głosem. – Za trzysta metrów cel zostanie osiągnięty.

– No jadę, jadę – rzucił Jerzy do słuchawki skupiony na zmianie biegów.

– Masz spore zaufanie do mnie, nawiguję cię, mimo że nie widzę drogi.

– Mam, mam i nawet wyjechałem, ale teraz jadę Wisłostradą w przeciwnym kierunku.

– Nie wymagaj zbyt wiele od półnagiej nawigacji zawiniętej w kaftan bezpieczeństwa – odparła nadal ubawiona Suka. – Wyrywam guziki i idę popływać, pa. – Ręka jej ścierpła od trzymania telefonu w pozycji przypominającej ćwiczenia jogi.

Strasznie durni są faceci, dupa najwyraźniej jest gwarancją wiary, nadziei i sprzedaży. Ostatnio Suka wychwyciła w telewizji slogan reklamowy konta bankowego: „Proste jak z bicza strzelił". Nie było takiego związku frazeologicznego, bo „jak z bicza strzelił" odnosi się do szybkości, a nie – prostoty. Twórcom zapewne chodziło o to, aby do reklamy wsadzić dziewczynę w czarnym lateksie z pejczem w ręku. Tandetny przekaz. Naprawdę rodzaj ludzki jest tak prymitywny, że za pomocą gołych pośladów można im wszystko wcisnąć? Jadąc samochodem, zauważyła jesienne reklamy galerii handlowych, na których młode dziewczyny w złotej bieliźnie tarzały się w liściach. *No, złota polska jesień! Ciekawe, czy o takiej jesieni pisał Tuwim, jak wpadał zdyszany ze szkoły. I czy o te mimozy mu chodziło. A może?...* Zamyśliła się. Miała ogromną ochotę na akcję performance. Chciała udziergać sweterki półnagim dziewczętom z billboardów, aby nie marzły na zimę. Nałożyłaby im je w nocy. Niestety, na drutach już dawno nie robiła i chyba nie pamięta już tego, czego nauczyła ją babcia. Ruszyła w stronę basenu.

Wybierała od dłuższego czasu moment, kiedy nikogo nie ma. To znaczy porę karmienia. Jednak już dwa razy jej się zdarzyło, że o tej samej porze dnia na basen przychodził jeden facet. *Ale skoro wybiera taką samą godzinę, to nie dla mnie, tylko dla spokoju? Chyba...* Przynajmniej taką miała nadzieję, ale niepokoiło ją to, że ostatnim razem szukał kontaktu wzrokowego. Według wszystkich poradników dla palantów i we wszystkich gazetach typu „216 rzeczy, które musisz kupić w tym miesiącu" oraz „Jak wymodelować brzuch i bicepsy w 6 dni" odtrąbiono triumfalny powrót kontaktu wzrokowego. To pierwszy stopień do poznania nieznanej kobiety. Suka wyczuła, że palant z basenu jest po kilku takich uświadamiających tekstach, bo uporczywie próbuje jej zajrzeć w oczy. Nie trzeba było długo czekać.

– Przepraszam, halo! – zaczął niezręcznie. – Mam nadzieję, że nie przeszkadzam, bo pewnie pani nie lubi towarzystwa, skoro przychodzi o tej porze, ale chciałem się dowiedzieć, dlaczego pani właśnie przychodzi w porze obiadowej? Mam nadzieję, że oczywiście nie przeszkadzam? – jeszcze raz się upewnił, oczywiście bez sensu, bo oczywiście przeszkodził, i na dodatek wyszedł na totalnego kretyna.

– Tak, przeszkadza pan, przychodzę właśnie dlatego, że cierpię na lekki autyzm i zespół Aspergera – odparła Suka z beznamiętnym wyrazem twarzy.

– Ahaaa... – mężczyzna zaczął pewnie nerwowo szukać w pamięci, czy to drugie jest zaraźliwe. Suka popłynęła w przeciwnym kierunku.

Dość szybko zauważyła, że kontakt z innymi ludźmi zaburza jej sposób myślenia. Większość z nich była najzwyczajniej nudna. Albo jej nie odpowiadał ich system wartości, albo ich brak logicznego wnioskowania, albo nietolerancja, albo po prostu głupota. To ostatnie było w stanie naruszyć jej jedyne uczucia religijne, jakie posiadała. Wyznawała wiarę w rozum i rozsądek. Zazdrościła innym opanowania i dystansu. Sama wszystkim się denerwowała, dlatego wolała nie wchodzić w bliższe kontakty z ludźmi. Do tego panicznie bała się tłumu. Nie była nawet nigdy na żadnym koncercie, który nie gwarantował minimum prywatności w postaci własnego miejsca w fotelu. Jeśli chorym na autyzm ból sprawiała obecność innych osób, ona mogła spokojnie nazwać się autykiem. Czy życie wewnętrzne nie jest ciekawsze? Czy rozmowy odbywające się w jej głowie nie są lepsze od tych, które musiałaby odbyć z innymi? Ponadto nie akceptowała i nie rozumiała zbiorowych pragnień i potrzeb. Podczas gdy większość jej koleżanek w podstawówce chciała zostać gwiazdą, ona chciała zostać naukowcem, biochemikiem, Orianą Fallaci albo przynajmniej kimś, kto będzie mógł się utrzymać z pracy swojej głowy. Jak nie mieścisz się w targecie, jesteś w błękicie oceanu. Jeśli jednak okazuje się, że całe twoje życie nie dopasowało się do aktualnych wymogów społecznych i zbiorowych pragnień, jest wielkie zagrożenie, że bez asekuracji możesz się w tym społecznym oceanie utopić.

Listopad powodował u niej z jednej strony zadowolenie (bo słońce nie świeciło tak nachalnie), z drugiej – lekką depresję. Przed odkryciem (jak uważała, największego błogosławieństwa, jakie mogło spotkać ludzkość) leków przeciwdepresyjnych myślała przez całe lata, że jest pogrążona w lekkiej melancholii. Teraz to się nazywa lekką depresją. Doksepina wychwytująca nieselektywne inhibitory zwrotne serotoniny. *Czy jakoś tak. Chociaż ostatnio chyba nic mi się nie wychwytuje, bo mimo codziennej dawki wysiłku, jaką zalecił mi lekarz, jest nadal średnio.* Suka nie lubiła lekarzy. Właściwie poza wypisaniem recepty nie byli jej do niczego potrzebni. Z łatwością im opowiadała o trudnym dzieciństwie. Jej prawdziwe dzieciństwo faktycznie było trudne, ale tego lekarze nie rozumieli. Kiedy pierwszy raz powiedziała, że od dziecka nie mogła znieść tych humorystyczno-szowinistycznych opowiadań jej ojca, że kot przy jednej dziurze by zdechł, żaden lekarz nie chciał jej niczego przepisać. Najwyraźniej słowa są według większości społeczeństwa narzędziem, którym nie można wyrządzić krzywdy. Można kogoś opluć, obrazić, zmieszać z błotem i... nic. Szkoda i krzywda muszą być wyraźne i namacalne. Ktoś musi kogoś drastycznie pobić, zgwałcić, zabić. Krzywda musi się wiązać z rozlewem krwi, a przynajmniej otrzeć się o śmierć. Często jej matka opowiadała, jak w sprawach rodzinnych trudno jej udowodnić przemoc psychiczną. Jak trudno taką przemoc udowodnić w miejscach pracy. Jak trudno zebrać z tak słabym i już poszkodowanym człowiekiem materiał dowodowy. Jak trudno czasem wytłumaczyć sądowi (który teoretycznie powinien być światły i sprawiedliwy), że wieszanie się ojca co noc przy dzieciach i straszenie tym, że to zrobi, też jest przemocą psychiczną. Jeśli więc tak trudno przekonać sąd, tak samo trudno przekonać psychologów. Większość z nich wybiera taki zawód, bo sami mają ze sobą problemy. Suka często ich zmieniała i opowiadała historię o tym, że jest dzieckiem alkoholików, matka ją biła (to ją w tej opowieści bawiło najbardziej) i ma problemy z jedzeniem. Receptę dostawała natychmiast. Po około dwóch miesiącach było jej trochę lepiej. Teraz, pod koniec listopada, wiedziała, że nadchodzi taki okres, kiedy wstając z łóżka, zacznie zadawać sobie jedno z najbardziej znanych pytań po łacinie. Trochę we własnej, ulepszonej wersji: *Quo vadis, kurwa?*

Podczas powrotu samochodem odebrała telefon od Marianny, informującej że do niej wpadnie, bo ma jakiś problem z internetem i nie może pracować w domu. Suka nie czuła się szczęśliwa z tego powodu, ale nie bardzo mogła odmówić. Odpowiedziała, że dobrze, nie ma sprawy. Choć z trudem jej to przechodziło przez gardło. Problem jest taki, że w każdym związku, niezależnie od płci czy wieku, jak już człowiek opowie sobie te wszystkie anegdoty z dzieciństwa i wymieni się poglądami, zaczyna się szara rzeczywistość. Wszystkie przyziemne sprawy przeżywa się wspólnie. Ludzie ględzą o sprawach bez znaczenia, że dzwoniła babcia, a wuj z ciotką kupili nową lodówkę. Pieprzenie się przestaje sprawiać przyjemność i człowiek zaczyna szukać kogoś nowego, łudząc się, że będzie inaczej i ominie go ten nieunikniony cykl związku. Po nagłym spadku poziomu głupoty (po około dwudziestu czterech miesiącach), jakim jest miłość, ludzie mniej wybaczają sobie błędy i niedoskonałości. Nie widziała wokół siebie szczęśliwych długotrwałych związków. One po prostu, tak samo jak księżniczki i bociany przynoszące dzieci, nie istnieją. Gdy z matką widziały ślub, zawsze mówiła mamie, aby zamiast ryżu sypnęła swoimi wizytówkami pod kościołem. *Za moment będą się rozwodzić, jak już się nacieszą profesjonalną sesją w tej obrzydliwej białej sukni w jakimś kretyńskim miejscu w mieście, na dachu, w fabryce na Pradze czy przy jakiejś stacji trafo.* Co więcej, miała świadomość, że owa nabyta w majestacie prawa bliskość uprawnia tylko do ranienia. To jakby wyłączenie z przyzwoitości.

Jeśli obcą osobę ktoś nazwie w sposób obraźliwy, zawsze można temu komuś wytoczyć sprawę o naruszenie dóbr osobistych. Czy jeśli się to dzieje w małżeństwie albo w związku, ktoś może liczyć na pomoc z zewnątrz? Na pomoc państwa czy na zrozumienie sądu? Nie. Wtedy to się nazywa sprawami prywatnymi. A na sprawy prywatne spuszcza się zasłonę milczenia. Prywatność jest święta. Nawet gdy w prywatności ukryta jest zbrodnia. Wszystkie wyświechtane przez kodeks rodzinny i konstytucję pojęcia, jak godność i szacunek, nie mają żadnego znaczenia w małżeństwie. W sądzie w dalszym ciągu pytają z zażenowaniem kobiety podczas rozwodów: czy gotowała, czy sprzątała, tak jakby funkcja kobiety ograniczała się do zadań porządkujących przestrzeń domową. Wykorzystywanie prywatnej korespondencji czy rozmów telefonicznych jako materiału dowodowego było normą. Małżeństwo pozbawia godności i prywatności. A to wszystko w imię ochrony podstawowej komórki społecznej. *Jednym słowem, małżeństwo i chyba w ogóle bliskie relacje międzyludzkie to gówno*, podsumowała sobie w myśli Suka, krojąc ogromnym nożem pomidora. Pomidor wydał z siebie ciche westchnienie, jakby wiedział, że Suka zaraz wbije w niego zęby.

Marianna siedziała przy laptopie przy jej stole (nie lubiła, gdy ktoś korzystał z JEJ stołu, JEJ kanapy i największej świętości – JEJ biurka) i zaciekle stukała w klawiaturę. Pracowała przy projekcie, którego Suka szczerze nienawidziła, dlatego starała się rozmowy o ich pracy ograniczyć do minimum. Tak jak Marianna nie rozumiała zajęcia Suki, tak Suka nie potrafiła zrozumieć, jak Marianna może pracować dla Grupy HCl. HCl, czyli kwas solny, który występuje w dość niepozornej postaci – bezbarwnej cieczy. Za to ma silne właściwości żrące. Rozpuszcza białka. Tak najlepiej można nazwać profil działania Grupy HCl, chociaż nie podejrzewała ich o nadmierną inteligencję i taki sposób myślenia podczas szukania nazwy. Pewnie powstała z przypadku, bo domena była wolna. Mózg składa się z białka, a Grupa HCl rozpuszczała go dość skutecznie. Ich portale składały się z gówna i z kopiowanych (czytaj: kradzionych) informacji. Zawartość powstawała metodą „copy and paste". Prawa autorskie nie miały żadnego znaczenia. Zostały zbudżetowane. Oznaczało to, że koszty ewentualnych procesów zostały uwzględnione już na początku, przy całości tworzenia projektów. Zawartość, czy jak to w dzisiejszej nowomowie się nazywa – kontent, tworzyły dzieci, studenci, osoby bardzo młode, bez nazwiska. Jacy autorzy, taki poziom. Mariannie to nie przeszkadzało, że pisze o depilowaniu cipki woskiem (podesłał jej tekst członek zarządu z adnotacją: „hit".), że nigdy się nie podpisuje (bo, jak sama mówiła, wstyd jej) i że teksty, które tworzy, często obrażają ludzi. Największym hitem Grupy HCl był portal Precelek.pl. W polskim wirtualnym świecie było ich mnóstwo, ale on był najpopularniejszy, bo powstał jako pierwszy. Zaspokajał najniższe potrzeby, takie jak podglądactwo, plotka, plus anonimowe komentarze ociekające zawiścią i prymitywizmem. Sam Precel zamieszczał teksty i podsumowania świadczące o niskich pobudkach i niezbyt skomplikowanym sposobie myślenia. O autorce sekstaśmy, która wyciekła do internetu: „co wy pomyślelibyście o takiej kobiecie?" – pytał zatroskany Precel, który to nigdy seksu nie uprawiał, a nawet się nim brzydził, a tym bardziej brzydził się kobietami, które go uprawiały. Albo retorycznie, o multimilionerze Abramowiczu: „czy taki facet nie zasługuje na ładniejszą kochankę?", gdy jego „kochanką" była Dasza Żukowa, była modelka, ale też w przeciwieństwie do większości „tylko-modelek" – absolwentka prestiżowej UCLA (University of California). Według filozofii Precla każdy multimilioner „zasługuje" na pięknego kociaka, a każda nieżona była pogardliwie nazywana „kochanką" aż do czasu głośnego ogłoszenia zaręczyn. Wtedy ten usankcjonowany związek przełykał pruderyjny, zakłamany Precel. Tylko nieliczni decydowali się na procesy o naruszenie wizerunku, pewnie ze względu na to, że taki proces w polskiej rzeczywistości trwa minimum dwa lata. Więcej wysiłku niż pożytku. Kulawy wymiar sprawiedliwości sprzyjał polityce Precla. Najdziwniejsze jest to, że nie tylko Marianna brała w tym udział, lecz także jeden z członków Szanownego Zarządu Grupy. Marcin Wrański – facet z wyraźnym kompleksem i potężnym ego. To połączenie dawało buca, który był tak sztywny, jakby miał kij golfowy wsadzony w dupę. Dzień zaczynał od otworzenia swojego laptopa i urodzenia jakiegoś newsa mającego kogoś opluć. Pokazywał się na wszystkich imprezach, gdzie mógł wygłosić swój wykład w nowomowie i slangu („segmentaryzacja, monetaryzacja oraz fragmentaryzacja zawartości nośników" - onanizował się każdym słowem z czułością). Wszędzie tam, gdzie Wrański mógł wbić się w błękitną koszulę (budzi zaufanie) lub T-shirt za pięćset złotych, za to koniecznie z widocznym logo, był obecny. Najczęściej były to prywatne szkoły „Leasingu, marketingu i pettingu" w Wólce Dolnej, ale jemu to wystarczało. Musiał być w centrum uwagi i miał ogromne parcie na szkło. Suka go nie znała, ale z opowieści zafascynowanej nim Marianny go nie lubiła. Czuła na odległość, że to dupek.

– Co piszesz? Znowu komuś obrabiasz tyłek? – zapytała drwiąco Suka.

– A jest w tym coś złego? – odpowiedziała Marianna, a Suka wywietrzyła, że po raz kolejny się pokłócą. O ideały. – I tak wszyscy to czytają. Ludzie tego pragną.

– To, że czytają, nie oznacza, że to jest dobre. Znam producentów broni, którzy pragną wojny, znam właścicieli firm farmaceutycznych, którzy marzą o epidemii grypy.

– Ale my na tym zarabiamy! – wykrzyknęła oburzona Marianna. Użycie zaimka w pierwszej osobie liczby mnogiej według Suki było wyjątkowo niezdrowe. Oznaczało pełne utożsamienie się z miejscem pracy.

– Jeśli już mówimy o zarobkach, to ty, moja droga, zarabiasz marny ochłap tego, co zarabia ten portal na siebie. To raz. Dwa, to to, że nie masz zmiennika i pracujesz siedem dni w tygodniu przez dwadzieścia cztery godziny na dobę. Na weekend i na wakacje zabierasz laptopa. I nie po to, aby obejrzeć na nim film, ale dlatego, że ten pojeb Wrański do Nowego Jorku lata z trzema przesiadkami, aby być stale online. I ty też musisz się do tego dostosować. Mam ci przypomnieć, jak pracowałaś z temperaturą trzydzieści dziewięć stopni? – Marianna większość swojego czasu, poza tym, kiedy spała, spędzała wpatrzona w laptopa i pisała paszkwile, aby zagotowało się w internecie, a w ludziach obudziły się najniższe instynkty i aby zaczęli klikać i komentować. Gdyby Michał Anioł dziś tworzył, w internecie nazwaliby go beztalenciem, który Dawidowi sprezentował małego kutasa. Poza tym Marianna nie ceniła takiej wartości, jaką jest czas wolny.

– Ale ten pojeb, jak go nazywasz, stworzył Precla od początku – oponowała Marianka.

– Nie stworzył, a skopiował z portali zagranicznych. To różnica. Wniósł jakąś wartość dodaną, poza własnymi tekstami o tym, że jakaś kobieta mu się nie podoba i jest kurwą? On ma w ogóle jakiś problem z kobietami. Sam ma prymitywną gębę i szkoda, że żaden konkurencyjny tego typu szmatławiec mu o tym nie napisał. Łatwo jest jechać po innych z zacisza własnego CMS. Jak anonim. Jakieś dwadzieścia lat temu takich ludzi nazywało się inaczej niż ludźmi sukcesu – Suka aż tak bardzo nie przejmowała się losem innych ludzi. Od momentu, gdy jej koleżanka założyła fundację zajmującą się rehabilitacją kotów wykorzystywanych seksualnie, stwierdziła, że nie ogarnia zła tego świata. Martwiła się Marianną. Uważała, że praca przy czymś takim, bez względu na zarobki, uwstecznia. I tyle. To jest realne zagrożenie.

– Ale zarabia! – krzyczała zrozpaczona Marianna, był to dla niej argument, który mógł rozgrzeszyć wszystko. Ona, która pochodziła z ubogiej i prostej rodziny, stan majątkowy uważała za cel sam w sobie. Zupełnie odwrotnie niż Suka, dla której pieniądze były tylko środkiem do realizacji marzeń. Wychowana w dobrobycie, nie przepadała za nadmiernym eksponowaniem stanu majątkowego. Uważała, że taka potrzeba może wynikać z dwóch powodów: ubogie dzieciństwo albo wyjątkowo prymitywny światopogląd i system wartości. Najwyraźniej Marianna i Wrański nie tylko mieli te dwie cechy naraz, ale jechali też na tym samym wózku i przyjechali na nim z tej samej strony drabiny społecznej. Suka była w stanie nawet to zrozumieć – potrzebę dobrobytu materialnego, którym kupuje się spokój ducha. Ale brzydziła się radością, którą oboje czerpali z pływania w gnoju, którym obrzucali innych. To szambo było ich siłą napędową. Miała tylko nadzieję, że kiedyś te kawałki gówna do nich wrócą.

Rozmowa na ten temat z jej dziewczyną nie przynosiła i tak żadnych rezultatów. Wzięła Mariannę za rękę i zaprowadziła do sypialni. Rozpięła jej koszulę i wtuliła się w jej piersi. Nie miała ochoty na to od dawna. Stan umysłu Marianny ostatnio zamroził jej libido. W jakiś tajemniczy sposób mózg jej dziewczyny przekładał się na radość z seksu. A raczej jej brak.

– Chodźmy się przespać. Taka drzemka dobrze nam zrobi. – Spojrzała na piękną talię Marianny i pomyślała, że spotyka się z nią na zasadzie takiej, jak faceci wybierają kobiety jak breloczki do kluczy do auta. *Muszę to zmienić, to nie fair wobec niej i wobec samej siebie, muszę.* Wyżeł zeskoczył z kanapy i położył się na podłodze sypialni. *Towarzyskie bydlę,* pomyślała. *Wolę, jak Marianna śpi i nie gada głupot. Robi zdecydowanie lepsze wrażenie. Ciekawe, czy gdybym teraz miała obok siebie faceta, on byłby mądrzejszy? Chyba to jednak nie jest kwestia płci. Marianna jest lesbijką z przypadku. Powinna być już dawno w tym wieku przykładną żoną. Jest jednym wielkim chodzącym oksymoronem, jakby jej ciało, mózg i osobowość były złożone z przypadku. Zawsze wiedziałam, że ten tam na górze pije. Od nadmiaru dobroci też bym chlała.*

Po drzemce pacnęła na patelnię łososia. Różowe mięso przyjemnie zaskwierczało po dotknięciu oleju i zarumienionego czosnku. Obok na czarnym granitowym blacie czekały już pokrojone w ćwiartki cytryny i limonki. Nie, nie lubiła zajmować się logistyką lodówki. Jej utylitarny sposób na życie podpowiadał jej najprostsze rozwiązania kulinarne, ale za to zdrowe. Zastanowiła się nad pieniędzmi. Nad ich ilością i tym, skąd u ludzi ta chęć maksymalizacji. Większe domy, większe auta, większe lodówki. Ostatnio dochodziła do stanu myśli, który jej bardzo odpowiadał. Nie biegała jak opętana po sklepach, nie potrzebowała imprez w „kultowych" knajpach z astronomicznymi cenami drinków, nigdy nie zwracała uwagi na metkę, tylko na jakość materiałów. Odpowiedzi były dwie: albo się starzeje, albo jej przodkowie nie byli Sarmatami. Poza tym wyjątkowo ceniła wolny czas. Z tego powodu kilka razy zdarzyło jej się zrezygnować z projektów bardzo opłacalnych finansowo, ale zajmujących całe jej życie. Musiała mieć czas na książkę, na kawę rano, na zebranie myśli. Nie da się wycenić wolnego czasu. Pewnie gdyby nie pracowała w Firmie, zarabiałaby o wiele więcej. Ale nikt poza Piotrem Furtką nie pozwoliłby jej pracować zdalnie z domu. Wyszła z założenia, że jeśli on będzie chciał, pozwoli jej się rozwijać. Sama nie będzie się jednak z tym pomysłem narzucać. Wiedziała, że powiedzenie „siedź w kącie, a znajdą cię" jest nieaktualne w dzisiejszych czasach, jednak ona na razie siedziała sobie w tym pajęczym kokonie i cieszyła się, że ma czas na zajęcia gender, książki czy coś innego. Spisywała pomysły na filmy dokumentalne. Nie miała poczucia straty czasu, a w wielu swoich pracach, nawet w tych miejscach uchodzących za prestiżowe, dławiła się tym odczuciem. *Daję sobie czas do lata, zobaczymy, co dalej. Stanowczo za mało ludzi ma odwagę zadać sobie pytanie w życiu, czego naprawdę pragną. A do takiego pytania potrzebny jest czas i wolna przestrzeń w głowie.*

Marianna się obudziła i, zaspana, zapytała: „Suka, poszłaś sobie?". Marianna zawsze się bała, że kiedyś odejdzie od niej bez słowa. Że pewnego dnia obudzi się sama. *Jak miałabym sobie pójść, skoro jestem u siebie?* Dziwne, przecież mogłaby wyrywać dziewczyny, a nawet i facetów bez problemu. Suka spojrzała na jej pupę w białych, delikatnych figach, na króciutko przystrzyżone włosy łonowe oraz piękne, delikatne dłonie z niesamowicie długimi palcami, które włożyła między uda, śpiąc w pozycji embrionalnej. Wyżeł zajął wygrzane miejsce pozostawione przez Sukę. W śnieżnobiałej pościeli wyglądali jak z reklamy. *Chyba kawy? Tak, na pewno. Jakoś reklamy kaw wyspecjalizowały się w wyjątkowo ładnych kadrach w stylu glamour. Wszystko jest takie idealne. Do wyrzygania.* Marianna z pewnością była tym nowym pokoleniem trzydziestolatków. Zdziecinniałej bandy kretynów, których jedynym celem jest lepsze auto, a czas wolny wypełniają grą na playstation. Karmią się gównianymi informacjami, a zamiast mózgu mają zwój dżdżownic. Kochają korporację i szybko przyswajają ideologię z reklam. Weekendy spędzają w marketach, a rozmowy toczą się wokół zakupów. O ile przed tysiącami lat polowanie mogło być podniecające, dzisiejsze zdobywanie pożywienia i potrzebnych produktów jest łatwe i nużące. A globalizacja kompletnie popsuła radość zakupów. Być może dlatego Suka znajdowała sobie partnerów i partnerki do rozmów dwa pokolenia starszych. Była przekonana, że są mądrzejsi, a to była najzwyczajniej starość. Marianna za to stanowiła idealną grupę docelową dla wszystkich producentów. Niezależnie od tego, co produkowali, ona to łykała. Jak karp w wannie łyżeczki cukru, który nie wie, że zaraz po pożarciu słodkiej przekąski dostanie młotkiem w łeb.

W stadzie samiec alfa ma wiele przywilejów. Jednym z nich jest możliwość prokreacji

W witrynach sklepowych zaczęły mieszkać Mikołaje. Byli to dmuchani starcy z brodami z waty albo z poliestru, którym ktoś co roku wyjmował korek z dupy i napełniał mikołajowy brzuch powietrzem z płuc. *Strasznie przykro być takim Mikołajem, nie dość, że funkcjonuje tylko jeden miesiąc w roku, to jeszcze sklepowa go dmucha w dupę.* Suka z zatroskaną twarzą spojrzała na jeden nadmuchany egzemplarz w oknie Wedla. Umówiła się z mamą. Wymagało to od niej wysiłku. Ubrania się ciepło i wyjścia w mokry, roztapiający się od mżawki świat. Matka ostatnio odnowiła kontakt z Tic-Takiem. Dostał przezwisko z tego powodu, że Suka uważała, że to jest właściwy rozmiar jego mózgu. Matka nie traktowała go poważnie, bo, jak twierdziła, żadnego faceta nie można traktować w ten sposób, a Suka postanowiła nie komentować przychlasta.

– Chyba muszę z nim skończyć, jedyne, o czym można z nim rozmawiać, to jego auto – zaczęła zrezygnowana, chcąc uprzedzić atak Suki.

– Ja się nie wtrącam, jesteś już dużą dziewczynką. Od dawna się temu przyglądam i zastanawiam się, jak to usprawiedliwić.

PRZEPRASZAM, SZUKAM... (...)
PRZEPRASZAM, A MOŻE PAN PRZYPADKIEM ZNALAZŁ... (...)
... PRZEPRASZAM, BO ZGUBIŁAM MOJE LIBIDO, NIE ZNALAZŁ PAN PRZYPADKIEM... (...)

No, ale w końcu Wyspiański też miał moment fascynacji chłopami wiejskimi. Jak już z nim skończysz, napiszesz mi uzasadnienie na piśmie, co w nim widziałaś.

– Tak, wiem. Ostatnio, jak mu powiedziałam, jak może się jarać tym kawałkiem blachy – Tic-Tac godzinami mógł opowiadać o swoim BMW, które czule nazywa „Lalunią" – bo na mnie to nie robi zupełnie wrażenia, to on odpowiedział mi, oburzony, że to nie blacha. Tylko włókna węglowe!

– No, brzmi błyszcząco. Gdyby znał znaczenie słowa industrializm, z pewnością byłby nim zafascynowany – odpowiedziała spokojnie z kpiącym uśmiechem Suka.

– Na Boga, ja mu nie opowiadam o swoim aucie! Kompletnie nie rozumiem tego zafascynowania furami, im to wpływa na kondycję, samopoczucie czy jak?

– Jasne! A w szczególności na długość chuja. Tic-Tac powinien wystawiać kutasa przez szyberdach. Aby mógł chwytać wiatr w napletek. Taka nowa wersja dzieci kwiatów. To są dzieci kutasy. Mnie to też nie jara. Pomyśl, o czym by gadali, gdyby nie było aut? – odpowiedziała zrezygnowana Suka. – Zapodziało mi się gdzieś libido.

– A gdzie je zgubiłaś?

– Chyba obecnie pracuje w górnictwie.

– A moje jest w Holandii, ale nie pali skrętów. Może powinnyśmy gdzieś polecieć na Mikołaja? – Matka Suki uwielbiała latać samolotem, lubiła lotniska, a hala odlotów Okęcie była dla niej najbardziej podniecającym miejscem. I to nawet nie chodziło o jakieś niezwykle fascynujące obiekty czy kraje do zobaczenia, ale o samą świadomość bycia ileś tam tysięcy kilometrów od domu, problemów i kancelarii.

– Mamo, czy myślisz, że libido jak krokus wylezie do słońca?

– Tak właśnie myślę. Możemy się też wybrać na narty, ale zaczyna się czas, gdy ja potrzebuję światłoterapii, więc lećmy tam, gdzie jest ciepło.

– Wybierz coś. Mnie ilość turkusu w katalogach biur podróży przeraża.

– Bo ciebie wszystko, Suka, przeraża i masz wieczną niechęć do otaczającego cię świata! – wrzasnęła matka. – Ja też mam wrażenie, że otacza mnie dom wariatów, w ministerstwie sprawiedliwości siedzą jakieś pojeby, politycy to buraki, które dostały się do koryta, a najgorsze jest to, że budzę się rano i mam po pięćdziesiątce, wiesz, ile fajnych rzeczy ty możesz jeszcze w życiu zrobić?

– A ja się budzę rano i myślę, ile czasu mi do tej pięćdziesiątki jeszcze zostało i co ja z tym czasem zrobię. Oby mnie nie bolało za bardzo, bo w końcu kiedy przychodzisz na świat, nikt cię nie uprzedzał, że całe życie jest tak porąbane i wymaga zadawania tak wielu pytań. Że musisz się określić w tak wielu sprawach. Że powinnaś się socjalizować i spotykać z ludźmi, posuwać jakieś pierdoły przy kawie, a na dodatek w dzisiejszych wymogach społecznych powinnaś być ciągle uśmiechnięta. A ja mam minę jak srający kot.

– Chyba srająca Suka? – zadrwiła matka.

– No, srający pies też nie ma najlepszego wyrazu pyska, żadne pocieszenie. – W tym momencie zbliżała się do nich kelnerka, która ze zmarszczonymi brwiami patrzyła na Wyżła.

– Przepraszam, ale ci państwo – kiwnęła dyskretnie głową w kierunku stolika z dwoma idealnymi przedstawicielami klasy średniej z kredytem we frankach, mieszkaniem na Wilanowie, samochodem kombi – nie życzą sobie państwa psa ze względu na dziecko – dodała cicho.

– Proszę im przekazać, że mnie za to strasznie śmierdzi pampers z kupą w miejscu publicznym. Ja jak piję kawę i jem ciastko, nie sram przy spożywaniu posiłku. Mam nadzieję, że wytłumaczą to swojej latorośli – powiedziała, w przeciwieństwie do kelnerki, dość głośno Suka.

– On ma dopiero roczek! – wrzasnął w obronie swojego dziecka przedstawiciel klasy średniej, ubrany w kretyński sweter w kolorowe paski.

– To nie upoważnia go do srania przy stole, mój Wyżeł ma półtora, a stawia klocka na dworze, a nie przy filiżance czekolady! Palant – warknęła Suka.

Wybrała Zanzibar. Wybrała za Sukę. Powiedziała, że są piękne plaże, hotel wygląda jak domek dla murzyńskiej Barbie i jest ogólnie cudownie i turkusowo jak w reklamie Bounty. Dzięki reklamie kokosowego batona Polacy w latach dziewięćdziesiątych mogli zobaczyć, jak wygląda prawdziwa plaża. Chociaż obie miały świadomość, że wszystkie ich wyjazdy i tak wyglądają tak samo. Potrzebują tylko zmiany otoczenia dla swoich rozmów. Wybierały specjalnie hotele zalecane dla par oraz niepolecane dla rodzin z dziećmi. Jak błogosławieństwo traktowały brak brodzików, strome zejścia na plażę oraz brak kinderklubu i niań do wynajęcia. Hotel typu butikowego nazywał się Zanzibari. Tak naprawdę płaciło się za luksus małej powierzchni i tego, że projektant miał jakieś minimum wyczucia estetycznego. I później nie trzeba było kląć pod nosem, kiedy co wieczór siadało się ledwo co odzianą pupą na plastikowych meblach na tarasie, a powinny być wyplatane z trawy morskiej albo przynajmniej z rattanu. Taką się przynajmniej miało nadzieję, robiąc przelew na sporą sumę do biura turystycznego. Kupujemy ilość szczęścia, współmierną do ilości gwiazdek, podzieloną przez dziesięć dni. Tak wyglądał algorytm szczęścia wakacyjnego. Suka do szczęścia nie miała talentu i dobrze, że nie musiała zdawać przedmiotu „szczęście" na maturze. Pisemny zdałaby ledwo co na trzy z dwoma, a ustny by oblała. Z pewnością. Za minę.

Jechała taksówką z twarzą przyklejoną do okna. Stali w korku. Rano ucałowała Mariannę i wylizała jej cipkę na pożegnanie. Przyłożyła się do tego i zrobiła to porządnie i na zapas. Na tyle, na ile pozwalało jej osłabione libido z aktualnym etatem w kopalni węgla brunatnego. Przynajmniej miała pewność, że Wyżeł będzie miał właściwą opiekę. Wycałowała go czule po aksamitnej ciężkiej głowie. Wymiętoliła uszy i uściskała. Podczas drogi Suka przypomniała sobie pierwszą kobietę w swoim życiu. Właściwie dziewczynkę. Była najmłodsza w klasie i trochę rozrabiała. Zawsze trzymała się blisko chłopców. Często starszych. Nie była piękna. Raczej drobna z krzywymi zębami. Jednak podkochiwało się w niej wielu kolegów. One się kumplowały i wcale nie były aż tak blisko. Do wiosny, do maja w piątej klasie podstawówki. Poszły zrywać konwalie w ogródkach działkowych. Musiały tylko zakraść się w tygodniu, kiedy nikogo nie ma, przeskoczyć przez płot i wszystkie kwiaty były ich. Podczas tych kwiatowych grabieży ta mała dziewczynka uklękła w trawie i zaczęła lizać małoletnią Sukę. Od razu zrobiła się mokra. Jednym słowem, Suka tym sposobem została do końca życia fanką kwiatów. Wszystkich. Pieściły się pod płotem, w porzeczkach, a nawet w agreście, przez co były ciągle podrapane. Nieraz pogonił je działkowicz. Odkrywały siebie i tę małą kuleczkę, którą można było lizać kolistym ruchem języka, ssać, gryźć, a nawet dotykać palcem wskazującym i kciukiem. Poznawały to małe urządzenie w kobiecym ciele, o którym kompletnie nie mają pojęcia mężczyźni. Co więcej, została przez nich zdegradowana i uznana za nieważną, a nawet – groźną. Ten dureń, Zygmunt, orgazm łechtaczkowy z pozycji wyższości naukowca uznał za niepewny. Za niedojrzały, a kobiety z takim orgazmem za oziębłe. Pojeb, naukowiec, profesor – Zygmunt Freud. Miały po jedenaście lat i właśnie obie odkryły coś, czego zapewne większość kobiet nie wie. Albo wiedzą, ale nie mówią tego na głos; mężczyźni nadal nic nie wiedzą o anatomii kobiecej. Powinni też stanowczo odbyć kursy dofinansowane przez państwo (może ministerstwo zdrowia), jak zrobić minetę, aby później rząd się nie pieklił, że liczba narodzin spada. Co ciekawe, mała łobuziara dziś jest matką dwójki dzieci i nawet po 0,7 finlandii nie chciała sobie tej wiosny i lata przypomnieć. *Syndrom wyparcia?* W stronę Suki w oknie taksówki uśmiechał się jakiś facet w audi. Stali w korku. Puszczał jej oczko i machał. Przeszukała pamięć. Nie, nie zna go. *Tani podryw.* Dwa palce złożyła w V, jak znak wiktoria, i zaczęła między nimi ruszać językiem. Tak jakby lizała cipkę. Zaczął się uśmiechać jeszcze bardziej. Sprzedała mu fucka zaostrzonym paznokciem w kolorze pistacji. *Palant. Swoją drogą fajnie, że do wiktorii i do cipki palce składa się tak samo. To musi coś znaczyć. To nie jest przypadek.*

Weszła do domu matki. Miała ją zgarnąć na lotnisko po drodze. Otworzyła sobie drzwi swoimi kluczami, bo matka biegała jak oszalała na drugim piętrze, dopakowując ostatnie rzeczy. *Pewnie wzięła walizkę ponadstulitrową.* W tym momencie Suka, przebiegając przez salon i kierując się w stronę schodów, pośliznęła się na czymś.

– No żeż kurwa mać! Czy ty tu sprzątasz?

– Co się stało? – Matka przechyliła się przez balustradę schodów i zwiesiła głowę.

– Wypierdoliłam się na „Bluszczu".

– Przecież ja nie mam żadnego bluszczu, tu są tylko orchidee.

– Na „Bluszczu"! Na gazecie! Dlaczego to leży na podłodze? Zabiorę ci to karnie. Albo się u ciebie potykam o Llosę, albo o Coetzeego, albo o Joyce'a!

– Jamesowi możesz spokojnie skopać dupę, a jego „Ulissesowi" grzbiet. Nigdy tego nie przeczytam. Nie wiem, co w tym można zobaczyć. Strumień świadomości, taaa, jasne! – mówiła, schodząc po schodach, zapinając koszulę w kolorze khaki i narzucając na nią karmelową kurteczkę z idealnie mięciutkiej i gładkiej skóry. Zieloni powinni jej za to nienawidzić. I z wzajemnością.

– Mamo, tu nie chodzi o kopanie „Ulissesa" czy o ten „Bluszcz", tylko o to, że tu jest bałagan.

– Słuchaj no, młoda damo. Ty masz za to wszystko sterylne i jesteś wiecznie chora. Ja mam pakt z kurzem. On mnie nie truje, ja go nie ruszam. Pijemy drinka przed lotem? – zapytała, nalewając starego druha wypraw wszystkich mężczyzn, Jacka Danielsa.

– To nie jest pakt z kurzem. Tu jest tyle kurzu, że ty nie musiałaś się nawet szczepić przed tym Zanzibarem. A szczepionka na grypę to już prawdziwa rozrzutność. Masz tyle bakterii, wirusów i mikrobów w domu! – wykrzyknęła Suka. – Nalej. Taksówka czeka.

– Nie ucieknie. I odpuść sobie. Chcę, by było miło. Nie będę sobie psuć urlopu twoimi umoralniającymi gadkami o metodologii mycia sedesu – odpowiedziała, biorąc łyk Jacka z ciężkiej szklanki, którą ważyła w delikatnej dłoni z idealnymi, migdałowymi paznokciami. Tym razem w kolorze pudrowego beżu.

– Dobrze, kocham cię taką, jaka jesteś. Odkąd skończyłam osiemnaście lat i mogę z tobą pić, nasz związek zaczyna być niebezpieczny – odparła patetycznym tonem, wypijając jednym haustem zawartość szklaneczki.

– Oby tak wyglądały wszystkie niebezpieczne związki, pij i nie marudź.

Suka też chciała jak najszybciej wyjść. Po pierwsze bała się, że taksówkarz pojedzie z jej walizką, laptopem i kuferkiem na kosmetyki, po drugie odkąd mama pomalowała całe mieszkanie (bez konsultacji z Suką, która zdecydowanie lepiej się na tym znała) na kolor herbaciany, zaraz po przekroczeniu progu czuła się jak tampon unurzany w imbryku. Nawet róże matka kupowała tylko w herbacianym kolorze. *Dwieście metrów kwadratowych w tym kretyńsko ciepłym kolorze. Ukłon w stronę bostończyków czy co?*

Psy, zanim się poznają, zaczynają się wąchać. Obchodzą psiego kolegę na wyprostowanych łapach. Aby dodać sobie powagi i wzrostu. Wąchają sobie okolice ogonów i decydują się na dalsze kroki. Socjalizacja wśród zwierząt jest podstawą ich egzystencji. Pies, który nie wykazuje zainteresowania stadem, jest albo chory, albo jest samcem alfa. Alfa zwraca się do stada tylko wtedy, gdy jest taka konieczność. Na przykład konflikt lub wspólne jedzenie. Nie pozwala sobie na zawracanie dupy (a raczej ogona), a suki szczenięta trzymają z dala od niego, aby mu nie przeszkadzały.

Suka z matką stały na lotnisku, czekając na swój samolot w oddaleniu od reszty grupy. Ludzie zaczęli już pierwsze zawiązywanie kontaktów i ustalanie, kto jest w jakim hotelu. Leciały głównie pary w podróże poślubne, małżeństwa ze sporym stażem, jedna para młodych ludzi z małą, pulchną dziewczynką i kilka grup przyjacielskich – męskich. Pewnie wypady kawalerskie tuż przed przysięgą. Wyjazdy mające osłodzić zmianę stanu cywilnego, nurkowanie, windsurfing, kiteboarding czy inne plażowe wygibasy, które Suka ostrożnie podziwiała znad książki. Połowa ich bagażu to skrupulatnie dobrana literatura. Musiały obliczyć pozycje do czytania na dziesięć dni. Perspektywa zostania bez słowa pisanego na drugim końcu świata była nie do zniesienia. Już im się zdarzało wracać z wakacji, jak miały za mało książek. Na Mykonos podczas dwudziestojednodniowego pobytu w piętnastym dniu zabrakło im literatury. Wizja obserwowania współplażowiczów była tak przerażająca, że po próbie kupienia czegoś innego niż „Hello!", „Cosmopolitan" czy romansidła po angielsku, przebukowały bilet i wróciły do Polski. Matka klęła pod nosem: „A to niby druga Ibiza miała być, tylko tam jakoś są księgarnie, tutaj nie ma nic".

Zaczęła się odprawa. Obok Suki usiadła matka z małą pulchną dziewczynką. Suka natychmiast po starcie zamówiła podwójnego waniliowego absoluta z sokiem pomarańczowym. *Takie towarzystwo wymaga picia.*

Obudziła się na przesiadkę we Frankfurcie i ze zdziwieniem stwierdziła, że jej mała sąsiadka przespała cały lot. Ubawiona matka trzylatki zagadnęła Sukę: „Myślała pani, że będzie gorzej?". *Szczerze mówiąc: tak.*

Siedziała sobie i obserwowała głowy ludzi wystające ponad fotele. Większość głów par ze stażem była oddalona od siebie. Nie okazywali sobie czułości i nie mieli potrzeby kontaktu fizycznego. Jedna tylko para co jakiś czas chwytała się za ręce. Ale to byli desperaci, którzy na Zanzibar zabrali suknię ślubną (w pokrowcu, jako bagaż podręczny) i fotografa. *Pewnie będą biegać po plaży i robić foty na ściany w kredycie. Jakże miłość jest głupia. Na własne życzenie pozbawiamy się ostrości widzenia i fundujemy sobie wadę – 8 dioptrii.* Suka przypomniała sobie własny stan zakochania. Zdarzyło się jej to tylko raz. Pee miał 26 lat więcej od niej i zauroczył ją wiedzą. Później ta wiedza okazała się zaledwie starością i stetryczeniem. W tym destrukcyjnym stanie gadanie Pee Suka odbierała jako martwienie się losami świata i prawie wiedzę tajemną. W rzeczywistości było to martwienie się swoją własną dupą. Przez moment, na osiemnaście miesięcy swojego życia,

Suka pierwszy i ostatni raz potraktowała jakąś osobą jak danie główne w karcie swojego życia. Tymczasem powszechnie wiadomo, że dla zdrowia najważniejsze są częste i drobne przystawki. Wiązanie się z młodszymi kobietami daje mężczyznom znaczną przewagę i zabawę w Boga. Mogą swobodnie lepić taki materiał jak z plasteliny, udzielać porad życiowych oraz ustawiać się w pozycji wszechwiedzącego. Przeglądają się w oczach młodszej o połowę od nich dziewczyny, która pompuje ich ego i kutasa. Suka miała być rodzajem luksusowej zabawki erotycznej, wpasowując się do wystroju ogromnego domu zionącego pustką. Miała być wyczesaną Suką na przyjęciach, którą ewentualnie można było zaprezentować i pochwalić się nią przed znajomymi. Miło było zabłysnąć inteligentną seksbombką na choinkę, chociaż nie czarujmy się, Suka (jak każda inna) służyła mu do pieprzenia. Pee, odkąd los podarował mu większą gotówkę, czarował wszystkie dziewczęta, a później rzucał, mówiąc zbolałym głosem w barwie b-moll: „Wiesz, malutka, coś we mnie pękło". *Infantylne i głupie. Głupi knur.* Suka zburzyła mu schemat powtarzany od lat. Odeszła pierwsza, a do tego do kobiety. Zrobiła to zaraz po tym, jak jej wyhodowana w oparach miłości trzecia powieka uschła i odpadła. Ujrzała, bez balastu w postaci trzeciej powieki miłości, jak potwornie kiczowate jest bieganie nago po trawie pokrytej rosą z facetem o wyglądzie hipopotama. *Która kobieta zdecydowałaby się na coś takiego? No która? Z trzęsącym ciałem o konsystencji galarety bawić się, kurwa, w elfa? Żadnej babie nie przyszłoby to do łba. Faceci są doprawdy pozbawieni krytycyzmu.* I jak bardzo męczące było wysłuchiwanie po raz setny opowieści o jego życiu, które nie tylko zmienił w legendę, ale do tego w nią uwierzył. Cieszyła się, że mimo resztek przyzwoitości, które posiadała wobec Pee, z samego dna wyskrobała łyżeczką resztki egoizmu (o który tak trudno w stanie chorobowym, jakim jest miłość) i po prostu kopnęła go w stukilową dupę. Była wolna. Poza tym, nie czarujmy się. Jak mamy trzydzieści par butów, to nie znaczy, że nie kupimy trzydziestej pierwszej. Wszystko się nudzi. Miłość też. Przy czym w tej dyscyplinie zawsze warto być pierwszym, w znudzeniu szczególnie.

Po przesiadce we Frankfurcie zasnęła. Siedziała na plaży. Było pochmurno i wiało. Morze nie miało turkusowego koloru, tylko zielonobrudny. To był depresyjny Bałtyk. Na pewno. Tylko on nie ma koloru morza z folderów reklamowych. Siedziała z nogami podkulonymi pod brodą. Podszedł do niej Wyżeł. Miał na sobie jasnobeżowy trencz i czekoladowy kapelusz z dużym rondem na głowie. Przechylony na jedno aksamitne ucho. Usiadł obok niej, wyciągnął papierosa z kieszeni i zapalił. „Nudzi mi się. Życie jest tak potwornie nudne" – powiedział.

Obudził ją dźwięk nakazujący zapiąć pasy i ustawić fotele w pozycji siedzącej. Lądowali.

Lotnisko wyglądało, jakby było zbudowane z dykty i płyty paździerzowej. Wylali się wszyscy na rozgrzany beton lotniska. O rękawie można było zapomnieć. Przy wyjściu czekała na nich rezydentka, która ciągle się śmiała. *Pali skręty od rana czy co?* – pomyślała Suka. Upchali wszystkich do autobusu, całe szczęście z odpaloną klimatyzacją. Zaczęło się rozwożenie po hotelach. W pewnym momencie podeszła do nich „ujarana rezydentka".

– Drogie panie, mamy taki problem – zaczęła z przymilnym uśmiechem.

– Tak? – odpowiedziały chórem, wietrząc jakieś komplikacje. W końcu rezydentka mówiła cicho i trochę w konspiracji.

– Wasz hotel, Zanzibari, nie potwierdził rezerwacji. Błąd systemu. Będziemy musiały zakwaterować panie w Royal Zanzibar. On ma też pięć gwiazdek, ale to resort.

– A dlaczego tylko nam nie potwierdził? – zaczęła dociekać Suka.

– To znaczy nie tylko paniom, ale reszta to pary, czasem nowożeńcy, więc im bardziej zależy na hotelu typu butikowego.

– A my to niby co jesteśmy? Mamy pasać tu kozy, bo nie mamy wypisane na czole „honeymoon"? – Suka zaczynała się nakręcać.

– Ależ Royal to piękny, rozległy resort stworzony – i tu padło kluczowe słowo, na które Suce jeżyła się sierść – dla rodzin z dziećmi. Panie, jak sądzę po nazwiskach, jesteście siostrami –

spojrzała znacząco na matkę Suki, która natychmiast połknęła haczyk i się głupawo uśmiechnęła.

– Nie, siostrami nie, to moja córka – zareagowała natychmiast na komplement matka.

– Ale ja mamo wyrosłam już jakiś czas temu z wysokich krzeseł przy posiłku, nie potrzebuję też kojca w pokoju, a do tego plastikowe zjeżdżalnie zaburzają mi estetyczny odbiór krajobrazu. Czy przez to, że żadna z naszej dwójki nie zamierza robić laski w romantycznym cieniu palmy, mam odstąpić boutique hotel jakiejś parze?

– No, ale ja nie mam jak tam pań ulokować… – odpowiedziała zasmucona rezydentka. Chyba pierwszy raz Suka zobaczyła ją bez tego grymasu na twarzy, jakim jest uśmiech. *Kretyńska, bezsensowna praca mięśni.*

– Dobrze, mam nadzieję, że ten Royal jest w porządku – uspokoiła matka. – A z tą laską to jeszcze nic nie jest przesądzone – puściła oczko do Suki, jak rezydentka zaczęła się oddalać.

– Mamo!

Autobus wolno kolebał się dalej po nie najlepszej jakości drogach.

Libido, kiedy przyjechało, było zmarznięte, skulone i miało katar. Tak jak przewidziała matka Suki, na słońcu zaczęło się przeciągać, wyciągać, a nawet trochę urosło i napuchło. Jednym słowem, poczuło się lepiej.

Suka czuła czyjś uporczywy wzrok na sobie. Nie wykazując jakiegokolwiek zainteresowania resztą wczasowiczów, wylegiwała się na plaży, opalając się topless z twarzą zakrytą książka. Co jakiś czas patrzyła na nieszczęśników, którzy zdecydowali się na kurs nurkowania. Baza nurkowa zapewniała PADI i CMAS. Sama popełniła ten błąd przed kilku laty w Kenii i uważała, że to najgorzej wydane pięćset dolarów w życiu. Teraz kolejna grupa, która myśli, że zobaczy coś więcej, niż oferuje „National Geographic". Będą przez najbliższe kilka dni uczyć się znaków ręką i sposobów dokręcania rurek, aby zanurzyć się na zaledwie dwadziescia metrów. Przy sensownej rafie można zobaczyć to samo bez tego całego ekwipunku. Maska i rurka wystarczą. Grupa zmęczona na słońcu i w obsikanych, wypożyczonych piankach taszczyła sprzęt za czarnoskórym instruktorem. Suka zamknęła oczy i zasnęła w uścisku miłości. Z książką przytuloną do nagiego biustu. *Houellebecq nie powinien narzekać* – pomyślała.

Marianna nieustannie dzwoniła. Suka napisała jej SMS: „Wszystko dobrze, hotel ok, ściskam. Twoja Suka". Najwyraźniej to było za mało. Marianna domagała się dzielenia wrażeniami i każdą minutą pobytu na Zanzibarze. Chciała uczestniczyć w każdym momencie życia Suki. *Jednak czasy przedkomórkowe były piękne, a wysyłanie pocztówek nie tylko romantyczne, ale zapewniające wolność. Szybko można było spełnić poczucie obowiązku. Krótkie trzy słowa i koniec, a nie w nieskończoność opowiadać o idealnie drobnym piasku i o tym, co było na kolację.* Suka po gorzkim rachunku z Hintertux, który to po szczegółowym opowiadaniu o śnieżnych szczytach w Austrii i jakości nartostrad wyniósł sześć tysięcy złotych, postanowiła większość swoich przeżyć zachować dla siebie. Na telefonie było szesnaście nieodebranych połączeń.

Siedziały na tarasie, obserwując błękitny ocean i zapadający zmierzch. Na Zanzibarze, tak jak na Bali, ciemno robiło się w kilka minut. Pstryk – jest dzień, pstryk – jest noc. Nie musiały patrzeć na te niekończące się i do wyrzygania romantyczne zachody słońca. Leżały na rattanowych leżankach i piły limonkową finlandię. *Jednak nie tylko design skandynawski do mnie przemawia, ci Finowie to jednak zmyślny naród.* Jeszcze niedawno agencje reklamowe głowiły się (i pewnie nadal głowią), jak przekonać żeńską część społeczeństwa do czystej wódki. Stąd kampanie z kobietami przy kieliszku, aby odczarować obraz, który we wszystkich badaniach uchodzi za wulgarny i który nie przystoi kobiecie. *Oczywiście szanującej się kobiecie* – mruknęła pod nosem Suka.

– Co tam mamroczesz? – zapytała ją matka znad Doris Lessing.

– Nic, nic. Myślę o piciu. O jego aspektach – odpowiedziała Suka, nalewając sobie kieliszek.

– Ja tam widzę tylko te najjaśniejsze. Tu nie ma co myśleć. – Uśmiechnęła się i zapatrzyła w dal. – Chociaż robiłaś ten sławny test w „Twoim Stylu"?

– Chodzi ci o ten przy okazji raportu „Polska alkoholiczka"? Tak, robiłam.

– Iiiiii? Co ci wyszło? – zapytała matka ze śmiechem.

– Przy dwóch odpowiedziach na „tak" miałam się zgłosić na terapię, a przy trzech na „tak" mam poważny problem. Odpowiedziałam na „tak" na pytanie „czy czułaś się kiedyś pijana?". – No jasne, że tak, po to przecież piję, a nie po to, aby alkohol ściął mi białko w przełyku, na drugie: „czy zdarzyło ci się zrobić coś głupiego po alkoholu?" i na trzecie: „czy zdarzyło ci się otworzyć butelkę alkoholu w samotności?".

– Wychodzi na to, że jesteśmy alkoholiczkami – podsumowała matka wyjątkowo zadowolona z odkrycia na miarę paska informacyjnego z Fox News. – Wypijmy za to. Nie martw się. Wszystkie moje koleżanki zaznaczyły te same odpowiedzi. Więc ponad dziewięćdziesiąt procent społeczeństwa to alkoholicy.

– To dowód na to, że wszystkie badania socjologiczne powinny być poddawane destylacji mózgu. Można je zwinąć w rulon i w dupę sobie wsadzić. Jak twój mąż cię nie bije, to znaczy, że twój sąsiad bije swoją żonę dwa razy mocniej. Absurd.

– Absurd. Ale się nie nakręcaj, proszę cię. Jest fajnie, miło. Spróbuj choć przez moment pocieszyć się tą chwilą, może przestań myśleć, zaufaj mi, czasem to jest potrzebne – uspokajała matka Sukę, chociaż wiedziała, że nie ma sensu walczyć z żywiołem.

Suka analizowała picie na gruncie wielu płaszczyzn. Przede wszystkim to jest zabawa jednak zarezerwowana dla facetów. Nawet „pijak" brzmi lepiej niż „pijaczka". Pijak może być wesoły i zabawny, słowo „pijaczka" wzbudza tylko zażenowanie. *Praczka*

– *pijaczka, jednak końcówki żeńskie są upośledzone.* Większość spraw, tych zawodowych szczególnie, załatwia się przy wódce. Na tę „wódkę", na te męskie rozmowy kobiety nigdy nie są zapraszane. Jeśli są, to pełnią funkcję dziwek. Kobieta, która w pracy zdecyduje się na uczestniczenie w męskiej wódce, zostanie w oczach innych kobiet kurwą. Jakby posiadła wiedzę tajemną. I ostatnie, najważniejsze. Męska wódka dla Suki zawsze była zdecydowanie ciekawsza niż damska wódka. Picie z kobietami zawsze kończyło się tak samo – gadką o facetach. Podczas męskiej wódki była jeszcze jakaś szansa na seks, a rozmowy były zdecydowanie bardziej ekscytujące. *Poza tym można jeszcze wyrwać jakąś dupę w miłym męskim gronie.* W tym momencie rozważań filozoficznych nad piciem i jego skutkami dopadł Sukę moment, w którym powinno się objąć czule muszlę klozetową.

– Mamo? Muszę się chyba wyrzygać. – I wybiegła do łazienki.

– Znowu? Boże, za co? Ty jesteś tak wrażliwa, że nawet nie mam się z kim napić, za każdym razem odpadasz z zabawy. Widzisz! Mówiłam ci, że ta twoja sterylność ci zaszkodzi.

Jednak Suka tego nie słyszała, bo właśnie w tym momencie zrzuciła pierwszego pawia.

– Lepiej ci? – Jej matka obserwowała wszystko zza szyby, jaką oddzielona była łazienka od ogromnego pokoju hotelowego z dwoma łóżkami kingsajz. Marianna nieustannie dzwoniła. *Kto, kurwa, tę szybę wymyślił? Nawet w intymności porzygać sobie nie można* – pomyślała Suka między jednym pawiem a drugim.

– Mamo, odbierz ją, bo nie da spokoju.

Matka odebrała komórkę.

– Tak, Marianko, wszystko w porządku. Jest bardzo pięknie, dziś na obiad były homary.

Matka miała najbardziej trzeźwy głos, jaki można mieć po wypiciu 0,7 finlandii.

– Marianko, ona sobie właśnie zasnęła – powiedziała prawie szeptem. – No śpi, nie mam serca jej budzić, wiesz, jak to słońce i woda wyciąga.

W tym momencie Suka zrezygnowała z czułego obejmowania muszli klozetowej i zwiesiła głowę do wanny. *Cóż, nigdy wierność nie należała do moich mocnych stron.* Suczy łeb włożyła do wielkiego okrągłego jacuzzi, w którym na folderze reklamowym wylegiwała się piękna brunetka w płatkach róż. Zdjęcie było podpisane: „Your perfect honeymoon". Suka po raz kolejny wyrzuciła z siebie pawia do ślubnej wanny z folderu. *Nadaje się całkiem nieźle. Powinni byli podpisać: perfekcyjne miejsce na twojego wakacyjnego pawia.*

– Skąd ten hałas? – matka nadal szczebiotała do słuchawki. – A to dzikie zwierzęta wyją pod bramami resortu. Nie, nie. Jest bezpiecznie.

Suka po raz kolejny wydała z siebie ten charakterystyczny odgłos, który wydaje gatunek ludzki po każdej dobrej imprezie.

– Teraz chyba je obsługa hotelowa zabija na kolację, Marianko. Nic się nie martw. Śpi jak zabita, nawet jej te krzyki nie obudziły. Pa. – Kliknęła bezgłośnie na dotykowym ekranie i pobiegła do łazienki. – Suka?! Zarzygałaś całą łazienkę urządzoną w stylu zen!

– No przecież rzygałam też jak na zen przystało. Pozbyłam się całej złej energii i naprawdę, wierz mi, starałam się myśleć tylko o pozytywnych rzeczach. Poza tym zobacz, jak to wymyślili. Dwie umywalki. Możemy nie tylko razem dłubać w zębach, ale też razem puszczać pawia – mruczała Suka która nadal nie była w najlepszej formie.

– Kretynizm podwójnych łazienek. A przez tę szybę nawet się wysrać nie można. I to ma być hotel dla nowożeńców? – zakpiła matka z zainteresowaniem macając płytki. – Przecież oni jeszcze myślą, że ich małżonek nie sra. A tu z taką bezmyślnością łazienkę oddzielili szybą. Brutale! Jedyne wspomnienie, jakie przywiezie pan młody, to że jego wybranka serca jednak robi kupę. Cóż za rozczarowanie na nowej drodze życia, a to dopiero początek – westchnęła, zmartwiona.

– Idź na kolację. Mnie moskitiera lata i mam helikoptery. – Suka zagrzebała się w pościeli na jednym z łóżek kingsajz. Chyba naprawdę zasnęła.

Obudziła się po około godzinie. Otworzyła walizkę, w której były kolorystycznie poukładane kostiumy i stringi. *Widać, że układał to ktoś z nerwicą natręctw. Ile wysiłku trzeba włożyć, aby stringi złożyć w kostkę. Ile prób i wyrzeczeń, aby nici dentystyczne i te trzy centymetry kwadratowe materiału leżało w idealnym kwadracie.* Przypomniała jej się główna bohaterka *Dziewczyny z perłą*. Ona kolorystycznie układała warzywa, które kroiła. *I do czego ją to doprowadziło? Do tego idioty Vermeera! Dzieciorób jeden* – bełkotała pod nosem. Wyrzyganie nadmiaru oktanów z organizmu dobrze jej zrobiło, ale nadal czuła się jak mieszadełko sterczące w drinku. Trochę nasączona alkoholem. Wybrała białą sukienkę do kostek, za to z przepastnym dekoltem na plecach do samych pośladków i poszła na kolacje.

Jej matka już siedziała w towarzystwie. Była to grupa windsurfingowców z Bretanii. Czuła się jak ryba w wodzie wśród adoracji męskiej. *Nic dziwnego, jest bardzo atrakcyjną kobietą. Ja tego nie umiem tak eksponować. Zawsze jestem trochę niemiła...*

– No, widzę, że uskuteczniasz dalszą część rozważań na temat „męskiej wódki"?

– Qu'est-il arrivé? – zapytał jeden z umięśnionych i opalonych facetów.

– Rien – odpowiedziała Suka i zwróciła się do matki: – Mamo, czy zawsze musisz sobie znaleźć przychlastów wyglądających, jakby byli wycięci z Photoshopa?

– Pływają na windsurfingu, to jak mają wyglądać? Jak Stieg Larsson?

– Ale oni mają koszulkę z napisem: „I love beach" – zawyła. – Nawet nie wyglądają na Francuzów, tylko na Australijczyków, którzy całe życie jarali skręty na plaży. Czyli siedzą na solarium i siłowni. Francja to nie antypody! – Suka wydęła usta i zwróciła się w kierunku surferów.

– Qu'est-il arrivé? – powtórzył pytanie jeden z nich.

– Rien! – odpowiedziały chórem.

– I jeszcze do tego Francuz, który zna jedno pytanie po francusku – stwierdziła z niesmakiem. – Do tego idiom. Idziemy.

Bonne nuit! – Pociągnęła matkę w stronę tarasu. – Na pewno biorą viagrę, są po czterdziestce.

– Skąd wiesz?

– Jakoś im uszy tak dziwnie stoją.

Dni upływały im leniwie, właściwie monotonnie. Resorty mają zaspokajać podstawowe potrzeby fizjologiczne. Oznakowani, jak na każdy obóz przystało, czy to przyjemnościowy, czy nie, mają prawo do darmowego jedzenia i picia. Słońce świeci, jakby pracowało na trzech etatach, a ocean jest ciągle beznadziejnie błękitny. Rozrywka dla gawiedzi polega na obserwowaniu dennych animatorów, którzy biegają z jakimiś piłkami albo chcą koniecznie zmusić gości hotelowych do tańca po rozgrzanym piasku, właśnie wtedy, kiedy on parzy najbardziej. Suka siedziała na tarasie i piła poranną kawę. Nie lubiła rano jeść, ale była jedną z nielicznych osób, które zawsze, o każdej porze zjedzą rybę. Nawet do kawy. Przytaszczyła sobie na ogromnym talerzu do espresso łososia i małże. *Jednak ktoś o mnie pomyślał. O niekonwencjonalnym mieszczeniu się w targecie.* Dziobnęła widelcem różowe mięso i się wzruszyła. Pierwszy raz, obok hoteli na Kaszubach serwujących śledzie po kaszubsku na śniadanie, jakaś osoba codziennie dokonująca trudu układania menu pomyślała o Suce. Właśnie o niej. O prawdziwym rybożercy. Suce oczy zaszły mgłą, a nawet siorbnęła nosem. Może dlatego nie przepadała za nurkowaniem. Zamiast podziwiać widoki, zastanawiała się, jak złapać to kolorowe cholerstwo z płetwami i wrzucić na patelnię. Myślała, czy rybka Nemo dobrze by smakowała, a jedną z postaci z Piratów z Karaibów – Davy Jonesa (pół człowiek, pół krab o twarzy pokrytej mackami ośmiornicy) – przez cały seans w kinie miała ochotę włożyć do garnka i ugotować zupę rybną. Ludzie leniwie zaczęli się schodzić do restauracji. Ona, że była jedną z pierwszych (przygnał ją kac i chęć wypicia czegoś), usiadła przy stoliku na tarasie, skąd mogła obserwować zarówno ocean, jak i innych uczestników wyjazdu. Ludzie już zaczęli się integrować, poznawać i polecać sobie drinki w barze. Jak szybko zauważyła, głównym powodem zmartwień wszystkich wyjazdów, wszystkich ludzi jest jedzenie. Jak czerwone purchawki, zamroczeni kacem, wspólnie przekomarzali się przy stanowisku z napojami. Analizowali, które ciastko będzie lepsze na śniadanie i podkreślali, gdzie było zdecydowanie lepsze menu. Tajlandia, Goa czy Dominikana. W ten sposób przemycali informacje o swoim statusie i pozycji społecznej. Suka z bezpiecznej odległości przyglądała się temu rytualnemu statusowemu tańcowi godowemu. Wylewający się z wejścia zaspani amatorzy słońca i widoków typu „landszaft resortowy" krążyli z talerzami, przebierali widelcami tony żarcia ze skwaszoną twarzą i zmarszczonymi brwiami, jakby mieli zjeść swój ostatni posiłek przed wizytą w Sing-Sing. W tangu z talerzem zobaczyła swoją matkę. Zmierzała w jej kierunku z kawą i croissantem. *Jak prawdziwy frankofil nawet śniadanie musi jeść takie jak w Café de Flore na Saint-Germain.*

– Nie piję tutaj więcej – powiedziała cicho do Suki.

– Nikt cię nie zmusza, tylko możemy nie znieść tej ilości pięknych widoków na trzeźwo.

– Racja – zaśmiała się. – Dobry argument na otworzenie kolejnej butelki.

Suka wstała i poszła nałożyć sobie następną porcję ryb. Przy tym stanowisku stół uginał się od jedzenia. Nikt nie miał ochoty na poranną porcję białka z morza. Na jej talerz spojrzał jeden z uczestników „męskiego" wyjazdu z Polski. Rzucił w jej kierunku zdanie: „łosoś na śniadanie"? Miała ochotę mu odpowiedzieć, czy on nie lubi lizać cipki na dzień dobry, ale ostatecznie się powstrzymała. Mogłaby zostać źle zrozumiana. Chociaż wkurzały ją uwagi innych na temat jej osoby. Szczególnie osób obcych. Po prostu ona się do nikogo nigdy nie wtrącała i chciała to samo otrzymywać od świata. Ale do stolika wróciła już z zepsutym humorem. Usiadła i zaczęła skrapiać rybę cytryną. Stół obok zajęła para z Polski ewidentnie znudzona sobą. One piły kawę i jadły w zupełnej ciszy, gapiąc się bez sensu na falujący ocean i piasek biały jak cukier puder. *Nic dziwnego, że Hemingway pił, też bym oszalała z nudów.* Ich restauracyjni sąsiedzi pałaszowali szybko płatki śniadaniowe z jogurtem i owocami. Byli nieszczęśnikami z kursu nurkowego. Jak zauważyła, bardzo przejęli się przyswajaniem wiedzy, bo na ich stoliku spoczywały opasłe tomiszcza dotyczące nurkowania. I to nie tylko podręczniki, lecz także dwa atlasy ryb egzotycznych. Stukali sztućcami energicznie po talerzach, co było zabójstwem dla suczych uszu na kacu. W końcu dynamiczne szurnięcie krzesłami. *Uff. Koniec tego hałasu i towarzystwa.* Wtedy mężczyzna odwrócił się w ich stronę i zwrócił się do matki:

– Pani partnerka chyba się spaliła. – Rzucił okiem na lekko zaczerwienione ramiona Suki.

– Partnerka? – zapytały chórem.

– To jest moja córka – odpowiedziała matka.

– A, przepraszam – odpowiedział, zmieszany, ale Suka była pewna, że powiedział to dlatego, że intrygowały go dwie samotne kobiety na końcu świata. Jak widać, takie role są zarezerwowane dla dziennikarek, podróżniczek albo kogoś takiego. Poza tym spędzały czas same i nie były zainteresowane towarzystwem. – Jesteśmy z żoną lekarzami dermatologii – wytłumaczył się.

– I co, szukacie raka skóry na plaży? Taką macie rozrywkę? – odpowiedziała lekko podkręcona Suka. *Kolejni ludzie mający nudne życie, którzy chcieliby się dowiedzieć, co słychać w twoim.*

– Nie, nie szukamy. Tak zapytałem. Proszę się posmarować wyższym filtrem – powiedział zbity z tropu.

– Piotrek. Idziemy, spóźnimy się na kurs.

Pożegnał się i poszedł. Suka zastanowiła się nad tą chorą reakcją żon, które kurczowo pilnują swoich mężów. Ten imperatyw przymusu, który powoduje trzymanie ich jak psa przy nodze. Który zmusza do zazdrości (albo tylko jej kreacji) w obecności innych kobiet. *Wzmożona czujność żon jest doprawdy jakimś magicznym wynalazkiem natury.* Właściwie nie mają innego wyjścia. Jak ich nie pilnują, mężowie to wykorzystują i ich nie szanują. Jak żony same robią to, co chcą, nie szanuje ich świat, nazywając je kurwami. *Zdecydowanie za skomplikowana jest rola kobiety we współczesnym społeczeństwie, dobrze, że jestem Suką, a do tego samcem alfa* – pomyślała, dopijając resztkę kawy. W tym czasie podszedł kelner i podał im dwa drinki.

– This is from this guy – wskazał na oddalającą się w kierunku plaży parę, chwilę wcześniej poznaną.

– Miły gest – powiedziała matka.

– Nietrudno stawiać drinki w hotelu all inclusive – skwitowała Suka.

Leniwie i wolno zebrały się na plażę. Mogły leżeć jak foki na słońcu i czytać. Uwielbiały taki sposób odbioru literatury. Z przerwami na pływanie. Zastanawianie się nad pozycją żony zupełnie jej zaprzątnęło suczy łeb. Opalała się w małym czarnym bikini. Skóra zaczynała być w kolorze mlecznej czekolady i kontrastowała z jej ciemnoblond włosami do pasa. Nos dostał kilka piegów. Poczuła, że czyjeś spojrzenie spoczywa na niej. W przeciwieństwie do wielu kobiet takie spojrzenie nie łechtało miło jej ego, ale drapało, uwierało i odganiała się od niego jak od uciążliwej muchy. Suka w ogóle nie zauważała tego, że jest atrakcyjna seksualnie. Przypominała to sobie dopiero wtedy, gdy jakiś nachalny dupek chciał się dosiąść w kawiarnianym ogródku. Moment, w którym zauważyła swoją seksualną siłę, miała dawno za sobą. Jak każda dziewczynka w wieku około szesnastu lat stała się wizualnie kobietą. Prawie metr osiemdziesiąt wzrostu i włosy do pasa przykuwały spojrzenie mężczyzn. Długie nogi w wąskich jeansach zawsze robiły wrażenie. Wtedy jeszcze ją to bawiło, jednak szybko się przekonała, że uroda tylko przeszkadza. W etapie życia dziewczynki, nastolatki jest wszystko w porządku. Bo dla mężczyzn jesteś śliczną dziewczynką do głaskania. *Albo raczej do robienia laski i spełniania seksualnych fantazji o dominacji i to spojrzenie niewinnej istoty z kutasem w ustach. To potrafią tylko delikatne nastolatki z szeroko otwartymi oczami sarny. Jakie to beznadziejnie banalne i przewidywalne.* Jednak później, gdy kontakty wymagają pewnego dystansu, jest zdecydowanie trudniej. Jest się nadal śliczną dziewczynką. Nawet jeśli inteligentną, to jednak ciągle tylko do „głaskania". Suka obsesyjnie sterylnie traktowała kontakty z mężczyznami. Najchętniej kontaktowałaby się z nimi przez maila. Nie lubiła tych przeciągłych spojrzeń i dwuznacznych uwag. I nie była to kokieteria. Jeśli ktoś zaczynał z nią pracować lub spotykać się ze względu na wygląd, uważała, że to wyjątkowo mało wartościowa praca lub nic nie znacząca relacja. Nie ceniła zajęć, w których ciągle się czuła jak na castingu na pogodynkę. Prawo, które skończyła, było bardzo specyficznym kierunkiem. Od pierwszego roku, młode dziewczęta łapały korporacyjny, seksualny look. Wzór z kolorowych gazet, gdzie kobieta pędzi na dwudziestocentymetrowych szpilkach z laptopem pod pachą. Manicure jest nienaganny, włosy idealnie wymodelowane. Nie oznacza to, że Suka czasem sama nie lubiła się tak ubrać. Ale z przekory nie chciała przebywać w miejscach, gdzie szpilki z przyjemności stawały się przykrym obowiązkiem. Poza tym zdecydowanie bardziej lubiła męski styl ubierania i zachowania. Właściwie na przekór wszystkim, a swej atrakcyjności przede wszystkim, była antywzorem kobiety. Oficerki, męskie koszule, za duże marynarki. Kilka lat później okazało się, że taki strój właśnie jest na topie. Suka była załamana. Mimo takich starań wciąż była atrakcyjna. Była nadal króliczkiem do głaskania, a nie do rozmów i myślenia. Tak bardzo w przestrzeni publicznej zależało jej na wizerunku aseksualnym. *To naprawdę ułatwia sprawę. Uroda jest dobrem z krótkim terminem przydatności, a do tego bardzo przeszkadza. Marianna miała w tej kwestii inne zdanie.*

Innym problemem jest to, że wszyscy faceci, gdy widzą samotną kobietę, czują się w obowiązku dowiedzieć się, dlaczego tak jest. Nie przychodzi im do głowy, że może kobieta jest samotna z wyboru. Może nie chce mówić o swoim prywatnym życiu, a może po prostu jest lesbijką i mężczyzny u swojego boku nie potrzebuje. Jeśli kobiety były mało urodziwe, szybko dostawały uroczy przydomek „niedoruchanych" i „niedorżniętych". Jak były ładne, były „dziwkami" albo „kurwami", które na pewno się puszczają albo dają dupy. *Szkoda, że w języku polskim nie ma odpowiednika do „dawania dupy", na przykład – „dawania kutasa". W końcu oni też go udostępniają i podlega on jakiejś eksploatacji.* Szybo też się okazywało, że nie miały znajomych wśród zamężnych koleżanek. Te traktowały je jak potencjalne zagrożenie. Tak jakby jedynym zmartwieniem samotnych kobiet było szukanie samca, który je nie tylko zaspokoi, lecz także zrealizuje w życiu.

Czy to jest zabawa w golfa albo bilard? Jak szybko zatkać wszystkie dziurki i jak trafić do dołka? Że też faceci nie mogą tego zrozumieć, że z powodu braku kutasa w mojej cipce nie odczuwam pustki w swoim życiu.

Zbliżało się południe, więc zabrały książki i poszły wypić kawę. Kawa z matką to był prawdziwy rytuał. Od dzieciństwa. Mogły gadać o wszystkim, ale i o niczym. Z nikim się nie czuła tak swobodnie. Nie groziło im też to, że się sobą znudzą. Zawsze miały towarzystwo alternatywne w postaci autorów lub autorek książek. Suka poszła zamówić dwie kawy. Po drodze minęła stolik z dwiema polskimi parami, które uważnie obserwowały je na plaży, i polską ekipę z „męskiego wyjazdu", która odprowadziła Sukę spojrzeniem aż do baru. Jej pupa się zaczerwieniła z zażenowania, bo to ona była na celowniku. Właściwie można powiedzieć, że pupa stanęła oko w oko z bandą kretynów. *Durne to takie i nafaszerowane testosteronem. Bije im ten hormon po łbie* – przeszło jej przez myśl, gdy mijała stolik nurków.

– Kochanie, jaką chcesz kawę? – wrzasnęła przy ladzie. Skoro jej matka została już jej partnerką, może to jest wyjście, aby odlepić się od tych spojrzeń.

– Nie wiem, z mlekiem? – odpowiedziała matka, która dopiero po chwili zorientowała się, o co chodzi Suce.

Suka wytrzymała koszmarne kilka minut w oczekiwaniu na koniec cyklu ekspresu. Z uznaniem spojrzała na ekspres Jury, o którym sama marzyła w domu. Analiza budowy tego cacka osłodziła trochę te spojrzenia, które spoczywały na jej tylnej części ciała. Wzięła dwie filiżanki i wróciła do stolika.

– Jak już mamy być wczasowymi lesbami, to postanowiłam innych utwierdzić w przekonaniu i słuszności swych podejrzeń – powiedziała, stawiając filiżanki na stole.

– Ja tam nie mam nic przeciwko. Jakby nie było, to ja wyrwałam sobie młodą dupę – uśmiechnęła się do córki.

– Spadaj! Spotykasz się ze mną ze względu na inteligencję. – Przesłała jej ostentacyjnego buziaka, a kątem oka wychwyciła spojrzenie pełne obrzydzenia dwóch par siedzących w okolicy baru.

Suka wróciła do hotelowego pokoju na drzemkę. Postanowiła włączyć telefon. Jednak odcięcie się od świata przynosi dobre efekty. Suka była w miarę spokojna. Nie miała ochoty nikomu dać w nos, nie czuła, że ma zapalenie całego organizmu oraz nie zauważała żeby wszechświat rozłaził się w szwach. Pod stopami miała kojącą, zimną posadzkę. Nastawiła klimatyzację na dwadzieścia dwa stopnie. Jednak istoty ludzkie potrzebują kontrastów. *Pewnie dlatego Angelina Jolie jeździ do Wietnamu i Afganistanu, aby później ze spokojem wbić się suknię Gucciego i przejść się po czerwonym dywanie.* W jej komórce były cztery nowe wiadomości. Pierwsza od Marianny: „Jak się bawisz? Kocham, tęsknię". Druga od Karola: „Dlaczego nie odbierasz ode mnie telefonów? Mam Ci kupić komórkę? Może Twoja nie działa? ;-)". Trzecia od Piotra Furtki: „Jak się bawisz? Pewnie teraz pięknie wyglądasz w bikini na plaży. Nurkujesz trochę?". Ten ostatni zaniepokoił ją najbardziej. Czy ona wysłałaby takiego SMS-a do swojego współpracownika? „Musisz pięknie wyglądać w kąpielówkach". *Oczywiście, że nie!* Na pierwszego od Marianny odpisała: „Też Cię kocham". Nie było to prawdą, ale stwierdziła, że głupio do tego zdania dopisać „chyba". *Jednak wyrażanie uczuć w formie epistolarnej wychodzi mi najlepiej. W takiej opcji uczucia powinny zostać, byłoby na świecie mniej problemów.* Przemknęło jej przez głowę, kiedy z zadowoleniem kontemplowała na ekranie słowo „k-o-c-h-a-m". Karolowi odpisała: „Jak będę odbierać wszystkie telefony, to znak, że zostałam prawdziwą call girl". Z Piotrem miała problem. *Opierdolić? Może nie. Odpisać, „tak, uwielbiam siebie w bikini"? Też nie bardzo wypada. To co?* Najgorszy był fakt, że mężczyźni zupełnie nie czują niestosowności takiej treści. Nie zdarzało się to w życiu zawodowym Suki po raz pierwszy. Im się zawsze wydaje, że każdy komplement powinien kobiety cieszyć. *Jak królika, który dostał marchewkę. Albo osła.* Tym sposobem do redaktorek politycy zwracają się „pani Moniczko", o polityckach rodzaju żeńskiego mówią „urocza", „czarująca", „ma ładne nogi". Zupełnie nie zauważając, że takie komentarze są nie na miejscu. Poza tym dlaczego nikt o polityku nie powie: „Taki ma fajny tyłeczek" albo na pytanie, jaka jest największa jego zaleta nie odpowie: „Bardzo przystojny mężczyzna". Firmę Suka lubiła. Z bezpiecznej odległości, ale jednak. To miejsce pracy dawało jej możliwość robienia krótkich filmików, które były chociaż trochę jej. Cieszyła się, że nie musi codziennie stawiać się tam i oglądać ludzi, którzy w ogóle jej nie interesowali. To chyba był największy plus tego zajęcia. Komfortowe było też dla niej to, że nie musiała oglądać prawej ręki, a zarazem etatowej, firmowej kochanki Piotra – Balladyny Żabskiej. Była to kobieta około pięćdziesiątki, która wszystko, co robiła, zawdzięczała Furtce. A przynajmniej tak jej się wydawało. Nie była głupia, ale kobieta, która raz zawdzięcza coś zawodowego facetowi, natychmiast traci wiarę we własne możliwości i siły. Wszystko, co robi, zaczyna postrzegać przez pryzmat układu towarzyskiego. Tymczasem władzę utożsamia z jakimś męskim „przyjacielem". Taka huba drzewna patriarchatu. Pewnie faktycznie, gdyby nie Piotr, uczyłaby teraz polskiego w podstawówce, a nie zarządzała treścią newsów gospodarczych na stronie Firmy. Jednak to, czego w niej Suka nie lubiła, to te maślane oczy wpatrzone w bezzębnego Furtkę i ogromna agresja do młodszych dziewcząt. Wszystkie traktowała jako takie, które muszą przebyć tę samą drogę zawodową, jaką przebyła sama Balladyna. *Boi się głupia cipa, że któraś pierwsza zbierze maliny? I będzie musiała rywalkę zabić? Najwyraźniej dobrze się czuje z tym imieniem. Nawet nie bierze pod uwagę, że nie wszystkie gramy w tej samej lidze, więc nie warto spalać się w blokach startowych.* Suka zdecydowała się odpisać: „Nie, nie nurkuję. Tylko snorkeling. Dziesięć dni to za krótko na taszczenie sprzętu na drugi koniec świata. Pozdrawiam". Głupi frędzel. Był jeszcze czwarty SMS. Od Pee. Jak zwykle beznadziejnie tkliwy i durny: „Buziaczki z Albanii". *Jak w ogóle na coś takiego można sensownie odpisać?* Pee, mając nadmiar wolnego czasu i trochę gotówki, jeździł wszędzie, gdzie się da. Nie czuła się wyróżniona dostając takiego SMS-a, bo pewnie tworzył je seryjnie, a później korzystał z opcji „wyślij do wielu". Gdy przyleciał, to dzwonił do Suki, zaczynając rozmowę od tych słów: „Wiesz, że o mało nie zginąłem". *Co on, kurwa, Pan Samochodzik jest?* Później raczył ją takimi opowieściami, że o mało co nie potrąciła go ciężarówka wioząca arbuzy w Rio albo że spił się winem na targu w Marrakeszu i się zgubił. Jedno było pewne. Wszystkie podróże odbywał w towarzystwie swojego najlepszego przyjaciela, który był tak sterylny, że najchętniej cipkę przed konsumpcją wyparzyłby w garnku albo przynajmniej wysterylizował. Jeśli to nie byłoby możliwe, to płyn antybakteryjny w sprayu też był brany pod uwagę. Krótko mówiąc, nie było mowy, aby Pee coś poważnego groziło. Jeśli cokolwiek, kiedykolwiek będzie mu grozić, to albo za wysoki cholesterol, albo dwie paczki papierosów dziennie. *Innych zagrożeń na horyzoncie nie widzę. Powinien szybko dorwać jakąś młodą dupę, która z poczuciem misji będzie robić mu za pielęgniarkę. A i loda od czasu do czasu wyczaruje. To jest idealne wyjście dla Pee.* „Buziaczki ze Stadionu Dziesięciolecia" – napisała. *Grunt to uchodzić za światowca.* Zmieniła bikini na białe i wróciła na plażę.

Na plaży siedziała matka Suki, robiąc dziwne miny. U stóp jej leżaka siedział ciemnoskóry chłopak, który niezłą polszczyzną opowiadał jej historię swego życia. *Skąd ona go wytrzasnęła? Co to ma być? „Opowiedz mi swoją historię"?* Matka udawała zainteresowanie, ale po chwili było wiadomo, że marzyła, aby się od niej odczepił. U jej boku leżał „Homo Faber" Maxa Frischa i pewnie nawet ten męski szowinista byłby bardziej interesujący niż ten czarny dupek. Szybko samą siebie skarciła za rasizm. *Z drugiej strony chora poprawność polityczna zmusza mnie czasami do zostania czarnoskórym mężczyzną, który chodzi w burce, a do tego jest lesbijką.* Często spotykała i gejów, i lesbijki, którzy byli po prostu kretynami, za to swoją orientację seksualną wciągali na sztandary, którymi wymachiwali ochoczo. Przypomniały jej się zajęcia gender z profesorem gejem, który tak podkreślał swój homoseksualizm, że najchętniej stawiałby innym pieczątki na czole „queer quality". Kiedy Suka ośmieliła się z nim kiedyś nie zgodzić, została bezpardonowo nazwana homofobem. Nawet nie wiedział, że Suka ma partnerkę. Wtedy doszła po raz pierwszy do wniosku, że retoryka pewnych ludzi niczym się nie różni od retoryki Młodzieży Wszechpolskiej. Poglądy polityczne czy kulturowe nie determinują do jakichkolwiek zachowań. Mocno zniesmaczona, wyszła z zajęć wcześniej. Tymczasem czarnoskóry (nie „czarny") chłopak jakby nigdy nic nadal snuł opowieść o tym, jak to studiuje w Polsce i bardzo kocha ten kraj, a tak w ogóle to chce mieć z Polski dziewczynę i jest fajny. Suka omiotła wzrokiem obrazek i już wiedziała, że należy się jak najszybciej ewakuować. Niestety, nie bardzo chciała zostawić w tym wszystkim biedną mamę, która robiąc głupie miny, usiłowała dać jej do zrozumienia, że jak Suka zostawi ją z ciemnoskórym adonisem, to przy najbliżej okazji poderżnie jej gardło. *Chyba to oznacza ten palec wskazujący, którym przeciągnęła po szyi?* Suka zajęła strategiczne (do ewentualnej ucieczki) miejsce na swoim leżaku i właśnie wyłowiła jednym uchem, że ten młody człowiek kucający przy niej był na rocznej wymianie studentów w Polsce, stąd tak dobrze zna język i podjął pracę w biurze podróży. Na co dzień jest animatorem w hotelu. Czyli robi to, czym większość ludzi nie jest zainteresowana na wyjeździe. *Bezsensowna praca.* Suka teatralnie westchnęła i już miała powiedzieć, że właśnie odebrała bardzo pilny telefon i muszą iść do pokoju, gdy ktoś pociągnął ją za rękę. Chłopak, który skomentował kiedyś na śniadaniu jej rybny wybór, chwycił ją za ramię i powiedział: „Dziewczyny, łódź już jest, miałyście już dawno być na pomoście". W ułamku sekundy zrozumiały, że to jest sposób na pozbycie się natręta. *Niech go Jolie adoptuje, a nie będzie mi tu zakłócał ciszę z książką, opowieściami o fabryce bębenków w Tanzanii* – pomyślała i z ulgą poszła w kierunku pomostu.

Łódź nie była zmyślona. Faktycznie stała przy pomoście. Zapakowana była sprzętem, ale tylko do snorkelingu. Zwykłe płetwy (no, może trochę dłuższe niż standardowe, bo około siedemdziesięciu centymetrów), maski i rurki. Wszystko walało się po pokładzie bez ładu i składu. Tylko w okolicy silnika panował względny porządek. Suka spojrzała na ustrojstwo i już wiedziała, że silnik prawdopodobnie pochodził jeszcze od żołnierzy z ONZ. Skrzywiła się na to, nie ufała starym silnikom, w samochodach też. Jeśli chodzi o antyki, miała pozytywny stosunek tylko do win, skrzypiec i mężczyzn (do tych ostatnich wybiórczo i czasami).

– Przepraszam, że tak bezpośrednio, ale on na plaży zawraca dupę wszystkim dziewczynom – wytłumaczył chłopak z okrągłą buzią i przerwą między jedynkami. Suka od razu ochrzciła go Bobofrutem.

– Nie ma sprawy, dzięki – odpowiedziała Suka, ale nie była pewna, czy właśnie nie trafiły z deszczu pod rynnę.

– Nie chciał się odczepić, a ja nie chciałam wyjść na niesympatyczną i powiedzieć, aby spadał – dodała matka. Suka pomyślała, że kobiety w jakiś tajemniczy sposób przez lata pozbywają się asertywności. Jeśli potrafią się na nią zdobyć, uchodzą za niesympatyczne. Patrz: Suka. *Przecież wszyscy wiedzą, że kobieta musi być ujutna.*

Z rozmowy dowiedziała się, że chłopcy są ze Szczecina. Na jej stwierdzenie: „Piękne miasto, jak Paryż" usłyszała: „Nie widzę podobieństwa". Chodziło jej o urbanistykę i promienisty układ ulic, który w Paryżu zaprojektował Haussmann. Szerokie ulice miały zapobiec rewolucji i ewentualnym odcięciom części miasta. Nie miała jednak ochoty im tego tłumaczyć. *Najwyraźniej taka informacja wymaga innej perspektywy.* Podsumowała: *Rewolucja wam nie grozi, to jest pewne.* Chłopcy posłali jej spojrzenie zdziwionego ptaka dodo. Tak jak przypuszczała w samolocie, męski wyjazd miał być rekompensatą dla Bobofruta, który za miesiąc się żeni. Rozmowa nie była nadmiernie interesująca, właściwie nudna. Patrzyła na nich beznamiętnie, jak popisywali się, skacząc do błękitnego oceanu na główkę. *Więc tak wygląda młody samiec, który chce zrobić wrażenie na potencjalnej zwierzynie łownej.* Popijali Jacka, rubasznie się śmiali, wyglądali jak z reklamy majtek na plażę. Umięśnieni, opaleni, zadbani. Najczystsza forma męskiej młodości i radości. Suka widziała, jak po kolei się żenią z „tą jedyną", by za chwilę przy kolegach nazywać ją „swoją starą". Później mają dziecko, kredyt i labradora. Z ich przekonania, że mogą wszystko, zostają mgliste wspomnienia i brzuch piwosza. Jak będą mogli, będą urywać się na męskie nurkowanie lub narty, ewentualnie będą pieprzyć opiekunkę do dziecka, która w czasie ssania ich kutasa przypomni im ich chwile czci i chwały. Wokół panowała idealna, błękitna cisza, ocean był niezwykle spokojny. Myśli jej też były „blue". Ale inaczej. Był to Amsterdam w deszczu i we mgle, a nie plaża z cyklu „Welcome to the paradise". *Muszę przestać tak myśleć, bo chyba zwariuję.* Chłopcy nadal byli na etapie gołębia, który wyciąga szyję, aby ją zaraz schować, trzepocze skrzydłami i wydaje z siebie dziwne dźwięki, jakby miał się wyrzygać. Nazywa się to taniec godowy. *Natura jest jednak głupia.* Na Suce nie robiło to najmniejszego wrażenia. Piła spokojnie jacka z gwinta na kolebiącej się łodzi. *A propos gołębi, dlaczego w religii chrześcijańskiej ludzie są porównywani do najdurniejszych zwierząt świata? Albo barany, albo gołębie. Innych na arce Noego nie było?* – zamyśliła się przed kolejnym łykiem. Gdy dobili do pomostu, wszyscy byli w dobrych humorach. Nawet, o dziwo, Suka trochę się uśmiechała. Spotkali się wzrokiem z lekarzem, który prowadził empiryczne badania nad zdrowiem skóry Polaków w zagranicznych resortach. Posłał im spojrzenie, które będą mieli za kilka lat chłopcy z łodzi: „Dlaczego ja tu jestem z żoną?".

Na pożegnanie padło podstawowe pytanie:

– Dziewczyny, palicie z nami zioło na plaży wieczorem? – zapytał ścięty na króciutko jeden z trójki, z wyjątkowo ładnie wyrzeźbioną klatką. *W Photoshopie ją sobie urzeźbił?* Suka ochrzciła go „Gangsterem" ze względu na duży tatuaż na plecach.

– Tak! – pierwszy raz z prawdziwym entuzjazmem odpowiedziała Suka.

– Nie! – razem z nią zabrała głos jej matka.

– To sobie ustalcie – zaczął się śmiać Bobofrut. – Zgarniemy was po kolacji.

Po kolacji faktycznie grupa nurków karnie stawiła się przy ich stoliku. Mieli sprawdzone miejsce na plaży, którego nie obejmowały hotelowe kamery. Pan doktor miał minę skopanego psa i czuł, że coś istotnego go w życiu omija.

Wyżeł miał na sobie znowu beżowy płaszcz. Tym razem kapelusz zmienił na panamę. Klasyczną z czarnym paskiem. Suka z Via del Babuino szła z nim pod ramię w kierunku Schodów

Hiszpańskich. Dalej udali się pod Panteon, aby wypić kawę. Wyżeł szarmancko odsunął jej krzesło, aby mogła usiąść. „Wyżełku kochany, co u ciebie? Tak dawno cię nie widziałam, tęsknię za tobą". Wyżeł zdjął kapelusz, poprawił aksamitne uszy, odpalił papierosa. Zwróciła uwagę, że to był czerwony marlboro. *Czy on wystarczająco dużo biega? Tak dawno nie byliśmy u weterynarza, powinnam go zaprowadzić na jakieś okresowe badania. Gdzie w Rzymie jest najbliższa klinika weterynaryjna?* Wyżeł zaciągnął się papierosem i odpowiedział. „Wszystko dobrze. Postanowiłem się rozwijać. Zacząłem studiować historię sztuki w Rzymie". „Ale, Wyżełku, gdzie ty mieszkasz? Myślisz, że jako pies dostaniesz akademik?". Wyżeł rozparł się wygodnie łapami na oparciu krzesła „Już wynająłem mieszkanie przy Campo de' Fiori. Dobry punkt, blisko na Piazza Navona. Właściciele powiedzieli, że nigdy nie wynajmowali mieszkania wyżłowi, a do tego weimarskiemu".

Suka obudziła się i poczuła, że bardzo tęskni za Wyżłem. Miała ochotę już go wytarmosić za mięsiste uszy i pocałować w tył psiego łba. *Miejsce między psimi uszami jest ewidentnie stworzone do składania tam pocałunków. Nadaje się do tego idealnie i ładnie pachnie.* Za Marianną tak nie tęskniła.

W restauracji mała pulchna dziewczynka dostawała napadów szału z powodu limitowania jej liczby ciastek. Rzucała się na podłogę, wierzgała nogami i wyzywała rodziców. Suka spojrzała na swoją matkę, która właśnie zmieniła Frischa na opasłe tomiszcze Kena Wilbera. Przypomniało jej się, jak sama wspominała o tym, że marzyła, kiedy wreszcie Suka dorośnie i grzecznie ułoży się na brzuszku z jakąś książeczką dla dzieci. Mała Suka czytała od czwartego roku życia i nauczyła się składać słowa na książce „Psy rasowe". Do dnia dzisiejszego pamiętała wymiary większości ras w kłębie oraz kiedy zostały uznane przez FCI. Jednak zanim do tego doszło, jej matka musiała karmić prawie niekomunikatywne dziecko kaszkami zdobywanymi cudem w Peweksie i lepić babki z piasku. *To cud, że miała tyle wytrwałości, że mnie nie za-*

peklowała w jakiejś beczce po kapuście. Przypomniało jej się, jak odbierała ją z przedszkola jako świeżo upieczony adwokat, a tępe przedszkolanki obserwowały ją przez okno i komentując jej ubranie i wygląd, zupełnie nie zauważały, że mała Suka wszystko słyszy. *Kolejny dowód na to, że w „edukacji" lądują sami kretyni (a nawet kretynki, bo to sfeminizowane towarzystwo). Miałczyński był na tym tle wyjątkiem. Większość to imbecyle z ogromnymi kompleksami, które wyładowują na dzieciach.*

Zupełnie inne podejście miał do małej Suki jej ojciec. Uważał małe dzieci za istoty niegodne jego zainteresowania. On, pan Adwokat, który ma apelacje, kasację i trzy pozwy do napisania, nie będzie sobie zawracał dupy jakimiś tam zabawami w ciuciubabkę. Mała Suka szybko więc czytała, uczyła się, aby zdobyć jego uwagę. *I tak było to bez sensu.* Spojrzała na małą ciasteczkową terrorystkę, która teraz trzymała się rękami stołu, leżąc na podłodze. Małe łapki, zaciśnięte na metalowej nodze, nie dały się odczepić. Ciągnięcie jej za nogi też nie przynosiło efektów. Suka przekroiła ze spokojem melona na pół. Mała dalej wyła. Matka Suki próbowała się wyłączyć, ale też co jakiś czas patrzyła na małoletniego Rejtana. Suka przypomniała sobie, jak ojciec na wakacjach powiedział jej kiedyś, aby wiaderko i grabki upychała do jakiejś szafki, bo zaburza to jego poczucie estetyki. Po czym podszedł do jej zabawek i wyrzucił je demonstracyjnie przez hotelowe okno. Mała, wściekła Suka nie pozostała dłużna. Chwyciła informator prawniczy, czyli świętą rzecz dla każdego adwokata, i świsnęła go przez to samo okno. Zafascynowana, patrzyła, jak gruby informator leci w kierunku plaży. Wszystkie terminy, sygnatury akt, kolizje i substytucje powiewały sobie na wietrze. Z kalendarza wysypało się mnóstwo małych karteczek. Ojciec nigdy nie traktował jej jako godnej uwagi, a gdy dorosła, traktował ją jak kumpla do gadania o swoich dupach i kochankach. Z pewnością nastolatka, nie wiadomo jak inteligentna, nie była właściwym partnerem do takich rozmów. Suka z przerażeniem zauważała u siebie jego cechy. Porywczość, niechęć do dzieci i plastikowych zabawek. Nawet woziła w bagażniku taki sam kosz wiklinowy, jaki on woził, z nieprzeczytaną prasą, łudząc się, że kiedyś nadrobi zaległą prasówkę. Ciążył jej ten kosz w bagażniku i w głowie. Tylko ona w przeciwieństwie do swojego ojca była świadoma tego, jaka jest, i nie zamierzała nikogo skrzywdzić. Z podziwem popatrzyła na swoją matkę. *Jak ona dokonała tego cudu i mnie wychowała? Przeżyła te wszystkie afery ze mną w roli głównej i uparcie wtłoczyła do głowy ten cały bagaż kulturalny, tę ogromną ilość literatury?*

– Mamuniu. Kocham cię!

Matka zakrztusiła się pomidorem.

– Co ci się stało? – zapytała, zdumiona.

– Nic. Dzień dobroci dla zwierząt. – Posłała jej buziaka. – Kocham cię. Tak po prostu.

Popęd seksualny nie jest tylko popędem seksualnym. To jest ogromna machina napędzająca ludzi do działania. Dzięki temu chce im się spinać, być bardziej błyskotliwym w towarzystwie i bardziej inteligentnym. Przez to odwieczne prawo natury mężczyźni zmyślają na swój temat, opowiadają bajki i legendy. Pewnie też dlatego Pee mówił o swojej sile sprawczej i roli, jaką odegrał w historii Polski, a Karol, znudzony swoją piękną żoną, opowiadał, jak bardzo w domu się męczy, ale mimo tego jest dzielny w trudzie i znoju i pozostaje świetnym towarzyszem na co dzień. Zdrowy rozsądek zmuszał Sukę do filtrowania tych informacji i patrzenia na nie po obróbce. Wiedziała, że przy niej chłopcom i mężczyznom chce się bardziej. Jak miała wyjątkowo dobry nastrój, nawet była miła i od czasu do czasu się śmiała. Tak było wieczorami na plaży. Z uprzejmości, nie ze względu na dostarczenie marihuany i haszyszu, nie zbijała ich z tropu. *Personalizacja usług hotelowych powinna iść w tym kierunku, a nie – zatrudniania stada animatorów fikających bezsensowne koziołki na plaży.* Ta myśl jak dym z jointa układała się w jej głowie. To był ostatni wieczór na Zanzibarze i Suka zamierzała pierwszy raz się dobrze bawić. Konwencja bycia miłą i kobiecą nawet ją bawiła. Z zainteresowaniem słuchała o podwodnych podbojach i o trudnym, chłopięcym życiu w parze. Utyskiwanie nurków na obecne partnerki zniosła, powstrzymując swoje złośliwe komentarze. Wszystkie zabiegi, jakie wykonywała ta trójka, były niczym innym jak ustawianiem się w blokach startowych do jej osoby. Walczyli tego ostatniego wieczoru o możliwość „wakacyjnej miłości". *Chyba o to chodzi Cosmo, jak daje taki kretyński tytuł: „Pozwól sobie na wakacyjną miłość". Rozumiem, że to jeden przygodny numerek na plaży.* Przypomniał jej się film z Muzeum Powstania Warszawskiego nakręcony w czasie wojny. Po przeciwnych stronach ulicy ostrzeliwali się przeciwnicy. W pewnym momencie jedna strona wyciągnęła białe flagi i... poprosiła o trzydzieści minut przerwy. Wtedy dowódcy ze stron przeciwnych wyszli na środek, uścisnęli sobie dłonie, zebrali trupy, a po uprzątnięciu placu (zabaw?) i daniu odpowiednich znaków wrócili do ostrzeliwania. Jeśli wojna to jakaś konwencja, to czy miłość i seks czymś się od niej różnią? *Czy to przeciąganie się, półotwarte usta jak z plakatów, to odrzucanie włosów do tyłu w czasie robienia laski to też nie jest pewna forma? Pewna konwencja? Trochę okraszona fizjologią, na pewno, ale czy to coś więcej? Wystarczy mieć odrobinę wyczucia artystycznego, aby nie czując nic, stworzyć łóżkowe arcydzieło.* Mając to na względzie, umówiła się z każdym z trzech uczestników eksperymentu w innej części resortu. *Mam pół godziny na zastanowienie się, co z nimi zrobię.*

Postanowiła najpierw zgarnąć Bobofruta, później – Gangstera, na końcu – dzieciaka w jej wieku. Dopiero się tego dowiedziała i mocno zdziwiła. *Nie jestem w końcu jakimś pedofilem i nie zrobię dziecku krzywdy. Będzie miał uraz na całe życie. Biedactwo.* Wcześniej poszła do recepcji, gdzie zapytała o pokój jej znajomych, którzy zabrali z plaży jej maskę do nurkowania. Sympatyczna Murzynka, z króciutkimi włosami i niesłychanie długą szyją, udzieliła jej odpowiedzi, przy okazji zdradzając ich nazwiska. Potem Suka zapytała wujka Google, czy może się z którymś z nich przespać dla zabawy. Przy dzisiejszych publicznie dostępnych informacjach KRS w ciągu zaledwie pół godziny wiedziała co robią zawodowo, jakie mają dziewczyny, gdzie imprezują oraz jakie alkohole piją najczęściej. Wuj Google powiedział: „Go, go my girl!". *Profesjonalny research w zaledwie pół godziny. Idealnie!*

– No dobrze, mam was wszystkich. Idziemy do waszego pokoju. Mam nadzieję, że posprzątaliście – powiedziała Suka. – Nie lubię bałaganu.

Patrzyli na nią szeroko otwartymi oczami i z szerokimi źrenicami. Pewnie z powodu jointów.

– Ja nie żartuję. Przecież po to opowiadacie mi o swoich niezwykłych sukcesach zawodowych i wyczynach seksualnych od kilku godzin. W przyrodzie nie marnuje się energii po to, aby tak po prostu opowiedzieć o sobie.

Dalej nikt nie odważył się zabrać głosu.

– Ale jak to? Wszyscy? – zapytał Dzieciak.

– Doszłam do wniosku, że zdecydowanie za dużo mam ważniejszych wyborów do dokonania w życiu niż wasza trójka. Moneta ma tylko dwie strony, więc też odpada, nie chciałam nikogo wykluczyć z zabawy. Poza tym kto powiedział, że „mieć ciastko czy zjeść ciastko", skoro dzisiaj cukiernia jest na każdym rogu. Idziemy.

– Nigdy nikt nie potraktował mnie tak przedmiotowo – wymamrotał Bobofrut, który wyglądał na wrażliwca i romantyka. *Ciężka i wyjątkowo przykra przypadłość.*

– A ja na trzeźwo tego nie ogarnę – dodał smutny Gangster.

– A ja zaraz wam podziękuję. Jak się okaże, że nie jesteście przygotowani do zajęć, to ostrzegam, nie jestem dobra w tych nędznych gadkach: „Wiesz, nic się nie stało, to nie twoja wina" – warknęła Suka. – I radzę się postarać. Dyplomy ze sportowych zajęć dodatkowych na wyjeździe dostaniecie rano. Aha! Teraz to mogę powiedzieć, bo już się nie podrywamy. Macie beznadziejne te gacie w hawajskie kwiaty.

Nie wszystkie psy potrafią aportować. Niektóre grupy psów są do tego stworzone, inne wymagają żmudnej pracy z człowiekiem. Po pierwsze, pies jako drapieżnik instynktownie chwyta zdobycz i chce ją zanieść w bezpieczne miejsce. Przy psie myśliwskim ważne jest to, aby ujmował ustrzelonego ptaka niezwykle delikatnie i nie pogryzł go. Nie może go też wymemłać. Na konkursach prac polowych psów myśliwskich obniżane są za to punkty. Ważne, aby pies, robiąc to pierwszy raz, miał z tego przyjemność. Może to być nagroda, pogłaskanie lub jakiś smakołyk. Pies też nie może być senny i zmęczony innymi ćwiczeniami. Musi widzieć radość, jaką sprawia swojemu właścicielowi właściwym wykonaniem aportu. Psy myśliwskie najczęściej wykonują aport z prawdziwą pasją. Wyjątkiem są pointery, które z angielskim spokojem podchodzą do polowania i głównie skupiają się na pokazywaniu zwierzyny (to point). Jednak po właściwym szkoleniu można skorygować tę niechęć w braniu czegokolwiek do pyska.

Suka, to było pewne, aport miała opracowany do perfekcji. Przez jej chmurny i durny mózg przepływały takie związki frazeologiczne: „klęska urodzaju", „do trzech razy sztuka". Zastanowiła się też nad hinduskim Śiwą. *Na pewno był ascetą? Z takimi możliwościami?*

Na ostatnie śniadanie w opcji „plażowej" Suka przyszła trochę spóźniona. Po prostu zaspała. Chwyciła szybko kawałek arbuza i sok pomarańczowy. Kawę zamówiła u kelnera. Potrzebowała porządnej dawki kofeiny, a nie lury z ekspresu przelewowego. Jej matka przywitała ją ze zdziwioną miną.

– Ok. Rozumiem, że byłaś w pokoju – rzuciła okiem na jej sukienkę zawiązaną z tyłu na wielką kokardę, jak dziewczęcy szkolny fartuszek z lat sześćdziesiątych.

– Byłam, byłam. Wiesz, że nie lubię nieświeżych ubrań i jednej karty wejściowej do pokoju. – Suka nie znosiła hoteli, które traktują przyjeżdżających ludzi jak chodzącą symbiozę, jeden klucz lub jedna karta psuła jej w dniu przyjazdu cały pobyt. Wyjście na plażę i ustalanie punktów kontaktowych przerzutu klucza były logistyką przekraczającą siłę obliczeniową jej wakacyjnego mózgu. – Pobawiłam się trochę chłopcami – powiedziała z uśmiechem.

– Z którym? – Matka w locie złapała, że raczej to nie była plażowa siatkówka.

– Z wszystkimi, nie chciałam hamletyzować z wyborem. – Kelner przyniósł kawę, a ona spojrzała na nią jak na wybawienie. Choć z powodu adrenaliny nie czuła się zbytnio zmęczona.

– Suka, zawsze chciałam, abyś była niezależna i świadoma swojej wartości, dlatego tak ci dałam na imię, ale trochę mnie przerażasz.

– Ale oni byli do tego idealni! Po pierwsze ze Szczecina, to kawał drogi od Warszawy, po drugie mają narzeczone, czyli nie będą odgrywać mi scen z „Fatalnego zauroczenia", płacze na wycieraczce czy jakieś tam inne głupoty, po trzecie w takim składzie żadnemu z nich nie przyjdzie do głowy, aby planować ze mną przyszłość i mieć wspólne domowe ognisko na przedmieściach z pelargoniami w oknach – racjonalnie wytłumaczyła Suka i zaczęła się powoli rozglądać po sali za jakimś łososiem albo przynajmniej małżami.

– Trochę przedmiotowo ich potraktowałaś.

– A czy którykolwiek inny facet, jak wyrywa dupę z klubu, a tuż po dwunastej daje jej stówę na taksówkę ze słowami: „wiesz, kochanie, muszę trochę popracować rano", to nie traktuje jej przedmiotowo? I najważniejsze! Czy ma z tego powodu wyrzuty sumienia? Nie popsujesz mi dobrego humoru. Nawet nie próbuj.

– No tak. Właściwie masz rację. Ale i tak jesteś straszna!

– Ja też cię kocham.

Suka upolowała łososia tuż przed zamknięciem bufetu. Wracając na taras, zauważyła, że sąsiedni stolik zajął lekarz z małżonką. *Jednak instynkt stadny jest bardzo silny u niektórych ssaków.* Oznaczało to koniec swobodnej rozmowy z jej matką.

– Słyszałem, że dobrze się bawiliście na plaży wczoraj – rzucił lekarz, zerkając znad talerza płatków. *Co za beton, nawet menu śniadania nie zmienia.*

– Widzę, że wielki brat czuwa – odpowiedziała sarkastycznie Suka z talerzem w dłoni, którym, gdyby nie cenna zawartość (małże marynowane), miała wielką ochotę walnąć go w głupi lekarski łeb.

– Ochrona hotelowa mówi między sobą. Że zarobili.

– Od kiedy pan doktor – Suka specjalnie zaakcentowała tytuł zawodowy, aby się napuszył, a potem w tym stanie napuszenia dostał w łeb. *Trzeba tylko dobrze wycelować i trafić w odpowiedni moment* – mówi w języku suahili?

– Mówili akurat po angielsku.

– Ach tak?! – udała zatroskaną. – I cóż takiego mówili?

– Że zapłaciliście ochronie hotelowej za kąpanie się nago w oceanie w nocy.

– Tak, za kąpanie tak, ale nie nago. Na to nie było nas stać. – *I to jest ten moment.* – Ja zostałam w stringach – odparła z najbardziej uroczym uśmiechem Suka w sukieneczce pensjonarki w drobną błękitną krateczkę vichy. – Smacznego państwu życzę.

Matka Suki, obserwując wszystko z boku, skręcała się ze śmiechu, a żona lekarza była czerwona ze wściekłości. On żałował, że jest z nią, a ona, że nigdy już nie wróci do studenckich czasów i dzikich imprez. Tymczasem w obecnym stanie cywilnym jej nie wypadało. Popadła w pułapkę, w stan bycia matroną, która w dniu stanięcia na ślubnym kobiercu została matką. Świętą i czystą.

Suce za to wypadało wszystko i korzystała w pełnej rozciągłości z tych uprawnień. Postanowiła przepłynąć się na „goodbye" i przygotować jakoś psychicznie na spotkanie z mroźną i zimną Polską. *No ziemi całować nie będę. To jest pewne.* Uchwyciła swoje odbicie w oknie tarasowym. Faktycznie w tej sukience wyglądała na siedemnaście lat. Przypomniał jej się SMS od Pee: „Widzę na Filipinach plażę, ciebie i mnie. Obok nas biega mała dziewczynka w sukience w kratkę vichy". *On naprawdę jest walnięty. Nawet SMS-ami trafiał jak kulą w płot. Czy naprawdę posiadanie dziecka z mężczyzną jest tak ważne i istotne? Spłacanie kilku kropel spermy z materiałem genetycznym w postaci znoszenia obecności jakiegoś palanta przez całe życie to chyba zbyt wygórowana cena.*

Samiec alfa ma specyficzne predyspozycje psychiczne. Musi być pewny swoich decyzji, bo to on prowadzi stado na polowaniu

Ojczyzna powitała ją roztapiającym się śniegiem i świątecznymi lampkami. Do Bożego Narodzenia było jeszcze około trzech tygodni, ale już się przyzwyczaiła, że w Obi święta zaczynały się tuż po Święcie Zmarłych. W przeciwieństwie do galerii handlowych Suka uwielbiała markety budowlane. Z zafascynowaniem podziwiała wiertarki udarowe, młotki, farby epoksydowe oraz różnego rodzaju napędy do bram garażowych. Inną sprawą było to, że niezwykle ceniła sobie niezależność i samodzielność, więc wolała sama wiedzieć, jak co naprawić. Nie znosiła tych wszystkich panów Ziutków czy Heniów, którzy za wizytę i puknięcie dwa razy młotkiem brali tyle co lekarz. Tak więc co roku, obok zakupów na zapas: żarówek (kilka rodzajów, bo nawet halogeny mają już kilka końcówek, nie wspominając o tym, że Zieloni rozpoczęli modę na żarówki energooszczędne, co też skomplikowało sprawę) i baterii (spieniacz do mleka do kawy rano), kupowała lampki, którymi otulała krzewy równo przycięte w kule w donicach na tarasie. Miała fototerapię we własnym zakresie. Odebrała wreszcie zaległe maile. Ponieważ argument „laptop poniżej trzynastu cali się nie liczy" nie przeszedł, przez prawie dwa tygodnie odcięła się od wirtualnego świata. Obiecała mamie, że na wakacje wyjadą bez żadnej elektroniki.

Było kilka rozpaczliwych maili od Karola („umówmy się na kawę, dawno się nie widzieliśmy"), trochę od jakichś ludzi, z którymi Suka nie bardzo widziała sens i przyjemność spotykania się (z roku na rok dziczeję coraz bardziej), kilka od Marianny („ciekawe linki, zobacz") oraz jeden istotny od Piotra Furtki. „Wróciłaś? Jak tak, to ucałuj psa w nos ode mnie". Suka zastanowiła się, na ile całowanie jej osobistego Wyżła w jego osobisty nos narusza jej prywatność. *Może to nic złego? Może ja jestem przewrażliwiona?* Każdy człowiek ma określoną bańkę prywatności. W realu jest to około pięćdziesięciu centymetrów. *Ja mam na pewno więcej, tak około dwóch kilometrów. To zdrowa odległość.* W sferze językowej nie jest to określone. Może dlatego, że sfera semantyki jest o wiele trudniejsza do zdefiniowania. Suka stosowała tu zawsze zasadę lustra. Czy byłoby na miejscu wysłać informację o takiej treści w drugą stronę? *Oczywiście nie!* Ona nie całowała obcych psów w nos za pośrednictwem ich panów. Jeśli już, robi to znienacka i w realu. Ale takich maili nie wysyła, bo pozostawiają otwartą furtkę dla frajerów. Później taki palant usiłuje się przez nią wcisnąć, bo myśli, że właśnie dostał zielone światło. A od nosa jej Wyżła do jej nosa niedaleko. Nie odpisała nic. Zapakowała do torby strój na basen.

Suka szykowała się do wyjścia, ale spłukując wodę w toalecie zauważyła, że woda nie chce przestać lecieć. Suka pobiegła po nóż firmy BergHOFF i operując narzędziem, które spokojnie mogłoby zagrać główną rolę w horrorze, zdjęła panel przycisków. Klęła pod nosem, że jest niedziela i żadnego fachowca nie znajdzie. Nie zdjęła nawet kurtki, usiadła przy laptopie i wyszukała rysunki, przekroje i rzuty podtynkowego systemu spłukiwania. *Abym ja, kurwa, w Adama Słodowego w weekend się bawiła! Człowiek chce spokojnie oswoić się z brutalną rzeczywistością po powrocie z raju, to, kurwa, nie może!* Klęła dalej i szukała w postach hasła „leci woda, nie ma zabezpieczenia". Po kilku minutach znalazła. „Jeśli woda leci, jej dostęp nie jest zablokowany, oznacza to, że zepsuł się pływak. Usterka może być też spowodowana nadmierną ilością kamienia". Wtedy Suka pomarzyła o mieszkaniu na stałe w hotelu. W jej kalendarzu był zaznaczony nie tylko jej okres, lecz także terminy odkamieniania ekspresu do kawy, odkamieniania i czyszczenia filtrów pralki, zmywarki, zlewu, brodzika oraz przegląd klimatyzacji. Przeglądy auta plus czyszczenie podwozia. Dom to prawdziwy dowód na to, że perpetuum mobile istnieje. *Ale że jakiegoś gościa, co się nazywa „pływak", trzeba co jakiś czas zakwasić, to bym w życiu na to nie wpadła! Jak ja bym chciała mieć w tym momencie żonę! Ale nie Mariannę. Taką z prawdziwego zdarzenia! Co to i kran przeczyści, i z pływakiem sobie poradzi. I zrobi to zupełnie za darmo i nieodpłatnie.* Suka, załamana stanem zdrowia pływaka, który okazał się bardzo istotny w jej życiu, mimo że do tej pory się nie poznali, zalała się łzami i usiadła na środku łazienki. Wyżeł towarzysko ułożył się obok niej.

W drodze na basen umówiła się z Karolem. Rozmawiał bardzo oficjalnie, bo była niedziela, a on dzień święty święcił i miał żonę na nasłuchu. Suka od razu wyczuła to po jego usztywnionym tonie. Ona nie chciała budzić podejrzliwości jego małżonki, bo wyjątkowo nie znosiła płaczu żon w słuchawce telefonu. Nie rozumiała, czemu kurczowo trzymają swoich mężów, jak oni chcą odejść. *Po co ich traktować jako element stały krajobrazu? Jak jakiś bukszpan w ogrodzie. Albo inny rododendron. Powinny im pomachać białą chusteczką na pożegnanie, pożyczyć wszystkiego dobrego i cieszyć się czystą i niezachlapaną łazienką rano.* Dodała gazu, Wisłostrada była zupełnie pusta.

W szatni na basenie, gdy już zrzuciła całe ubranie z siebie i zaczęła gorączkowo szukać kostiumu kąpielowego, weszła starsza kobieta z dwoma chłopcami. Mieli może pięć, a może sześć lat. Stali wryci i patrzyli na gołą Sukę. Kobieta nawoływała: „Krzysiu, Jasiu, tu patrzymy na babcię". *No, pięknie, zostałam właśnie pierwszym wspomnieniem gołej baby z dzieciństwa. Każdy chłopiec ma takie wspomnienie i pielęgnuje je przez lata.* Suka nie wierzyła, że dzieci są pozbawione seksualności. Nie rozumiała też, dlaczego ten stary przygłup w berecie wprowadził tutaj tych brzdąców wprost na nagą Sukę. Wkurzona wzięła ręcznik i z obrzydzeniem pomyślała o sobie jako bohaterce pierwszych erotycznych snów i nocnych polucji. *Naprawdę człowiekowi jest ciężko w życiu – albo pływak odmawia współpracy znienacka, albo nieletni onaniści w damskiej szatni.*

Wchodząc na basen, kątem oka dostrzegła podobną spłuczkę w toalecie. Przez moment wpadł jej do głowy dziki plan, aby zmierzyć się jednak ze sposobem działania pływaka, który pływa prawidłowo, i rozmontować spłuczkę na basenie. Potem jednak uświadomiła sobie, że rozkładanie na czynniki pierwsze toalety w miejscu publicznym jest nie tylko niegrzeczne, lecz także niebezpieczne. Wyobraziła sobie, ile tam jest bakterii. Reklama domestosa zaliczała się do jednej z najbardziej udanych. Jej wyobraźnia już wykreowała zielone, oślizgłe bestie, które wydają komendę: „Atakujemy!", gdy Suka wkłada rękę do spłuczki. Wzdrygnęła się z obrzydzenia i zaczęła pływać. Zawsze chciała mieć kryty basen w domu, ale teraz właśnie sobie uświadomiła, że jeśli płacze z powodu spłuczki, to ile by musiała płakać, jakby basen się popsuł? Przyjmując algorytm wprost proporcjonalny do ilości upływu wody, musiałaby płakać około miesiąca. Schadenfreude była jej obca, ale poczuła się szczęśliwa, że nie ma basenu i z radością pomyślała o tych, którzy go mają i zmagają się z jego usterkami. *Jest jednak jakaś sprawiedliwość na świecie. Diogenes i ta beczka to też był dobry pomysł. Mnie wystarczyłby jakiś hotel. Może być Intercontinental, ma ładny basen z widokiem i śniadania całkiem znośne. Zawsze lubiłam minimalizm.*

Chęć mieszkania Suki w hotelu nie wynikała tylko z wygody, a definicja homofobii jako strachu od domu nie była, wbrew pozorom, tak bardzo absurdalna. Suka bała się definicji, ramek oraz przystosowania i ograniczeń z tego wynikających. Nie chciała nigdy wpaść w żadną szufladkę. Wpadanie w szufladkę wiązało się z tym, że trzeba było nie tylko ją oswoić, urządzić i zagospodarować. Ale być za szufladkę odpowiedzialnym. Suka miała tę wadę, że albo akceptowała coś w stu procentach, albo w ogóle. Jako lesbijka powinna walczyć o prawa osób homoseksualnych. Nie czuła, że ma w sobie tyle siły, poza tym drażniły ją takie zabiegi. Uważała, że te ruchy są zbyt nachalne w przekazie i bardzo skrajne. Zbudowane na emocjach, a nie na rozsądku. Homofobia była bardziej uchwytna niż mobbing czy molestowanie w pracy. Bardziej denerwowały ją szowinistyczne zagrywki mężczyzn niż spojrzenia ludzi, kiedy szła z Marianna za rękę. Powinna się więc identyfikować z środowiskami feministycznymi, ale tutaj też nie miała swoich wymarzonych stu procent. Jak wspominała o tego typu zachowaniach na zajęciach gender, usłyszała od swojej koleżanki (typ szarej myszki), że ona nigdy takich problemów nie miała. *Gdybym tak wyglądała, też bym nie miała.* I nawet nie myślała o tym ze złośliwością, ale zazdrością, że ktoś może tą szarą myszką być i być niewidzialnym dla płci przeciwnej. Ona musiała za każdym razem udowadniać, że umie dwa razy więcej. Nie wszystkie feministki uważały to za problem. Kobiety mają specyficzny sposób ustawiania hierarchii w grupie. W przeciwieństwie do mężczyzn, którzy faktycznie wybierali najsilniejszego i prawdziwego samca alfa, kobiety są przyzwyczajone do negacji swoich umiejętności i zalet. „Nie, no co ty? Ja dzisiaj tak źle wyglądam". „Nie, daj spokój, ja wcale nie sprzątałam". „Ależ skąd, to nie będzie żaden problem, oczywiście, że mogę podrzucić to na drugi koniec miasta, przecież to nic wielkiego". Suka miała system wartości i sposób wyrażania siebie odpowiedni dla mężczyzn. Tym samym dla kobiet mówiła w języku zupełnie niezrozumiałym. Lepiej dogadywała się z facetami, ale czy dla nich rzeczywiście była równym partnerem? Mężczyźni sądzili, że okazywanie zainteresowania kobiecie jest tym, na co ona, Kobieta, czeka najbardziej. W pracy wolałaby jednak słyszeć innego typu komplementy, niż to, że „pięknie wygląda". Mogła być sympatyczna, miła, mogła być kumplem, ale nie „panienką" do podrywania. Skutek był taki, że wolała się wycofać. Z większości (jeśli nie z wszystkich) kontaktów. *Związki, nawet z grupami społecznymi, wymagają włożenia wysiłku i zainteresowania. Nie mam na to ani siły, ani cierpliwości.* Identyfikacja oznacza również odpowiedzialność. Mieszkanie w hotelu, nawet mentalnie daje efekt neutralny, przejrzysty, unisex. To jej bardzo odpowiadało. *I nie trzeba sprzątać. Dla mojej nerwicy natręctw to zbawienie.*

Po powrocie do domu pływak podjął „funkcje życiowe".

Początek tygodnia zaczął się od gorącego newsa, którego dostała na skrzynkę. Z końcem roku Piotr Furtka został zwolniony. Oficjalnie nazywało się to „odejściem z przyczyn osobistych". Zawsze Sukę zastanawiały te eufemizmy. „Dziękujemy bardzo za współpracę", „Życzymy dalszych sukcesów" – tak jakby faktycznie komuś zależało na dalszej karierze zawodowej pracownika. Niezależnie od tego, kto i z jakiej funkcji odchodził (*nazwijmy to po imieniu: wylatywał*), zawsze czytała te lukrowane bzdury. Okazało się, że Furtka nie potrafił dopiąć budżetu i na grudzień nic nie zostało. *Tak to jest, jak się polonista do matematyki zabiera.* Mimo wszystkich durnych SMS-ów, które od niego dostała, Furtki zrobiło jej się po prostu żal. Było jej go szkoda, bo ponad dwadzieścia lat pracował dla jednej, jedynej Firmy, którą na pewno kochał i się z nią zżył. *Kolejny argument, aby się do niczego nie przywiązywać.* Otworzyła prywatną skrzynkę i zrobiła sobie kawę.

Dostała od Piotra też maila na priv.

`> Pewnie już wiesz, że od stycznia mnie nie będzie.`

`> Wiem. Strasznie mi przykro. Pewnie będzie ci brakować Firmy. Jestem sobie w stanie wyobrazić, jak trudno jest zmienić pracę po dwudziestu latach.`

Suka ze zdenerwowania i przejęcia otworzyła paczkę czekoladowych lodów, których normalnie by nie tknęła. Były przeznaczone do mrożonej kawy, jakby wpadła do niej mama. *Dziwne, myślałam, że nie mam tej żałosnej cechy w sobie, jaką jest empatia...*

`> Suka, może nie będzie tak źle. Właściwie tak sobie myślałem, że może w życiu czas coś zmienić. Może to jest jakieś zrządzenie losu.`

Suka usiłowała długą łyżeczką wybrać lody z pudełka, a drugą ręką odpisywała. *Determinizm jednak znacznie ułatwia zrozumienie pewnych życiowych sytuacji.*

`> Przynajmniej możesz się teraz wybrać na długie narty do Szwajcarii. Zrób to koniecznie. Taka okazja (w postaci sporej dawki wolnego czasu) może Ci się nie powtórzyć. Trzymaj się. Muszę uciekać do pracy. Pozdrawiam. Pa`

Nadal grzebała w lodach i zastanawiała się nad tym, że ukochane miejsce pracy też może zawieść. Furtka kochał Firmę, a na pewno się z nią identyfikował, a to już dużo. *Uczucia to jednak jakiś zbędny balast. Tylko komplikują wybory, życie i sploty okoliczności, które i tak są poplątane. Podchodzenie do wszystkiego w temperaturze tych lodów jest zamrożeniem się na ból.* Spojrzała na pół zjedzonego pudełka i dopadły ją wyrzuty sumienia, że te lody muszą się gdzieś na niej zemścić. Wzruszyła ramionami i dołożyła sobie do nich bitej śmietany w sprayu.

Pogodynki w tym czasie zapowiadały nadejście wysokiego frontu. Oznaczało to lepsze działanie antydepresantów, mniejszy ból stawów oraz słońce w ciągu dnia, które na pewno zmusza do działania. Pogodynki ekspresyjnie wymachiwały prawą ręką, u nasady której znajdował się upięty w staniku push-up biust. *Nie wiem, z czego one się cieszą.* Dla Suki oznaczało to wieczorny spacer z Wyżłem przy minus dziesięciu. *Takie temperatury powinny być karalne. To niemoralne czekać z psem na sznurku, zanim on łaskawie zrobi kupę.* Suka stała i, zmarznięta, przyglądała się, jak Wyżeł krąży z dziwnie wygiętym ogonem, ale zamiast skupić się na właściwym działaniu, obsikuje każde drzewo. Ostatnio podczas wyprowadzania go na spacery zaczęła marzyć o zupełnie płaskim terenie. *Ile wysiłku ten męski-psi-palant musi włożyć, aby wziąć udział w tej zapachowej randce w ciemno. Oczywiście wszechwiedząca matka natura wrobiła w to bezsensowne i pochłaniające energię zajęcie psy, bo żadna suka by na to nie poszła. Obszczałaby pierwszy lepszy trawnik i wróciła do ciepłego domu na kanapę.* Pomyślała, że trzeba było jednak kupić sukę, nie sterczałaby tu teraz jak ostatni frajer, czekając, aż Wyżeł zaznaczy teren (a więc i potencjalne suki) w całej dzielnicy. *Wyżeł, sraj wreszcie! Jak się okazuje, potrzeby fizjologiczne rozmnażania są zdecydowanie ważniejsze w naturze niż zachowanie ciepła ssaków.* Spojrzała na Wyżła kręcącego się wokół własnego ogona i drobiącego łapami w miejscu, jakby ugniatał śnieg. Oznaczało to tyle, że za moment przejdzie do właściwej czynności. Suka spojrzała na jego klapnięte aksamitne uszy i się rozczuliła na widok swojego jedynego prawdziwego przyjaciela. *Piękne masz te uszy, ale jak umrzesz, to za to, że mnie tu trzymasz na mrozie, odetnę ci je i zrobię sobie naszywki na łokcie do sztruksowej marynarki.* Znowu się rozczuliła, jak Wyżeł posłał jej zielonymi oczami długie spojrzenie. *Miłość jest jednak ślepa. Wyżeł, sraj!*

Po piętnastym grudnia w mieście zaczyna się robić nieprzyjemnie. Korki, kolejki, zatory na drodze, spóźniający się kurierzy, poczta dostarczająca przesyłki z poślizgiem. A to wszystko w imię narodzin Jezusa Chrystusa, który to niby narodził się stajence w Betlejem. Każdy, kto był w Betlejem i zobaczył to miejsce i Disneyland, w którym to niby narodził się Syn Pana, powinien zacząć wątpić, czy to się w ogóle wydarzyło. Powinien też podziwiać świetnie zorganizowany PR Kościoła z ponad 2000-letnią tradycją. *Najlepsi PR-owcy są jednak w Watykanie. Czy słowo „piar" nie ma coś wspólnego z „piranią"?* W Betlejem znajduje się szklana gablota z jabłkiem i wężem, którą turyści mijają z wielkim przejęciem. Dla Suki bardziej intrygujące było to, czy turyści naprawdę wierzyli, że jabłko i wąż w tym akwarium mają też ponad dwa tysiące lat. *Zbiorowa histeria to jednak groźne zjawisko.* W wydaniu europejskim nie ma węża, za to są kiczowate ozdoby w sklepach, kilkumetrowe choinki oraz kolędy na cały regulator. Z badań wynika, że nic tak nie pobudza do zakupów jak „Cicha noc". Euforia jest porównywalna do tej turystycznej – betlejemskiej. Suka postanowiła załatwić wszystko, co ma do załatwienia w tym tygodniu, bo próba zrobienia czegoś tuż przed Wigilią będzie kombinacją alpejską. Jej mama postanowiła pojechać na święta z Tic-Takiem do „Gołębia" do Wisły. Tic-Tac przeżywał, że dostanie swój własny, biały ręcznik frotte. Mówił o tym sporo, więc było to dla niego przeżycie prawie mistyczne i – jak dla prawdziwego katolika – godne świąt. Suka zamierzała zakopać się pod kocem, z Wyżłem i psem mamy i czytać książki, żywiąc się przy tym tradycyjnymi potrawami świątecznymi, takimi jak mandarynki i bakalie. Inne były wykluczone, ponieważ wiązałyby się ze staniem w kilometrowych kolejkach. *Walka o ogień w wydaniu supermarketowym zupełnie mnie nie interesuje.* Suka pojechała do Firmy podpisać rachunki i załatwić papierologię, której wyjątkowo nie lubiła.

Na dole zobaczyła Piotra w otoczeniu świty. Obok stała Balladyna. Furtka zanosił się śmiechem, chcąc potwierdzić swoją dobrą kondycję psychiczną. Śmiał się swoimi nielicznymi zębami, chcąc zagłuszyć w głowie pytanie: „Dlaczego ja?". Co prawda, wywalał sam wiele osób w swoim życiu i wiedział, że często na to nie zasłużyły, ale nigdy nie spodziewał się, że trafi też na niego. Jak każdy dyrektor, który stał się dyrektorem w trakcie przemian gospodarczych w Polsce, czekał grzecznie na przedemerytalny okres ochronny. *Komfort umowy o pracę* – pomyślała Suka i zrobiło jej się bezzębnego Furtki żal.

– Cześć, widzę, że kawa ciągle ta sama. – Suka spojrzała na kubek kawy w jego ręce.

Furtka cmoknął ją przyjacielsko w policzek.

– Tak, kawa bez zmian. – I mrugnął okiem. Suka usztywniła się na cmoka na jej policzku, ale w tej sytuacji nie chciało jej się o tym myśleć. *Pewnie facet nie jest w najlepszym stanie. Nie przyłączy się przecież z dotychczasową pozycją zawodową do Ruchu Oburzonych.* Stojąca obok Balladyna zrobiła się czerwona jak purchawka. Wytarty, sfilcowany sweter zaczął się unosić od hiperwentylacji cycków Balladyny.

– Dobrze wyglądasz – skłamała Suka. Prawda była taka, że Piotr Furtka wyglądał, jakby schudł jakieś pięć kilogramów i poszarzał na twarzy. *Kupka nieszczęścia człowieka korporacji.*

– Bo wszystko jest OK – ściszył głos. – Dostałem tyle sympatycznych SMS-ów, negatywnego elektoratu nie mam – stwierdził z dumą. Suka uśmiechnęła się jak wypłowiały liść i pobiegła na pierwsze piętro do księgowości. *Ciekawe, czy teraz podrywa dziewczyny na biednego misia. Niektórzy tak mają. Znając jego naturę, pewnie teraz wypłakuje się w czyjeś cycki albo w czyjąś waginę.*

Połowa grudnia to też bardzo ważny czas na podjęcie decyzji, z kim i jak spędzić następny rok. Suka nie robiła noworocznych postanowień, bo uważała, że to głupie. Cenzus czasu w postaci nowego roku jej nie cieszył, a raczej martwił. Że życie tak szybko upływa, a niektórzy w jej wieku wynaleźli już rad i polon. Ona na nowy rok musiała wybrać kalendarz, który będzie jej najważniejszym narzędziem przez kolejne dwanaście miesięcy. Zdecydowanie odrzucała sławne kalendarze Moleskine. Biorąc pod uwagę, że używali ich van Gogh, Hemingway, Picasso oraz Chatwin, a Suka i tak piła nie najmniej, mogłoby się to źle skończyć. Kiedyś z TeNeues kupiła kalendarz z Hopperem. Niestety, jego depresyjny klimat położył się cieniem na cały rok. Suka żarła psychotropy garściami oraz miewała myśli samobójcze. *Z drugiej strony, kto ich dzisiaj nie ma? Pewną ulgę przynosi fakt bycia ateistą. Sama świadomość, że nie ma życia wiecznego i nie trzeba się tak wiecznie napierdalać przynosi prawdziwą ulgę.* Dwa ostatnie lata spędziła z Vettriano. Szkot, który rzucił szkołę tuż po podstawówce, został na kilka lat górnikiem, aby odkryć w sobie artystę. Te dwa lata, mimo nieprzewidywalnych decyzji Suki, były w miarę udane. Psychotropy tylko zimą, alkohol często w towarzystwie, nawet kilka imprez, na które Suce udało się ubrać, umalować i najtrudniejsza rzecz – wytrzymać do końca. Właśnie zastanawiała się nad takim samym modelem na spirali z boku, kiedy zadzwonił telefon. Zanim wyciągnęła go z wielkiego skórzanego wora, minęło dobrych kilka sekund.

– Halo? – *Kurwa, nie sprawdziłam, kto dzwoni!*

– Cześć, malutka – zabuczał niski głos w słuchawce. *To Pee...*

– Cześć – odpowiedziała beznamiętnie.

– Wiesz, że byłem w Kurdystanie, Turkmenistanie, Tadżykistanie, Uzbekistanie, Pakistanie i Kazachstanie? I wiesz, że o mało nie zginąłem?

– No fajnie, to prawie byłeś w Stanach.

Pee tubalnym śmiechem zaśmiał się do słuchawki, a Suka wyłączyła funkcję nasłuchu w głowie.

– Ble, ble, ble, ble, ble, ble... – tyle słyszała. W tym czasie zastanawiała się, który z wybranych kalendarzy zasłużył na jej towarzystwo przez kolejne miesiące. Który będzie pełnił funkcję prawie jej interlokutora codziennych rozważań i lęków. Który zniesie jej wpisy: „Ten dzień był do dupy". Który jest gotowy na podróże w jej przepastnej torbie i niestety, często w klasie ekonomicznej?

Z opowieści Pee zrozumiała tylko tyle, że upił się ze swoim kumplem Pawłem w ambasadzie, dostał bąbla na przedramieniu i myślał, że to choroba tropikalna. *Taaaa! Choroba tropikalna w Kazachstanie, kurwa!*

– Widzę, że coś jesteś nie w sosie malutka? – *Znowu ta „malutka"!*

– Wywalili mi szefa z pracy. Jak się okazuje, kryzys zaczyna zbierać żniwo też na górze – powiedziała spokojnie, przerzucając kartki kalendarza.

– Bo w tych mediach durnie siedzą! Dawno wszystkim mówię, te iPady, te smartfony to jest teraz przyszłość! – Pee wydarł się do słuchawki, a Suka natychmiast włączyła z powrotem tryb „nasłuch głupot". Nienawidziła, jak Pee stawia się w roli wszechwiedzącego, gdy jego wiedza o polskich i światowych mediach zatrzymała się na dalekopisach, które według niego sprawdzały się idealnie, i przez ostatnie kilka lat nie mógł zrozumieć, dlaczego zastąpiono je internetem. Może mądrości Pee zrobiłyby wrażenie na siedemnastolatce, ale na pewno nie na Suce.

– Słuchaj no, alfo i omego! Czy odebrałeś maila, którego wysłałam ci dwa lata temu?

– Nie.

– Czy wiesz, co oznacza skrót „ctrl + f"?

– Nie.

– Czy nadal posiadasz dziesięcioletniego laptopa i nie masz internetu w domu?

– No, nie mam. Przecież wiesz, jaki był u mnie problem z internetem.

– To się, kurwa, nie odzywaj na temat spraw, o których fioletowego pojęcia nie masz! Ludzie dziś mają stanowczo za mało odwagi, w dobie specjalistów i ekspertów od wszystkiego, aby powiedzieć „nie wiem"! Po prostu! Dwa słowa! „Nie wiem". Jestem zajęta wyborem kalendarza na kolejny rok. Nie zawracaj mi dupy, Pee. Cześć – *Kurwa mać! Przez te dotykowe ekrany nawet spektakularnie nie można rzucić słuchawką. Kiedyś, jak była klapka, jeszcze można było sobie nią klapnąć. Teraz już nic. Androidowe, higieniczne, pojebane czasy.*

Zwrot „Nie wiem" było podobnym tabu jak: „Nie stać mnie". Pierwsze świadczyło o ubóstwie głowy, drugie – o braku zaradności życiowej. *Bo jak wiadomo, wolny rynek idealnie promuje zaradnych/przebojowych/ambitnych.* Suka miała wrażenie, że raczej ta selekcja jest selekcją negatywną i promuje co najwyżej bezczelnych, którzy nie wstydzą się swojej niewiedzy. Tym sposobem świadomy siebie i swoich braków człowiek mówi w otwarty sposób: „Nie wiem, muszę to sprawdzić, zastanowić się, przemyśleć odpowiedź". Tylko ktoś bezmyślny wypowiada się bez jednej przerwy na każdy temat. Widziała takich speców od wszystkiego w każdym programie. Raz był to program o analizie ustawy o zgromadzeniach publicznych, innym razem – o reformie służby zdrowia, jeszcze innym – o życiu seksualnym nastolatków. I te same osoby występowały zawsze, o różnej porze dnia w charakterze specjalistów z różnych dziedzin nauki. To, że bywali w programach telewizyjnych jako eksperci, nie świadczyło o ich wiedzy, a zaledwie o głupocie, że porywają się na dyskusje na tematy, o których nie mają pojęcia. Suka, jako istota myśląca, miała zawsze wątpliwości, ile jeszcze powinna się nauczyć, a wyrażenia „Nie stać mnie" używała często i z premedytacją. Budziło takie zgorszenie w towarzystwie wiecznie młodych i bogatych, że bawiła się nim z lubością. Tym bardziej że wszyscy zawsze myśleli, że sobie żartuje. Tymczasem to nie był żart. W końcu w dobie niekończącej się podaży nie było jej stać na produkty całego świata i na wiedzę i informacje z każdego zakątka kuli ziemskiej. Mogła też zupełnie spokojnie mówić: „Nie wiem". I miała odwagę to robić. Pytanie, czy świat wiecznej ułudy i fałszu jest w stanie docenić taką bezkompromisową szczerość.

Rozglądała się po Empiku, stojąc z Vettriano pod pachą. Kolejka była dość długa, jak to bywa o tej porze przy rondzie Charles'a de Gaulle'a. W normalnych okolicznościach Suka uciekłaby na drugie piętro do mniej obleganej kasy, ale umówiła się z Karolem na parterze. Więc rozglądała się grzecznie i usiłowała zachować minimum przestrzeni do złapania oddechu. Na szczęście przed nią stała interesująca kobieta. Była dobrze po pięćdziesiątce. Włosy blond były poprzetykane siwymi pasmami i zaczesane niedbale do tyłu. Dłonie, lekko spracowane, trzymały wybrane książki. Paznokcie bez lakieru miały ładny kształt. Pachniała Chanel 19 i miała na sobie lniany płaszcz. Trochę za lekki na taką pogodę. Pod szyją zawiązany bawełniany szary szalik. Piękna twarz z wydatnymi kośćmi policzkowymi. Suka uwielbiała patrzyć na takie kobiety. Budziły w niej podziw i miała świadomość, że zaczyna się w ich życiu najpiękniejszy okres. Wbrew temu, co mówią durne gazety, wiek dojrzały jest wiekiem pięknym. Chyba nawet najpiękniejszym. Pozbawionym złudzeń i zbędnych sentymentów. Kobieta wyglądała na taką, która dobrze się z sobą czuje i dobrze się czuje w swojej skórze. Która nie musi się upychać w niewygodną mini i szpilki i wyglądać na chodzącą szczęśliwość. *Może kupuje kwiaty przy Hali Mirowskiej. Wraca potem do domu i wstawia je do szklanego wazonu i czyta? Na pewno nie bierze udziału w głupim targowisku próżności, jakim są kluby, gdzie dziewczęta jak towar wyginają się przy barze w skąpych strojach, aby sprawdzić swoją wartość rynkową.* Z tego zamyślenia wyrwał ją Karol.

– Cześć, Miniu! – *Jak ja nie lubię tego „Miniu" i innych zdrobnień. Skąd on to ma?*

– Cześć! – Cmoknęli się w policzek na powitanie.

– Co tam kupujesz?

– Towarzysza na kolejny rok. Wybrałam Jacka Vettriano. Chyba wytrzyma ze mną następne dwanaście miesięcy.

– A, kalendarz. No dobrze, płać szybko i idziemy na sushi.

Karol raczej by nie docenił piękna kobiety, na którą zwróciła uwagę Suka. Jedną taką miał. W domu. Jego żona Gabriella była malarką. On – dyrektorem artystycznym w agencji reklamowej. Świetnie zarabiał, miał czwórkę dorosłych dzieci i cierpiał na wieczne znudzenie i niecierpliwość kutasa. Wakacje w Portugalii i narty samolotem we Francji już mu się znudziły. Od pięćdziesiątych urodzin czuł się, jakby właśnie rozpoczął seksualne last minute. Bał się, że coś go ominie, że czegoś nie wykorzysta, że którejś nie przeleci. Ta myśl sprawiała mu ból, że być może nie zrobi na kimś wrażenia. Z wykształcenia historyk sztuki. Mimo wyczucia artystycznego i estetycznego, mimo przeczytania wielu traktatów estetycznych i esejów o pięknie w dalszym ciągu największe wrażenie robiła na nim kobieca cipka. Pieprzył wszystko, co miało spódniczkę i nie było Szkotem. Był ofiarą nadmiernej konsumpcji cipek. Miał piękną żonę, którą wiecznie zdradzał. Ostatni jego romans odbył się w poprzedniej pracy z długonogą Anitą. Z toalet na piętrze urządzili sobie darkroomy. Suka była kumpelą dla Karola, więc on zwierzał jej się z tego, że Gabriella kompletnie nie może tego zrozumieć. A przecież on wcale nie chce źle, on chce po prostu pożyć. Suka nie bardzo rozumiała to jego „pożycie". I o ile rozumiała Karola (*bo co tu rozumieć, jak ktoś ma zamiast mózgu skręconego kutasa w puszce mózgowej, to tak jakby rozkładać pantofelka na czynniki pierwsze, a tam tylko cytoplazma, rzęski, jądro duże, jądro małe*), o tyle nie rozumiała kobiet w tym trójkącie. Gabriella powinna go kopnąć w dupę już dawno i zacząć żyć dla siebie. Anita, decydując się na romans, nie powinna zajmować pierwszego miejsca w tym układzie. *Przecież drugie miejsce nie jest złe, to jest w końcu miejsce też na pudle, ale z bonusem. Nie dzielisz wspólnych kredytów, podatków, dzieci, obowiązków i wyrzucania śmieci. Skupiasz się tylko na tym pieprzonym darkroomie. Pozycja kochanki jest naprawdę mocno niedoceniana w społeczeństwie* – pomyślała Suka i zastanowiła się, dlaczego zamiast na Foksal na sushi idą dalej Nowym Światem.

– Dlaczego nie skręciliśmy?

– Bo muszę iść do bankomatu. Nie mam gotówki.

– Przecież możesz zapłacić kartą – odpowiedziała, chociaż sama nie znosiła takiej formy płatności.

– Tak, ale dzieci mnie obrały z gotówki – odpowiedział kompletnie bez związku logicznego z jej pytaniem.

– Boisz się, że twoja żona zobaczy historię rachunku?

– No, widzisz, jaka z ciebie mądra dziewczynka! Skąd ty to wszystko wiesz?

Bo przerobiłam kilku takich frajerów jak ty.

– Bo umiem składać fakty w całość. Jeśli już musimy iść w takim mrozie, to się pośpiesz, bo zamarznę.

– Ja tak szybko nie mogę – wykrzyknął Karol, trochę ślizgając się po śniegu w eleganckich półbutach.

– To się nazywa andropauza. Takie trudne słowo. Może je znasz? – zakpiła Suka.

– Jaka ty jesteś złośliwa! Dlaczego ja w ogóle się z tobą kumpluję? – Przyspieszył kroku, usiłując utrzymać równowagę na oblodzonym chodniku.

– Dlatego, że jako jedna z nielicznych kobiet w twoim życiu nie zwracam się do ciebie „panie dyrektorze", opieprzam cię i strofuję, a im bardziej cię opieprzam i strofuję, tym bardziej ty się dziwisz, dlaczego jeszcze nie uległam twojemu cudownemu urokowi i nie skamlę ci do słuchawki. W ten sposób staję się dla ciebie jeszcze bardziej interesująca, a przez moją złośliwość uwielbiasz ze mną rozmawiać. Voilà! Dlatego razem jemy sushi, za którym ty nie przepadasz. – Zdyszana Suka w czapie z lisa stanęła. – Tu masz bankomat.

Z uwagą przyglądała mu się nad kartą dań. Siedział naprzeciwko i analizował skład maków i futomaków w menu, choć już zdążyli złożyć zamówienie. Spojrzała w kartę. *Kto wymyślił futomaki California? To tak jakby gejsza była z Teksasu!* Znowu utkwiła wzrok w Karolu. Ciekawe, co mu się śni. Pewnie na tym etapie życia już tylko cipki furkoczące na wietrze albo lecące w kluczach jak żurawie. Lekko wilgotne, świeże i różowe. Takie, które chętnie się do Karola przyssą jak meduzy w morzu. Które można pogłaskać. Pewnie jego ulubione dźwięki to teraz mlaskanie i plaskanie cipki. Taki charakterystyczny chlupoczący dźwięk. *Jest tak beznadziejnie napalony w tym kretyńskim andro-*

pauzalnym wieku, że z rozpędu przeleciałby mnie i Wyżła. I jak taki Karol mógłby docenić kobietę w kolejce w płaszczu z lnu? Suce przypomniały się filmy Nancy Meyers. Reżyserka i scenografka „Lepiej późno niż później" i „To skomplikowane". *Bajki dla starych kopciuszków* – pomyślała. W pierwszym Harry (grany przez Jacka Nicholsona) zamiast pięknej Marin (granej przez przepiękną Amandę Peet) wybiera jej matkę Ericę (graną przez Diane Keaton). Erica jest już kobietą dojrzałą, piekielnie inteligentną, z ciekawym zawodem i samotną. Oczywiście, po długich perypetiach i po zrozumieniu wszystkich swoich błędów Harry, który do tej pory gustował w dwudziestolatkach, nawraca się na rówieśniczki. Odkrywa uroki wspólnego smażenia naleśników po nocach i seksu z dojrzałą kobietą. *No takiej, kurwa, bajki to ja jeszcze nigdy nie widziałam! Czy ktoś sobie wyobraża w związku erotycznym Jakuba Wojewódzkiego z Agnieszką Holland? Jak Jakub łapię ją (jak Harry łapie Ericę) za pupę w restauracji? A Holland kwiczy z radości jak jakaś głupia cipa? No, nie! Takie coś się po prostu nie zdarza. I tu nawet nie chodzi o Wojewódzkiego, to osoba typu Holland (czyli Erica, dojrzała, świadoma siebie) nie byłaby zainteresowana kimś takim. Nawet jak on byłby błyskotliwy czy inteligentny. Po prostu nie ma i nie będzie już tej magii. A ta durna Meyers karmi tymi banałami kobiety, i one, nawet w dojrzałym wieku, mają wdrukowane w głowę, że muszą z kimś być i kogoś spotkać. Aby poczuć, że życie ma sens. Tracąc przy tym mnóstwo czasu na bezsensowne poszukiwania, zamiast celebrować życie w pojedynkę.* Znowu wlepiła wzrok w Karola. Przecież on nigdy nie zrozumie dojrzałej kobiety. Bo on chce podziwu, uznania, tego błysku zafascynowania w oczach. Nie rozumie jeszcze, że dla takiego spojrzenia kupuje się po prostu psa.

– Suka, co się tak na mnie gapisz? O czym myślisz?

– O filmach – odpowiedziała Suka wyrwana ze swoich myśli.

– Państwa sushi. – Kelnerka położyła ogromny talerz na ich stoliku.

– Chyba maki miały być osobno na dwóch talerzach? – zapytał Karol.

– A co, my parchate jakie? – wybuchnęli śmiechem. Kelnerka nie. Najwyraźniej nie znała „Konopielki".

– Jak państwo chcą, to ja to zmienię. Mamy kucharza Taja. – W tym momencie wykrzywiła twarz z obrzydzenia. – I to jest oswojony Taj, ale jeszcze nie wszystko rozumie.

– Co to znaczy „oswojony Taj"? Nie wiążecie go już do kaloryfera w kuchni? – zapytała już lekko zdenerwowana Suka na pogardliwy ton kelnerki dotyczący szefa kuchni.

– No, nie – zaczęła się nerwowo i głupio śmiać dziewczyna.

– Suka, daj spokój – Karol wyczuł, że może się to skończyć awanturą uświadamiającą o szanowaniu mniejszości i odrębności kulturowej. Suka była w tym specjalistką.

Zaczęli w spokoju dłubać pałeczkami, a Suka pomyślała o fryzurach gejszy w kształcie pękniętej brzoskwini, która ma się jednoznacznie kojarzyć z cipką. *Coś dla Karola* – pomyślała.

– I co teraz zrobi Piotr? – zapytała Suka, nalewając sobie herbaty z imbryka, która oczywiście ciekła z dzióbka. *Czy oni na tym wzornictwie przemysłowym na Akademiach Sztuk Pięknych słyszeli o takim pojęciu jak utylitaryzm?* Wytarła serwetką stół z kropel herbaty.

– Ty się tak Furtką nie martw, na biednego nie trafiło. Da sobie radę, choć faktycznie na rynku pracy różowo nie jest. – Karol też podjął się próby nalewania herbaty z imbryka, który najwyraźniej miał pełnić tylko funkcję ozdobną.

– Jakoś mi go żal. My się właściwie nie znamy, to znaczy w realu, nie przez maile, widziałam go ze trzy razy i rozmawiałam głównie o nartach. Zawodowo on też nawet dokładnie nie wie, co ja robię. Ale jestem sobie w stanie wyobrazić, że po tylu latach pracy w Firmie to musi być trudne.

– Weź pod uwagę, ile razy on zwalniał ludzi. Kiedyś padło na niego. – Karol maczał w sosie sojowym maka z łososiem. – Przynajmniej nie ma kredytów.

– Racja. Tym się różni dyrektor, który stał się dyrektorem na początku lat dziewięćdziesiątych, od dyrektora, który się nim stał w roku 2000. Ci młodsi wszystko, co mają, jest w części banku, a samochody są w leasingu – Suka nienawidziła kredytów, rat i kart kredytowych. Jako jedna z nielicznych w swoim pokoleniu na miły głos w słuchawce pani z banku: „Pani Suko, mamy dla pani bardzo atrakcyjną ofertę" reagowała alergicznie. Ona słowa „kredyt" nie widziała ani jako Szymona Majewskiego w piórach, ani jako miniratki podobnej do małego elfa, czy jakiegoś innego cholerstwa, ale widziała ciężkie i poważne słowa rodem z trzeciej części kodeksu cywilnego: „dług", „zobowiązanie", „wierzyciel", „dłużnik". *I jaka „pani Suka", dlaczego ta kobieta w słuchawce zwraca się do mnie po imieniu?*

– Da sobie radę. Zobaczysz. Ale co z tobą, Suka?

– Jak co ze mną? – Zaskoczona Suka zastygła z pałeczkami w ręku.

– Myślałem, jak cię poleciłem do pracy, że z twoimi możliwościami, umiejętnościami i wiedzą będziesz tam awansować, będziesz się rozwijać i robić większe i poważniejsze projekty.

– Najwyraźniej nikomu na tym nie zależy albo nikt nie ma w tym interesu – ucięła temat.

– Jak to nie ma interesu?

– Ostatnio dostałam zalew dwuznacznych SMS-ów od Furtki...

– Co to znaczy „dwuznacznych"?

– „Musisz pięknie wyglądać w bikini", „Całuję Cię serdecznie" i takie inne bzdury. – Suka zaczęła grzebać w torbie. – Mogę ci pokazać, jak chcesz.

– Nie, nie trzeba. Ale ty faktycznie musisz wyglądać pięknie w bikini.

– I uważasz, że to jest w porządku? – zakpiła. – SMS o takiej treści wysyłać swojemu współpracownikowi? – Suka zmarszczyła brwi i była już w pełni gotowa do ostrej potyczki słownej i walki na pałeczki. – Rozumiem, że ty takie SMS-y wysyłasz wszystkim swoim sekretarkom. To jest seksistowskie, dwuznaczne, niesmaczne i nie do przyjęcia! Normalnie powinnam mu wysłać wielkimi literami „SPIERDALAJ!" – wykrzyknęła Suka będąca już w pełni bojowego nastroju.

– Mnie kilka razy „spierdalaj" wysłałaś.

– Ale ty nie podpisujesz mi rachunku co miesiąc! Nie ma w naszej relacji żadnej zależności. Jesteś tak durny czy po prostu naiwny? A może sperma ci się spieniła w mózgu?

– Nie, no, masz rację – ściszył głos Karol. – To głupio powiedzieć, ale jak tak patrzę z boku, to nam, to znaczy facetom w moim wieku, mającym już określoną pozycję zawodową i status, wydaje się, że te wszystkie młode dziewczyny przychodzące do pracy powinny być zachwycone naszymi awansami. – Spuścił wzrok i gapił się na wasabi. – I jak tak patrzę na swoje zachowanie, to wiem, że jest ono żałosne. Szczególnie jak się trafia na taką osobę jak ty. Nie można zrobić na tobie wrażenia pieniędzmi czy podróżami, nie można za bardzo zaimponować. Ale wierz mi, że na inne młode kobiety to działa.

– A nie pomyślałeś, że może nie działa, tylko one nie wiedzą, jak na to zareagować? Nie są wystarczająco asertywne? Bo od lat najbardziej destrukcyjny dla dziewczynek system, zwany edukacją, przyzwala na takie zachowania i utrwala takie wzorce społeczne? Nie bądź naiwny! Na tych wszystkich pięćdziesięciolatków w kolejce po zasiłek w ZUS żadna dwudziestolatka się nie rzuca – podsumowała gorzko. – Jest to odwieczny model poprawy statusu społecznego. Na czyichś plecach. Albo raczej na kutasie.

– Miniu, nie denerwuj się – westchnął Karol. – A patrz, jakbyś była ze mną, mogłabyś mieć wszystko i nikt by cię już w pracy nie zaczepiał. Bo wszyscy by wiedzieli, że kogoś masz.

Suka pomyślała, jak bardzo mizerne jest pojęcie „wszystko" w wyobrażeniach Karola. Najwyraźniej jego wyobraźnia jest nie tylko owładnięta różową, wilgotną cipką, lecz także wykarmiona filmami Nancy Meyers. *Jak się okazuje, kobieta zaobrączkowana, w związku, niesamotna – to kobieta bezpieczna. Nic przez ostatnie pięćset lat się nie zmieniło.*

Skupili się na jedzeniu, a Karol opowiadał smętne opowieści, jak bardzo samotny i niezrozumiany jest w domu, bo Gabrysia każe mu szklanki odkładać do zmywarki, a nie do zlewu. *Żałosny, mały miś? Rola „na podryw" wciąż aktualna?*

Na telefonie było kilka nieodebranych połączeń od Marianny. Chciała się podzielić nowinami z Grupy HCl i opowiedzieć o nowym projekcie. Suka nie miała ochoty tego słuchać. Wyłączyła komórkę. *Powiem jej, że się rozładowała.* Pojechała prosto do domu i zakopała się pod kołdrą z Wyżłem i książką.

Mroźne poranki zmieniły ofertę na giełdzie kwiatów. W miejsce tulipanów pojawiły się róże, bo są bardziej odporne na przymrozki. Ale Suka nie mogła od dłuższego czasu zebrać się i wstać tak rano. *Do godziny zero, czyli do świąt coraz bliżej.* Tym razem obudziła się około siódmej. Niebo było jeszcze szare. Wyżeł niecierpliwie kręcił się po domu. Słońce dopiero wstawało. Pewnie chce mu się siusiu. Nie zastanawiając się długo, wciągnęła czarne kalosze i zarzuciła beżowy płaszcz na gołe ciało. Dopiero na dworze zorientowała się, że przy minus ośmiu stopniach to był głupi pomysł. Zawsze czuła się jak rasowa ekshibicjonistka w takim zestawie. A wychodziła tak na poranny spacer z Wyżłem bardzo często. Mijali ją ludzie opatuleni w szaliki i czapki. Nikt na nią nie zwracał uwagi. Ciekawe, co by było, gdyby otworzyła teraz poły płaszcza? Może by usłyszała: „Przepraszam, śpieszę się" albo: „Nie, dziękuję, nic nie kupuję". Albo może: „Co się tak pani płaszczy na mnie?". Zachichotała sama do siebie. *Wyżeł, idziemy, pani musi wypić kawę.*

Bardzo lubiła ten poranny rytuał kawy i przywitania z Wyżłem. Pies zawsze jak tylko zobaczył, że Suka otworzyła oczy, machał radośnie ogonem. Wiedział, że czeka go kolejny dzień z ukochaną osobą. *To się zdarza tylko bardzo zakochanym ludziom. Potem jednak mija.* Następnie była porcja porannych pieszczot, porannego głaskania po grzbiecie i za uszami. Pocałunki Suki na łbie Wyżła. *Tak, „po łebkach" to zdecydowanie określenie pozytywne.* Całowała swoje czterdzieści kilogramów miłości. Później nastawiła ekspres do kawy. Przypomniała jej się sprawa, którą prowadziła jej matka. Dwoje ludzi w dojrzałym wieku przyszło do kancelarii matki i chciało się rozwieść. Powodem ich rozstania miał być ekspres do kawy. Mąż wstawał o godzinie ósmej i pierwsze, co robił, to nastawiał ekspres. Żona jednak budziła się godzinę później, bo o dziewiątej. Mąż tłumaczył to tak: „Ten ekspres mi buczy i huczy rano całą godzinę, a mógłbym zrobić tę kawę na dwie filiżanki od razu, już o ósmej i ona – tu wskazał na żonę, jako na winną jego dyskomfortu życiowego – nie rozumie, że mnie to denerwuje, ja nie mogę tak wstawać i czekać godzinę z buczącym ekspresem w stanie czuwania, to jest nie do przyjęcia w związku". Trochę minęło, zanim matka Suki wytłumaczyła im, że nie mogą tej sytuacji opisać w pozwie rozwodowym (chociaż bardzo chcieli i uważali ją za bardzo istotną) i muszą to określić jako „niezgodność charakterów". Choć szczerze sama rozumiała, jaki to jest ból – obudzić się nie w towarzystwie, które kochamy. *Najpewniejsze jest towarzystwo własne. Czyli szklanka Karola jest całkiem poważnym problemem.* Suka wzięła filiżankę z kawą i wyłączyła sprzęt. *Swoją drogą to absurd, aby dwoje dorosłych ludzi, którzy nie mają dzieci albo dzieci mają już dawno dorosłe, rozwodziło się w sądzie. Przecież ślubu w sądzie nie brali. Powinni to załatwić w takiej samej formie, jak się pobierali. I sądy miałyby mniej pracy i mniej upokarzające byłoby to doświadczenie. A nie publicznie tłumaczyć się z tego, kto sobie dłubie w zębach. Małżeństwo to zdecydowanie ekstremalny sport.*

Funkcjonowanie w parze uważa się za „zgodne z naturą człowieka". Niezależnie od tego, jak bardzo przez wieki ludzie się od niej oddalili, media i różni znawcy od zawsze powoływali się na starą przyjaciółkę „matkę naturę". Suka wykrzywiła twarz i zaczęła analizować ten kretyński przypadek myślenia. Po pierwsze, wszyscy odczytują ją jak horoskopy. Powołują się na nią tylko wtedy, gdy jest to akurat korzystne. Czyli życie w parze, instynkt macierzyński, kochanie dzieci itd. Nikt jej nie przywołuje w przypadku dzieciobójstwa (depresja, eliminacja najsłabszych) czy pobicia (element hierarchii w stadzie ludzkim). Co więcej, na ową naturę powoływali się nawet marketingowcy i twórcy reklam. Bo przecież wszyscy doskonale wiedzą, że „natura" wie lepiej i „natura" dokonuje wyborów. Według natury kobiety dążą do harmonii (z mopem oczywiście), chcą się kimś opiekować i zaprzyjaźnić (polecają sobie leki przeciwbólowe albo opiekują się dziećmi, jakby o niczym innym nie myślały, tylko komu zapodać panadol), mają wrodzoną empatię i całą kopalnię ciepłych uczuć. Właśnie dlatego są doskonałymi matkami, bo owa „matka natura" tak je ukształtowała. *Jeśli akurat twój mózg jest większy niż naturalne serce ze słomy, to masz szanse zostać społecznym degeneratem, który nie kocha wszystkich dzieci i nie chce przytulić wszystkich do tego słomianego serca. Tym samym jestem kobietą, która nie zasługuje na uznanie, bo mam całą paletę cech męskich, które w przypadku mojej płci są wadą, a u mężczyzn – zaletą gwarantującą przetrwanie. Myślenie analityczne, logiczne i skoncentrowane, do tego działanie, wrodzone zainteresowanie przedmiotami, zdolność przetrwania poprzez pilnowanie własnych interesów, zdolność do systematyzowania celów i osób w grupie, czyli hierarchizacja.* Przynajmniej te cechy Suka zapamiętała z rozprawy profesora Simona Barona-Cohena z Cambridge. Jeśli w dzisiejszym świecie T-shirt może być aktualny tylko trzy miesiące, bo tyle trwa czas kolekcji każdej firmy odzieżowej, o dziwo ta flądra – „matka natura" – trzyma się na rynku całkiem mocno. Jest sprzymierzeńcem w bataliach politycznych i jej dogmaty są tak samo niebezpieczne jak dogmaty Kościoła katolickiego. *Powinno się ją utopić jak marzannę w Wiśle jako wyraz wolności obyczajów i wyzwolenia umysłu.*

Suka w ramach jak najbardziej naturalnego i czysto męskiego odruchu założyła słuchawki i zaczęła montować materiał. Skupiła się na sobie i na pracy.

Zaraz po zmontowaniu chciała pojechać na basen, aby zdążyć jeszcze na zajęcia gender. Na basen się spieszyła, bo musiała wcelować w godzinę karmienia, kiedy to basen będzie najprawdopodobniej pusty. Jakimś dziwnym trafem, gdy pojawiał się na nim jakiś stary, łysy facet, mimo tego, że basen był malutki i głęboki zaledwie na metr czterdzieści, taki gość zawsze chciał odegrać Otylię. Chlapał się motylkiem niemiłosiernie. Do tego nie wyobrażał sobie innego wejścia do wody niż skok na główkę. *To takie trochę jak z reklamy wody kolońskiej albo jakoś tak?* Był to najbardziej żałosny widok, jaki miała okazję oglądać Suka. *Skok raczej na wielkie, opasłe brzuszysko, a nie na główkę. Woda przy tym wypływa z basenu. Chyba jednak u niektórych natura ma wciąż bardzo dużą rolę do odegrania. Wszystko się zgadza – dążenie do podkreślenia sprawności fizycznej, próba stworzenia pozycji dominacji i chęć rywalizacji.* Gdy mężczyzn było dwóch, zaczynali skakać na przemian. *Głupie, stare walenie.* Suka odpaliła auto i wyjechała z garażu na mroźny świat, który wyglądał dość pogodnie w słońcu i w bieli, mimo wiecznie skwaszonej suczej miny. *Zawsze wiedziałam, że sterylna biel poprawia humor. Mam nadzieję, że w basenie będę jedynym waleniem, a jeśli nie, wywieszę plakat: „Rola w »Uwolnić orkę« dziś jest już zajęta".*

Wychodząc z basenu, miała poczucie spełnionego obowiązku. Wobec swojego serca, zdrowia i świata. Pewnie nie tak ludzie podchodzą do wysiłku fizycznego, ale Suka tak właśnie go traktowała. Uważała, że samo rzeźbienie siebie jest głupie i nie ma uzasadnienia użytkowego. *Faceci z umięśnionymi ramionami nie potrafią sobie samodzielnie tyłka podetrzeć. Po co taszczyć dodatkowe kilogramy? Na co w dzisiejszych czasach człowiekowi siła konia? Większość rzeczy naprawia się mózgiem, a nie siłą. Wszystkie te komputery pokładowe, centra sterowania elektroniką domową stworzono tylko po to, aby pozbawić kobiety samodzielności.* Pamiętała, że profesor Baron-Cohen stwierdził też, że zapędy majsterkowicza są typowo męskie, bo mężczyźni chcą zrozumieć świat poprzez zadawanie pytania: „Jak to jest zbudowane i jak działa?", a kobiety się pytają: „Jak czują inni?". Suka chciała wiedzieć, jak funkcjonuje pływak, dlaczego jej auto mówi jej codziennie „dzień dobry" na kokpicie i jak w końcu wyglądają te zawory w silniku? Chciała być we wszystkim samodzielna, bo wtedy miała pełne poczucie niezależności. I wiedziała, że nie jest to powszechna cecha u kobiet. Jej matka na przykład była stuprocentową kobietą. Mówiła, że gówno ją obchodzi, dlaczego jej auto jeździ i może nawet diabłu na ogon naciskać, aby tylko nie musiała chodzić w szpilkach po nierównym chodniku. I Suce to nie przeszkadzało. Rozumiała taką postawę. Tylko dlaczego jeśli ona nie ma tych „naturalnych" cech kobiecych, którymi jest na przykład chęć zaprzyjaźniania się z innymi, a potrafi za to „ustawiać stado na zasadzie dominacji" i lubi wiertarki udarowe i nożyki diamentowe do szkła, to jest kompletnie niezrozumiana przez otoczenie? *Czy dlatego, że jestem kobietą, muszę jeździć różowym autkiem i płakać nad sierotami w Sudanie? Przecież te wszystkie badania profesora z Cambridge są bezdennie głupie. Więcej z tego szkody niż pożytku.*

Na zajęcia gender wpadła zdyszana, bo spóźniona. Na głowie miała zawinięty szalik, bo zapomniała czapki. Wszyscy siedzieli w podejrzanym kręgu. *Czy to jakieś kółko zwierzeń?* Bała się już samego takiego sposobu siedzenia. To nie wróżyło nic dobrego. Po kilku minutach zorientowała się, że dziewczyny opowiadają o sprzątaniu. Na te zajęcia Agnieszka wysłała im kilka tekstów z lat sześćdziesiątych i siedemdziesiątych, które okazały się przełomowe dla feminizmu. Poruszały temat prywatności, która też może być polityczna. Tym razem dziewczyny analizowały tekst o sprzątaniu. O egalitarnym podziale obowiązków i jaki mają stosunek do sprzątania. Suka podskórnie czuła, że nie jest to temat, na który powinna się publicznie wypowiadać. Reszta dziewczyn sprzątanie traktowała jako przykry obowiązek i raczej nie podchodziła do niego tak entuzjastycznie jak Suka. Nie były też fankami żadnych perfekcyjnych pań domu jak Anthea Turner czy Martha Stewart. Suka też nie była, ale nade wszystko ceniła ład i porządek. I zdawała sobie sprawę, że wtłaczanie kobiet w ramki bogiń domowego ogniska jest ryzykowne, ale ona tworzyła sobie sterylne, szklane, własne ognisko, które miało zupełnie inny charakter.

– Suka – Agnieszka zwróciła się do niej – a jak ty sprzątasz albo jak się sprzątało w twoim domu rodzinnym? Był egalitarny podział obowiązków?

– Nie, oczywiście, że wszystko robiła mama. Ojciec lubił porządek, ale w porządkach nie uczestniczył. A co do mnie... – Suka zrobiła pauzę i zastanowiła się, czy warto mówić o jej prawdziwym podejściu do porządku, wzięła głębszy oddech – … u mnie wygląda to tak. Nie mogę zasnąć, kiedy moje drewno egzotyczne na podłodze się nie błyszczy. Biała kuchnia musi się w nim przeglądać, to jest test, czy jest naprawdę czysto. Książki układam kolorystycznie i odkurzam prawie codziennie, kratki wentylacyjne czyszczę pałeczkami do uszu, bo tam zawsze jakimś cudem zbiera się kurz, w ogóle pałeczki to genialny i niedoceniany wynalazek w dziedzinie sprzątania, czyszczę też nimi zawiasy w kabinie prysznicowej, odkąd podziękowałam pani Marii, bo czułam, że wykorzystuję Ukrainkę. Poza tym muszę mieć wszystkie produkty w szklanych słojach w szafkach i koszule poukładane kolorystycznie w garderobie. Codziennie szczotkuję Wyżła. Bo sypie się z niego sierść. Pająki i pajęczyny toleruję tylko na klatce schodowej przy garażu, bo mówię im codziennie „dzień dobry". Mam też specjalną metodologię jedzenia wafelków w czekoladzie, polegającą na zasysaniu powietrza zaraz po ugryzieniu, dzięki temu okruchy nie spadają na białą kanapę i niczego nie brudzą… – W tym momencie miała napełnić powietrzem płuca, aby dokończyć wywód o sprzątaniu, ale Agnieszka jej przerwała.

– Suka, to są zajęcia gender, a nie spotkanie u psychoterapeuty.

No i znowu się, kurwa, w jakiejś ramce nie zmieściłam.

– Wiem, wiem – odpowiedziała, zrezygnowana. – I wiem, o co ci chodziło w tym tekście, musiał być rewolucyjny w latach siedemdziesiątych. Ale dla mnie sprzątanie jest bardzo istotne i to nie tylko ze względu na feminizm. Ono wiele mówi o człowieku. – Suka zrezygnowała z dalszego tłumaczenia. I tak chyba by jej nie zrozumieli.

Postanowiła nie kontynuować swojego dalszego wywodu, bo mimo że lubiła te zajęcia, chyba nikt by nie zrozumiał jej przemyśleń na temat domu i sprzątania. Teksty banalnej blondynki z BBC, Anthea Turner, która uczy, jak składać serwetkę, jak zrobić idealne przyjęcie i jak wykonać lampion z papieru, były jej totalnie obce. Jednak dziewczyny szybko podsumowały Sukę, że pewnie jest fanką i Turner, i Stewart. Tymczasem nic podobnego. Mózg Suki ruszył pełną parą. One myślały tylko o tych kwokach, które uczą, jak wywiązać sobie fartuch we właściwą kokardę. A sucze myśli poleciały w stronę designu tworzonego na samym początku przez mężczyzn. Powiedzmy sobie szczerze – tylko przez mężczyzn, bo kobiety przez lata w tej dziedzinie utknęły właśnie przy kwestii lampionów. Jej guru – Adolf Loos – w 1908 roku napisał esej o dekoracji, a raczej o pożytku z jej braku: *Ornament i zbrodnia*. Jako pierwszy powiedział w nim, że ornament jest nieprzydatny, bo nie jest utylitarny, a do tego marnuje siłę i czas robotników na urzeźbienie gzymsiku. Był prekursorem modernizmu i właściwie on był ojcem chrzestnym Le Corbusiera. Mówił, że dom idealny to dom w pełni skończony. Czyli taki, który nie potrzebuje dodatkowych dekoracji, serwetek, pierdół do kurzenia oraz niczego, co angażuje czyjąś głowę. Paradoksalnie w tym okresie to faceci byli feministami, zamieniając „domowe ognisko" w „maszynę do mieszkania". Tego jednak już nie powiedziała, bo w oczach feministek z zajęć właśnie została stuprocentową kobietą, która zamiast być bałaganiarą w okularach, biegała ze ścierką w swoim minimalistycznym do bólu mieszkaniu. I miała wszystko pod kolor, bo białe. *Tylko biały nie jest kolorem! Tak jak czarny! Ja chyba mam antytalent do jakiegokolwiek dopasowania się. I tu źle, i tam niedobrze. A mówi się, że biały i czarny pasują wszędzie.*

Po zajęciach pojechała do domu, a przy windzie w garażu tradycyjnie powiedziała „dzień dobry" pająkom. Robiła to na znak protestu w stosunku do sąsiadów, którzy nigdy nie mówili sobie „dzień dobry". *Warszawskie apartamentowce wieją chłodem, marmurem i wiochą*. Suka wsiadła do windy.

Nieuchronnie zbliżał się ostatni weekend tuż przed Wigilią. Groził on silnymi zmianami w psychice i ofiarami w ludziach. Teraz zacznie się ostatnie czterdzieści osiem godzin, w czasie których warto byłoby zastosować w stosunku do niektórych areszt czterdziestoośmiogodzinny. Będą kupować jedzenie, które Suce prawdopodobnie starczyłoby na dwa miesiące, później będą jeść, ile się da, a następnie wzywać karetki z powodu zatrucia, które okaże się zwykłym przejedzeniem. Temat zbawienny dla mediów, który jest jakimś przerywnikiem dla standardowych tematów świątecznych: ile Polacy wydali w tym roku, czy choinka powinna być prawdziwa, jak święta spędzają bezdomni, co będą w tym „szczególnym czasie" robić aktorzy i celebryci oraz jaka będzie pogoda i czy będzie dużo wypadków. Świąteczne newsy można nazwać tylko rzeźbieniem w gównie. Jak się trafi kilka zatruć i przejedzeń, biedni dziennikarze nadający na żywo mają szansę zrobić newsa w ciepłym szpitalu, a nie stojąc jak ostatni frajerzy przy minus dziesięciu na dworze z choinką w tle. W ten ostatni weekend „zła" przed świętami (które teraz wszystko zmienią, przed nastaniem wiecznej szczęśliwości, czyli kiedy wszyscy zaczną się kochać wzajemnie i szanować, tak przynajmniej brzmią coroczne świąteczne obietnice kościelnych) Suka postanowiła umówić się z mamą na kawę rano w centrum. Wybrały plac Trzech Krzyży, chociaż Suka sama nie wiedziała, dlaczego ciągle tam wracają. Knajpy mocno przereklamowane, ścisk i tłok w godzinach szczytu, śmierdzące kible, a do tego ceny nieproporcjonalnie wysokie. *Chyba mają celebrytów wliczonych w cenę. Sproszkowany Karolak w herbacie albo taki Szyc w drinku. Tak, ten do drinka byłby idealny. Wojewódzkiego można by zwinąć w naleśnika na śniadanie, bo on taki szczuplutki, to można go w naleśnikową rurkę wcisnąć. Na deser celebryckie kobiety do possania zamiast gum Orbit. Dla czystości i zdrowia twoich zębów.* Suka przypomniała sobie slogany z reklam. Miejsce chyba wygrywa, bo na środku placu znajduje się kilka metrów kwadratowych z dziurami na powierzchni i nazywa się to „parking". Nie wyobrażała sobie innego przemieszczania się po mieście niż własne auto. Publiczne środki transportu naruszały jej bańkę prywatności. Ubolewała tylko, że nikt nie wymyślił auta, z którego spuszcza się powietrze, chowa do torebki i zabiera z sobą. Auto jej mamy już stało. Terenówka wielkości ciężarówki kontrastowała z drobną sylwetką matki Suki. Jednak w kwestii aut matka była nieugięta: „Mam rury z przodu, boku i z tyłu, jak mi ktoś złośliwie na trasie zajeżdża drogę, wjeżdżam mu z radością w dupę". Przy tej filozofii argumenty Suki o tym, że łatwiej zaparkować małe auto w centrum, zupełnie się nie liczyły. *Poza tym mama ciężarówką i tak zawsze parkuje na krawężnikach, trawnikach, a nawet na skraju rowów i wykopów.*

Siedziała już w strategicznym miejscu przy oknie ze świeżą prasą. Suka od razu ją wypatrzyła. Jak zwykle piękna i świeża. Przeglądała „Paris Match", bo ciągle chciała mieć kontakt z językiem. *Nie wiem, jak ten mizogin Houellebecq mógł pisać o kobietach dojrzałych, że są przywiędłe. A do tego, te kobiece papierowe postaci z jego książek z powodu obwisłej pupy popełniały samobójstwo albo ćpały. Tak jakby jakiekolwiek spojrzenie męskie było dla nich bardziej ważne od własnego życia. Houellebecq najwyraźniej zamiast kobiet cenił kontakt ze swoim welsh corgi pembroke, którego nazywał maszyną do kochania. Z kobiet też chciał stworzyć maszyny do kochania ze szpiczastymi uszkami.* Matka Suki z pewnością była kobietą spełnioną, czego Suka jej trochę zazdrościła. Uważała młodość za mocno przereklamowany towar. W wieku dojrzałym, gdy już się postawi ptaszki przy zadaniach do wykonania, można wreszcie zacząć naprawdę odcinać kupony od życia. Patrzyła z podziwem na swoją matkę, która skupiała wzrok wszystkich facetów w promieniu kilku metrów i zupełnie tego nie zauważała. *Założę się, że teraz analizuje jakiś związek frazeologiczny na związku ludzkim w gazecie francuskiej. To do niej podobne* – pomyślała i ruszyła w jej kierunku.

– Cześć, mamuniu. – Pocałowała ją w policzek.

– Cześć – odpowiedziała i poprawiła swojego yorka w wiklinowym koszu.

– Widzę, że zabrałaś na śniadanie też świnkę morską. – Suka wróciła do drażliwego tematu rozmiarów psa matki. – Możemy go zjeść z dżemem malinowym.

– Odczep się od niego! – warknęła. – To już zaczyna być nudne. Zabrałam go, bo doszłam do wniosku, że muszę go bardziej socjalizować. Pomyślałam, że śniadanie w weekend to dla niego idealne warunki. W końcu na szczury, zgodnie ze swoim przeznaczeniem, polować nie będzie, ale po knajpach ze mną się będzie włóczył. Niech się chłopak uczy, jak się zachowywać.

W tej chwili podszedł kelner. Młody chłopak uchachany od ucha do ucha.

– Coś do picia? – Wyjął kołonotatnik, aby przyjąć zamówienie. Miły relikt przeszłości, bo u większości kelnerów są już elektroniczne. Pewnie kołonotatnik za moment dołączy do suczych fetyszy, które wylądowały na śmietniku historii, jak na przykład maszyna do pisania czy rtęciowy termometr.

– Na pewno kawę – odpowiedziała Suka. – Dla mnie może być cappuccino, ale z podwójnym espresso. Potrzebuję czegoś mocniejszego.

– To może jakiegoś drinka? – zapytał kelner.

– Ja przyjechałam samochodem, odpadam. Ty też, prawda? – Matka Suki chciała jak najszybciej mieć z głowy przekomarzanie się z kelnerem i pogadać z córką.

– To może drink bezalkoholowy? Mamy takie... – Kelner był nieugięty i liczył, że jego w miarę proste zęby zrobią wrażenie i na męskie gacie (na które w jego mniemaniu rzuca się każda kobieta, która przyszła do knajpy samotnie lub w damskim towarzystwie) wymusi większe zamówienie. *Pewnie dlatego do stolika kobiet zawsze podchodzą kelnerzy, a stoliki „męskie" zawsze obsługują kelnerki. Jak się okazuje, popęd seksualny jest wykorzystywany na każdym kroku konsumpcji.*

– Drink bez papierosa? – prychnęła matka.

– Drink bez alkoholu? – zapytała Suka.

– To jak kawa bez kofeiny! – ciągnęła matka.

– I jak miód bez miodu! – wtórowała jej Suka.

– No tak. To jak chłopak bez mieszkania... – dodał zdezorientowany kelner.

Wybuchły śmiechem równocześnie. Kelner przynajmniej miał poczucie humoru.

– Dwie kawy, w tym jedna bardzo mocna i dwa croissanty z musem malinowym. To wszystko. Proszę zostawić kartę, może zdecydujemy się jeszcze na naleśniki z lodami. – Suka uwielbiała sprawne zamawianie. Nie lubiła tego przekomarzania się z kelnerem, co dobre, a co nie. *Przecież wszyscy wiedzą, że wszystko, co stare, musi zejść z kuchni, a więc nikt nie ma interesu powiedzieć prawdy.* Suka trochę znała zaplecze kuchenne miłych knajpek z klimatem. Pee, jak każdy mężczyzna w średnim wieku, postanowił zrealizować marzenie posiadania miłej, uroczej knajpki. Wydaje im się, że będą sobie nalewać drinki zza błyszczącego baru, parzyć aromatyczną kawę i zastanawiać się nad wiosennym menu z brzuchatym szefem kuchni, który będzie podsuwał przysmaki. Rzeczywistość okazała się zupełnie inna. Ktoś musi obierać ziemniaki i nie będzie to studentka filozofii, tylko stara pijaczka zasypiająca w kartoflach. Szef kuchni nie zawsze jest uroczy i nie zawsze posiada tak rozbudowaną inwencję twórczą jak właściciel. A na dodatek, każdy chce cię okraść. Kelnerzy, menadżerowie i inni. Pod nieobecność właściciela dania są serwowane w drugim obiegu, resztki trzeba „twórczo" wykorzystać, a najlepsza menadżerka to ta, którą posuwasz, i ona będzie się utożsamiać z knajpą jak z namiastką domu. Ten model „franchisingu seksualnego" preferował najlepszy przyjaciel – Pee. *I całkiem nieźle na tym wychodził.* Suka spojrzała na pewnego siebie kelnera. *Ciekawe, kto tego posuwa. Mam wrażenie, że takie pojęcia jak „prawo pierwszej nocy" czy „zależność seksualna" w miejscach pracy są ciągle aktualne.*

– Tak à propos kawy bez kofeiny i drinków bez alkoholi – Suka zwróciła się do matki. – Wiesz, że ostatnio znalazłam piękne określenie: „fleksiwegetarianin", czyli taki, który czasem je mięso?

– To ja jestem fleksizielona. – Matka spojrzała na swoje futro z piaskowych norek niedbale rzucone na krzesło. – Przecież futer nie noszę latem.

– Ja w takim razie jestem fleksilesbijką!

– Ale to nic! Zobacz, ilu ludzi jest fleksikatolikami. I jakie to piękne. Oni mogą powiedzieć, przecież jestem katolikiem, tylko tym z gatunku fleksi – zakończyła triumfalnie matka w momencie, gdy na stole pojawiły się dwie filiżanki kawy i dwa ciepłe rogaliki. Zakłopotany kelner posłał im pełne wyrzutu spojrzenie, że nie zrobił żadnego wrażenia. Większość facetów, jak nie była już przynajmniej szpetna i kurduplowata, wyrażała ogromne zdziwienie, kiedy kobieta nie okazywała im zainteresowania. Suka w towarzystwie matki (a więc najlepszym z możliwych, bo zarówno swoje, jak i swojej rodzicielki ceniła najbardziej) jeśli potrzebowała innych ludzi, to tylko jako tła. Lubiła gwar w kawiarni, bo równoważył ich wybuchy śmiechu. Istniała też obawa, że będą tak zaaferowane własnym towarzystwem, że nie zauważą, że ktoś je podsłuchuje. W tej sytuacji tłum sprawdzał się w swej najbardziej znanej formie: był bezpieczny.

– Widzisz tego fircyka? – Suka wskazała na kelnera. – Wiesz, że oni są dobierani pod kątem tak zwanej komunikacji?

– Czyli mają proponować kawę tak, jakby proponowali minetę?

– Dokładnie! Wszystko jest na kretyńskim popędzie oparte – znudzonym głosem odparła Suka. – Nawet ich zatrudniają, takich młodych, choć męska młodość jest w mniejszej cenie.

– No tak, u mężczyzn liczy się pozycja, status i takie inne bzdury – odpowiedziała matka, upijając kawę i robiąc sobie przy tym urocze wąsy z piany. *Zawsze mnie to wzrusza.* Suka uśmiechnęła się sama do siebie. – Chociaż oni i tak zawsze pozostają w stanie zdziwienia, jeśli nie zrobią pożądanego wrażenia. A czym się tu zachwycać? – Matka wzniosła teatralnie oczy do góry. – My, kobiety, ciągle coś ulepszamy, chodzimy na siłownię, ubieramy się, aby przynajmniej wyglądać estetycznie. W końcu najważniejsze, że patrzymy na siebie krytycznie! Nawet często zbyt krytycznie. A czy oni ćwiczą jaja? No ja się pytam?! Czy tę część ciała da się w ogóle jakoś ćwiczyć? Taki pilates dla jaj. Przecież im zwisają te jaja. – Wzięła kolejny łyk kawy.

– Jak u Świętego Mikołaja, mogliby tymi worami starczymi worki z juty reklamować. A najgorsze jest to, że oni się w ogóle tym nie przejmują. A jak coś powiesz, to słyszysz, że „inne nie narzekały". – Suka dziabnęła widelczykiem rogalika. – Nie narzekały, bo mało która kobieta mówi to wprost. Słuchaj stary, ale mógłbyś sobie wydepilować plecy. Tylko my mamy mieć cycki jak w połogu, a cipki jak u dwunastolatki. Pamiętasz Księciunia? – Księciunio był najlepszym jazzmanem wśród prawników i najlepszym prawnikiem wśród jazzmanów. Popełnił niewybaczalny błąd, bo podrywał je obie. *Kretyn jeden. Tak trudno się zorientować, że przepływ informacji między nami jest lepszy niż w komisjach trójstronnych?* Słynął z tego, że uganiał się za studentkami, mimo że sam dobijał do siedemdziesiątki.

– No jakbym mogła nie pamiętać? – odpowiedziała matka.

– Ostatnio widziałam go na Preclu. Był na zdjęciu z Tą dziennikarką, która jest dobrze po pięćdziesiątce, podpisany jako „nowy", „tajemniczy" mąż. To, że on ani nowy, bo raczej stary, ani tajemniczy, bo tak mało skomplikowanego faceta w życiu nie widziałam, to jest jedna sprawa, ale że jako „mąż"?! Więc chwytam za telefon i dzwonię do frajera pogratulować mu zmiany stanu cywilnego, oczywiście podejrzewając, że Precel jak zwykle jest niedoinformowany i coś pomylił. I mówię: „No, gratuluję, ale ostatnio mi mówiłeś, że interesują cię kobiety sporo młodsze?". A on na to, zupełnie nie wyłapując ironii w moim głosie: „Nie, no oczywiście, przecież ona jest za stara, to jest jakaś pomyłka!". I on to mówi z autentycznym obrzydzeniem!

– No durny staruch. Przecież Ta dziennikarka całkiem dobrze wygląda.

– A wiesz, co jest najgorsze? Że on sam ma starcze fałdy zwisające na szyi, które przypominają starą waginę. Faluje mu ta cipa nad kołnierzykiem koszuli, ale on się ciągle czuje adonisem.

– Nie, to nie jest najgorsze – przerwała jej matka i jednocześnie wyrwała drapieżnie widelcem ostatni kawałek rogala. – Najgorsze jest to, że jego bez znieczulenia alkoholowego nie da się znieść. Poza tym – ciągnęła dalej, obracając w powietrzu widelcem – za to sztywniactwo powinno mu się zabrać fortepian. Za karę!

– I zakazać grać! – zgodziła się Suka.

Wokół ich stolika zapanowała niepokojąca cisza. Chyba były najciekawszym tematem do nasłuchu i posłuchu. Bo przy innych stolikach panowała względna cisza. York kwilił coś w koszu wiklinowym. Chyba miał kaszel, bo coś chrząkał. Suka spojrzała pod blat.

– Mamo, a jego można jeszcze oddać do okienka życia?

– Spadaj!

Obok ich stolika siedziała para celebrytek, o które nietrudno na placu Trzech Krzyży. Jedne z tych, które na pytanie, kim są, jednym tchem odpowiadają: „Modelką, aktorką, dziennikarką, prezenterką, piosenkarką". Były ubrane w sprane jeansy i buty firmy Emu, które o tej porze roku przypominały kapcie nasiąknięte wodą. Buty z owczej wełny zrobiły oszałamiającą karierę w Europie i w słonecznej Kalifornii, choć zostały wyprodukowane z myślą o surferach z Australii, którzy w czasie australijskiej zimy (czyli w około dwudziestu stopniach Celsjusza) po pływaniu w zimnym oceanie o tej porze roku chcieli ogrzać sobie stopy. Emu nie tylko były najzwyczajniej brzydkie, lecz także chodzenie w nich w warunkach polskiej pluchy dawało efekt szmaty nasiąkniętej wodą i owiniętej wokół stopy. Celebrytki posiadały też torby z najsłynniejszym nadrukiem świata – LV. Była to edycja najbardziej kiczowata z dostępnych. *Wściekle kolorowe literki na białym tle zostały stworzone z myślą o białych kozaczkach.* Suka nie znosiła trendów i markowych ubrań. Nie kupowała ich dlatego, że nawet te najdroższe wynikały z badań fokusowych, a więc były stworzone dla mas. Dla kogoś, kto posiada idealnie przeciętny gust.

W tym momencie Suka zauważyła, że prawe oko jej mamy jest bardzo czerwone.

– Mamo, co ci się dzieje z okiem?

– Nie wiem, coś mi tam przeszkadza. – Zaczęła pocierać dłonią oko, rozmazując przy tym swój perfekcyjny makijaż. *Że też ona ma siłę na ten swój perfekcyjny look. Nawet w weekend.*

– Pokaż. – Suka przechyliła się przez stół i zajrzała w oko. – To chyba nadaje się na ostry dyżur okulistyczny. Coś tam utknęło.

– Gdzie? – zapytała przerażona matka, zalewając się przy tym łzami z podrażnionego oka.

– No w oku, a gdzie? Zadzwonię na pogotowie i zapytam, gdzie przyjmują w sobotę. Ubieraj się.

Zapłakana matka Suki narzuciła futrzaną pelerynkę, a Suka zabrała kosz z jej psem. Mijając stolik z celebrytkami, usłyszały cichy pomruk: „Wszędzie teraz pełno tych lesb".

– Chyba pomyślały, że cię rzuciłam, a ty się popłakałaś – powiedziała Suka, jak wyszły na zewnątrz. Wybuchnęły śmiechem.

Po krótkiej kłótni, które auto będzie lepsze, wybrały ciężarówkę matki. Suka przekręciła kluczyk i ruszyła w kierunku mostu Poniatowskiego.

– Może ty, mamo, masz alergię na tego psa? – Wskazała głową na tylne siedzenie, gdzie położyła kosz z małą, włochatą zawartością. – Mówiłam ci tyle razy, że pies musi mieć krótką sierść. Wtedy można się do niego przytulać i jest aksamitny. Wyżeł jest aksamitny.

– Ty, Suka, nie masz litości, nawet teraz się go czepiasz – odpowiedziała, zakrywając dłonią łzawiące oko.

– Nie czepiam, po prostu widzę szansę na to okienko życia dla kudłacza. – Dodała gazu na moście.

W szpitalu na okulistyce przywitała ich gromadka wesołych emerytek, które nie wyglądały tak, jak powinno się wyglądać na ostrym dyżurze. Siedziały w beretach, spod których wystawały loki trwałej ondulacji. Na kolanach kurczowo trzymały torebki. Suka zgłosiła się razem z mamą do okienka przyjęć i już wiedziała, że zastane towarzystwo przyszło poczytać sobie literki lub wymienić szkła w okularach. Żadnej z babć nie groziła utrata wzroku ani wypłynięcie oka. Wizyta u lekarza jest dla emerytów swoistego rodzaju atrakcją. *Nic dziwnego, że służba zdrowia ledwo zipie.* Zajęły z matką miejsce pod ścianą i usiadły na fotelach, które z pewnością projektował absolwent wzornictwa przemysłowego na polskiej uczelni. Fotele, podobnie jak w przypadku cieknących imbryków, przypominały plastikowe nocniki, na których pacjent w złym stanie mógł się ześlizgnąć. Przeniosła wzrok na rozgadane babcie: „Ależ proszę pani, panią wątroba boli!? Moje nerki to dopiero bolą". *Może jednak źle oceniłam pro-*

jektanta, te krzesła służą do tego, aby babcie za długo tu nie siedziały. Oko mamy Suki wyglądało coraz gorzej.

– Pani wie, że ten totolotek to jest oszustwo? Teraz przez te maszyny to oni tam – babcia numer jeden wzniosła wzrok w przestrzeń, co pewnie miało oznaczać polski totalizator sportowy – wszystko wiedzą – zakończyła prawie szeptem, na wszelki wypadek, jakby macki totalizatora były i na okulistyce.

– Pani, pewnie, że wiem! – odkrzyknęła babcia z fioletową ondulacją i w różowym berecie. – Przecież oni to wszystko wiedzą już wcześniej, a te kulki są namagnetyzowane! Tam swoi wygrywają! – Suka pomyślała, jak łatwo jest mieć sformułowany świat w zaimku „oni". Jest to element wspólnego wroga oraz wspólnej nienawiści. Łączy ich ta ogólna niesprawiedliwość świata oparta na określeniu „oni".

– Ostatnio padło trzydzieści sześć milionów – kontynuowała temat babcia numer trzy w berecie z ważką – i nie pokazał się ten, który wygrał. Kiedyś, przed laty, to w dzienniku takiego szczęściarza pokazywali, a teraz się niby ukrywa! Przecież wiadomo, że to ktoś od nich… – zakończyła zrezygnowana.

– Pani! Namagnetyzowali sobie kulki, to sobie wygrywają – obstawała przy swojej wersji babcia w fiolecie na głowie. – Przecież nic na tym świecie nie jest sprawiedliwe. Człowiek ma emeryturę i wygrać sobie nie może. A kiedyś to się chociaż czwórkę trafiało. Teraz to już nawet tego nie pozwolą człowiekowi wygrać.

Suka szybko zorientowała się, że jak nie wtargnie do lekarza bez kolejki, to mogą przez wygadane babcie wejść dopiero po dobrych kilku godzinach. Jak tylko otworzyły się drzwi, zaatakowała pielęgniarkę, tłumacząc, że sprawa jest pilna i nie chodzi tu o maść na suche oko, ale o coś dużo poważniejszego. Pielęgniarka spojrzała na zapłakaną matkę z okiem w kolorze keczupu i wróciła do gabinetu. Po chwili otworzyła drzwi i zaprosiła obie do środka. W tym momencie babcia z ważką na berecie rzuciła się do futryny i ją zabarykadowała.

– O, nie! – krzyknęła. – Tu jest kolejka!

– Jasne, ale jak widzę panie chyba tylko przyszły po receptę – odpowiedziała Suka.

– Recepta, nie recepta, ale tu każdy jest chory! – rzuciła jej się z pomocą babcia w fiolecie.

– Jasne! – rozpychała się łokciami Suka. – Ale niektórzy są chorzy bardziej.

Matka Suki ze względu na ból oka nie mówiła nic, miała ochotę wyjąć sobie gałkę oczną i przepłukać jak brudną piłkę ping-pongową pod zimnym strumieniem wody w umywalce. Babcie nie dawały jednak za wygraną, po latach rozmów o „nich" właśnie owych „ich" spotkały. Jedna miała norki, druga – suczą twarz. Oni, którzy nie pozwalają skreślić szóstki w totka, a teraz wpychają się w kolejkę. Po szamotaninie pod drzwiami z babciami (które w żadnym razie nie mogły być chore, bo miały sporo siły) udało im się wejść do środka.

Po krótkich oględzinach okazało się, że w gałce ocznej utknął mały sztywny włos. *Pieprzone norki, nawet po śmierci są drapieżnikami i atakują bezbronnego człowieka, który je nosi na grzbiecie, zupełnie nieświadomy, że wąs takiego durnego, łasicowego ssaka może utknąć w oku.*

– No, gdyby Zieloni znali takie przypadki, ich kampanie antyfutrzarskie miałyby taki slogan: „Twoja norka może cię zabić" – skomentowała Suka.

– Ma pani rację, ale dobrze, że to włos, a nie opiłek żelaza – odpowiedziała lekarka, odkładając „ciało obce" do charakterystycznego szpitalnego pojemnika w kształcie nerki. – Przepiszę pani żel na noc łagodzący objawy podrażnienia rogówki – zwróciła się lekarka do matki. Suka w tym czasie miała ogromną ochotę poukładać narzędzia lekarskie w kolejności od największego do najmniejszego. Nerwica natręctw była silniejsza od niej.

Sama zainteresowana była tak zmęczona akcją „usuwania norki z oka", że Suka odwiozła ją do domu. Położyła ją w łóżku w sypialni i włączyła telewizor, aby matka rzuciła na niego jednym (zdrowym) okiem. Jednak najpierw zaatakował je slogan „Liderin – be leader in erection", a później „On potrzebuje prostownika, a ja – Prostamolu". *Wszędzie ten atak, kurwa, andropauzy? Andropauzalny armagedon?* Wyłączyła telewizor, pożegnała się z mamą i zamknęła drzwi własnym kluczem. Sama wróciła po auto taksówką do centrum. Za wycieraczkami czekał na nią wachlarz seksualnych możliwości stolicy. Były młode, czarne, stare i wyuzdane. Do wyboru do koloru. Nawet jedna była zapakowana w plastikowy woreczek, w jaki straż miejska pakowała mandaty za parkowanie. Tych nie lubiła najbardziej. Bo niepotrzebnie ją stresowały. *Dziwki jedne.*

Wracając do domu, przypomniała sobie, że zapomniała o spotkaniu gwiazdkowym w Firmie. Właściwie nie miała ochoty tam pójść, więc nie czuła z tego powodu jakiejś wielkiej straty. Zadzwoniła do Marianny i powiedziała, co się stało. Ucałowała ją czule przez bluetootha (z głośnym cmoknięciem) i wróciła do domu. Zasypiała przy włączonym telewizorze, w którym jakiś prawicowy dziennikarz atakował ukraińskie feministki z grupy Femen. Były to atrakcyjne dziewczyny protestujące za pomocą nagich piersi. Swą seksualność wykorzystywały do walki z seksizmem. Prawicowy dziennikarz był oburzony, bo matczyny, uświęcony cyc stał się cycem feministycznym. Z zatroskana twarzą opowiadał, jak to jest przerażony brakiem szacunku dziewcząt do cyca swego. Sam przy tym miał minę, która mogła oznaczać tylko jedno: *chętnie by swego prawicowego chuja okadzonego kadzidłem w roznegliżowaną feministkę włożył. „Be leader in erection".*

Zasypiając, cieszyła się, że robi to sama i nie jest zmuszona znosić ruchów frykcyjnych jakiegoś faceta na swoim grzbiecie. Marianna też ją coraz bardziej denerwowała. *Czy da się żyć w próżni? Jak konfitura malinowa po pasteryzacji?*

Pobudka w samotności nie była całkiem udana. Pod tarasem świergoliły jakieś latorośle sąsiadów. Były to dziewczynki w okresie pokwitania, które teraz ukradkiem paliły pierwsze papierosy. Ich włosy i twarze świeciły od łoju, wytwarzanego przez organizm w nadmiarze z powodu pierwszego huraganu hormonów. Jeszcze ich młode ciała nie były przyzwyczajone, że paczki chipsów są zarezerwowane dla naprawdę małych dzieci. Najbliższe lata spędzą na odchudzaniu i próbie zrozumienia świata opanowanego przez płeć. Pierwsze miłości, pierwsze odrzucenia (najczęściej męskie). Suka wyszła na taras, aby otrzepać czule krzewy z ciężkiego i mokrego śniegu, który mógłby nie tylko złamać gałęzie, lecz także zniszczyć kształt najdoskonalszej formy świata – kuli. Spojrzała w dół na dziewczyny, które ewidentnie nie radziły sobie jeszcze z kobiecością. Zza małych jeansów wylewał się tłuszcz tuż nad biodrami. Jednak zarówno spodnie, jak i kurteczki bezlitośnie opinały ich młode, nafaszerowane świeżo wyprodukowanymi hormonami, ciała. Jeszcze nie wiedzą, że nie trzeba kupować rozmiaru trzydzieści cztery, aby coś sobie udowodnić. Wyglądały jak szynki ściśle owinięte sznurkiem. Ich twarze były pokryte grubą warstwą fluidu, a brwi zmasakrowane i skoszone do zaledwie cienkich kreseczek. Ich grube, wulgarne rysy kontrastowały z dziewczęcymi opaskami z kokardami na bokach. Suka poprawiła idealnie odmierzone odległości między donicami i wróciła do domu. *Co za młodzież, nawet młodej dupy wyrwać nie można. Albo emo, albo inne flejtuchy. Faceci od galerianek to prawdziwi desperaci.* Ostatni raz spojrzała na dziewczyny, które teraz chyba usiłowały odpalić papierosa. Na wietrze było to trudne, do tego na pierwszy rzut oka było widać, że robią to od niedawna. Suka usiłowała sobie przypomnieć, jak wyglądała w ich wieku. Ale nie bardzo mogła w tym obrazku znaleźć coś, co odróżniałoby ją od dorosłej Suki. Odkąd pamiętała, nosiła wąskie jeansy lub spodnie do jazdy konnej plus nieśmiertelną męską koszulę. Gdy jej młodsze koleżanki spod okna pewnie marzyły o karierze piosenkarki, pogodynki lub przynajmniej o noszeniu wody w jakimś programie, trzynastoletnia Suka chciała być Arthurem Millerem. I nie chodziło tu o Marilyn Monroe. Chciała mieć okulary na nosie w ciężkich oprawkach, beżowy płaszcz, a wieczory spędzać przy maszynie do pisania z papierosem zwisającym z ust. Wyobrażała sobie, jak to będzie siedzieć w zadymionym pokoju pełnym zakurzonych książek i coś tam sobie pisać. *To było jeszcze z czasów sprzed nerwicy natręctw.* Na siódme urodziny dostała maszynę do pisania, a jak lekarz okulista powiedział, że ma wadę wzroku, była najszczęśliwsza pod słońcem. Kątem oka spojrzała na weekendowe wydanie pasma śniadaniowego. „Dzieci w czasie szkolnym i przedszkolnym nawiązują relacje poziome i pionowe. Jest to tworzenie grup rówieśniczych, nawiązywanie przyjaźni oraz respektowanie autorytetu osób starszych" – mówiła kobieta we wściekle czerwonym swetrze. Ostatnio bardzo modny kolor wśród psychologów. *Właśnie! Ja najwyraźniej ten etap rozwoju przegapiłam!* Suka była zawsze sama. Jak budowała swoje stado i otoczenie, to na krótko. Była w bliskiej relacji z literaturą i uważała, że to jedno z najlepszych towarzystw, jakie można mieć w życiu. A autorytetów nie uznawała. Te w książkach miały jedną, niepodważalną zaletę. Nie musiała się z takim „autorytetem" konfrontować oko w oko. Wtedy wyobrażenie często mija się z rzeczywistością. *Gdybym przynajmniej była katoliczką, miałabym Chrystusa. Pewnie dlatego słowa „ufaj mi" przyciągają tłumy do kościołów. W końcu, ani Boga, ani Chrystusa nikt nigdy nie poznał. Mogłoby się okazać, że to są beznadziejnie nudni goście, skupieni na hodowli owiec.*

Do tego kompletnie nie cieszyła ją obecność obcych ludzi w domu. Nie potrafiła przeżywać relacji męsko-damskich czy damsko-damskich w swoim domu. Cieszył ją za to seks w hotelach. Ale pewnie dlatego, że mogła bezkarnie rzucić białe ręczniki na ziemię ze świadomością, że ktoś to za nią posprząta. *I to dla jej nerwicy natręctw był orgazm!*

Poniedziałkowy poranek zaczęła tak, jak lubiła. Obudziła się wtulona w Wyżła. *Okład z psa powinien być na receptę.* Nastawiła ekspres do kawy i odpaliła laptopa. Niestety, odkąd powstał Facebook, zaczęła poważnie myśleć nad wyłączeniem routera. Niby życie innych jej nie interesowało, ale od kilku miesięcy prowadziła obserwacje estetyki wesel. Fascynowało ją to, że ta uroczystość przez zdjęcia szeleści sztucznym materiałem, taftą, i jest po prostu brzydka. Jak można tego nie widzieć? Czerwone ryje śmiały się wesoło. Niezależnie od miejsca, czy to wieś, czy miasto, wszystko wyglądało podobnie. Mogła prowadzić badania etnograficzne na temat wesel polskich. Ona sama uważała, że z małżeństwem jest jak z saperem. Saper myli się tylko raz. Sama nie miała ochoty na coś takiego, bo po pierwsze nie lubiła imprez zbiorowych – sylwester był dla niej zawsze traumą. Po drugie spotykanie czyichś wujów i ciotek było straszne. Nie bardzo rozumiała, dlaczego ludzie od wieków organizują to w podobny sposób. I chyba to ją najbardziej frapowało. *No może jeszcze i to, jak sika się w takiej wielkiej sukience.*

Odkąd powstał Facebook, Suka jeszcze bardziej się udomowiła. Czatowanie było jak zbawienie. Nie musiała nikogo oglądać. Siadła przed laptopem i założyła słuchawki. Dostała surówkę do zmontowania. Jakieś protesty i strajki. Usadowiła się wygodnie i poczuła, że wena potrzebna jej do połączenia obrazku i dźwięku zaraz na nią spadnie. Z weną, podobnie jak z telefonami, było tak, że nadchodziła w najmniej przewidzianych okolicznościach. Jak prowadziła samochód, miała najlepsze pomysły na montaż obrazka i najlepsze spostrzeżenia. *Doprawdy czy nikt nie wpadł jeszcze na wymyślenie czipa w głowie, który działałby jak twardy dysk? Jakieś gówna produkują, a jak człowiek chce technologii, która by się przydała, to nie ma.* Klnąc pod nosem na bezduszność i brak zrozumienia u producentów tego świata, rozpoczęła ustawianie obrazków. Odkąd wyszła nowa wersja Final Cut Pro X, zdecydowanie więcej czasu poświęcała na rozkładanie animacji na czynniki pierwsze. Sama była zwolennikiem zmian najbardziej potrzebnych. Uważała, że ciągłe aktualizacje są sposobem na wyciągnięcie kasy, a nie na poprawę jakości sprzętu. Tak samo postrzegała wszystkie zmiany, które nie były podyktowane utylitarnością. Doskonale zdawała sobie sprawę z tego, że możliwość kopiowania kontaktów w smartfonach za pomocą bluetootha była stworzona po to, aby szybko zmienić telefon na nowy. Pewnie z jej podejściem do świata większość koncernów by zbankrutowała. Suka uwielbiała rynek reklamowy. On jak w soczewce skupiał gusta i pragnienia. Podkręcał nastroje, generował niepokój z powodu braku posiadania. Brak posiadania niepokoił bardziej niż głód na świecie. Odkąd zapanował kryzys, w modzie były dwa nurty: albo blichtr i splendor, albo hipsterzy noszący vintage. Pierwszy był aspiracją do tego, aby kryzys nigdy ich nie dopadł, był jak Wenus z Willendorfu w odpowiedzi na głód, wyznawcy drugiego nurtu otwarcie manifestowali, że mało wydają, bo chcą być „inni". Cokolwiek to słowo „inni" oznaczało, bo na ulicach jak kalki pojawiali się zaflejtuszeni hipsterzy, a półki sklepowe uginały się od świeżo wyprodukowanych „zniszczonych" ciuszków. *Właściwie to wysp gnojów w getrach i kapeluszach. Pewnie 90% wyznawców tych trendów nie miało pojęcia, jakie są ich przyczyny i w pogoni za byciem modnym wydawali całe swe pensje na nowe kolekcje, które wyglądały jak ze śmietnika.* W dobie kryzysu wydawnictwa na potęgę wydawały miesięczniki typu „windows shopping". Grupa aspirująca była grupą najbardziej pożądającą. Była żyłą złota. Chęć udowodnienia swojego statusu skłaniała do irracjonalnych decyzji. Łatwiej było im wydać dziesięć złotych na gazetę, niż tysiąc złotych na zakupy. A jak wiadomo – popęd i pożądanie to najsilniejsze uczucia. *Właściwie jeszcze nienawiść całkiem nieźle się trzyma w tym panteonie. Chyba po to są prawicowe gazety szukające kogoś, kogo można by nienawidzić. Wspólne nienawidzenie jest dobre jak wspólny piknik.* W tej chwili pomiędzy sucze myśli wtargnęła wena. Już wiedziała, jak pokazać strajk, aby był strajkiem innym niż wszystkie. Siorbnęła kawy z filiżanki, zawiesiła dłonie nad klawiaturą jak pianista i w tej chwili poczuła drżenie szklanego blatu. Na wyświetlaczu pojawiła się uśmiechnięta twarz Karola. Zrobiła mu to kretyńskie zdjęcie, jak byli na sushi. Uśmiechał się swoimi śmiesznymi zębami. Suka miała obsesję na punkcie pięknych zębów. *W końcu za jego dzieciństwa nie było aparatów ortodontycznych. Muszę chyba zacząć spędzać czas z młodszymi ludźmi. Choćby ze względu na proste zęby.* Patrzyła z wyrzutem na telefon, że właśnie w tym momencie dzwoni. Nie słyszała sygnału przez ogromne słuchawki na małych suczych uszach, ale szklany blat uparcie drżał. Chwyciła zrezygnowana za słuchawkę.

– No? Słucham cię? Co się stało? – zapytała, lekko poirytowana.

– Nic, Miniu. Tak sobie dzwonię – powiedział rozentuzjazmowany Karol. W tym momencie Suce się przypomniało, że Karol jako katolik (fleksikatolik oczywiście) dwa razy w roku chodził do spowiedzi. Jak Suka usłyszała to pierwszy raz, myślała, że to kiepski żart. Teraz, wczoraj, w ostatnią niedzielę przed Wigilią rozgrzeszał się z młodych dup w małżeństwie.

– Iiiiii? – zapytała, zaznaczając jednocześnie duży obszar na ekranie za pomocą cudu techniki Maca (Magic Mouse, która miała odciążyć spracowane palce przy komputerze). *I można zachować ich sprawność na inne okazje* – pomyślała z zadowoleniem.

– Byłem u spowiedzi. Tego pewnie się domyślasz i dostałem rozgrzeszenie – powiedział z lekką ulgą w głosie.

– Ja myślałam, że za łamanie siódmego przykazania nie dostaje się rozgrzeszenia. Widziałam cię w roli głównej w jakichś kotłach, garach i kadziach. Generalnie taki zepter bez płyty indukcyjnej. Hell fun i tak dalej…

– Ale moje kochanki nie są żonami! – wykrzyknął oburzony. Suka szybko zrobiła wykładnię literalną i faktycznie przykazanie brzmi: „Nie pożądaj żony bliźniego swego". *Czyli ja mogę bezkarnie zadawać się z żonatymi facetami?*

– OK, OK. – Zniecierpliwiona jedną ręką ciągle próbowała magiczną myszą przeciągnąć klocek do montażu, a magiczna mysz uparcie zaznaczała wszystko. *Głupia mysz, nigdy nie ufałam gryzoniom, Jobs mógł wymyślić magicznego psa, on pewnie działałby lepiej.*

– Mój spowiednik – Karol powiedział to z takim namaszczeniem, jakby spowiadał się co najmniej u Benedykta XVI albo świętego Piotra – rozgrzeszył mnie i powiedział, że każdy musi nieść swój krzyż.

Suka zatrzymała w bezruchu dłoń na magicznym, cybernetycznym zwierzu i zacisnęła palce. Pewnie gdyby mysz odczuwała ból, wyplułaby układ scalony.

– Myślałam, że grzeszenie wiąże się z jakąś przyjemnością? Co prawda, mam braki w edukacji religijnej, ale chyba nie aż takie?

– No, nie. Chodzi o to, że kogoś kochasz i musisz nieść swój krzyż. Ja kocham kilka kobiet i nie mogę sobie z tym poradzić. Stąd ten krzyż. Ta udręka – zakończył wywód głębokim westchnieniem bólu.

Suka zamilkła na moment, bo nie mogła uwierzyć w to, co słyszy.

– Czyżby religia katolicka zmieniła front i jako pokutę zadaje dodatkowych pięć kobiet? Albo siedem! – wykrzyknęła uradowana. – Tak, jest siedem lat tłustych i siedem chudych. Dla każdego to, czego nie lubi. Na przykład dla ciebie chude! Dla innych takie wieloryby w rozmiarze czterdzieści dwa. – Wiedziała, że Karol lubi kobiece kształty, których sama Suka nie miała. Tym bardziej się dziwiła, że on ją stale, od lat podrywa.

– Jak ty wszystko potrafisz obśmiać! Żadnego zrozumienia.

– A czego się spodziewałeś? Przecież to najbardziej absurdalna rzecz, jaką słyszałam w tym roku. Twoja spowiedź trafi na moją osobistą listę bestsellerów – rozchichotana parskała w słuchawkę. – Słuchaj, muszę kończyć, bo właśnie montuję jakiś strajk i robię z tego dramatyczne arcydzieło.

– Aha! Widziałem się z Furtką na tym spotkaniu pożegnalnym. Szkoda, że cię nie było.

– Chyba za wiele nie straciłam. Nie mogłam przyjść. To po pierwsze. Po drugie wiesz doskonale, że nie lubię takich spędów. Ci ludzie gadający o niczym i pokazowe oblewanie się wazeliną i wchodzenie w dupę. Nie, nie, dziękuję. Miałam naprawdę miły weekend.

– A widzisz, a Furtka mówił o tobie. I teraz rozumiem, dlaczego nie awansujesz.

– Jak to mówił o mnie? – Suka nie znosiła mówienia pod czyjąś nieobecność. Szczególnie na tematy zawodowe.

– No, tak się go pytam, dlaczego się nie rozwijasz i tak dalej i mówię, że mało kto tak łączy obraz i dźwięk i dlaczego właściwie nie robisz większych rzeczy. W końcu sam cię poleciłem do tej roboty. A Furtka na to, że tak, to prawda, że faktycznie tak jest, ale w momencie jak doszła do nas Żabska, on wali tekst, że przecież to niemożliwe, że sama to robisz, a w końcu pracujesz zdalnie i nikt nie wierzy w to, że sama to robisz od początku do końca...

– Jak to, kurwa, sama tego nie robię? A kto to do kurwy nędzy za mnie robi? Pierdolone dwanaście krasnoludków?!

– Ja nie chcę się z tobą kłócić, po prostu przyszła Żabska i widocznie taka jest powszechna opinia. A on się jej boi i się pewnie boi, że ona czuje się zagrożona. Przecież sama mówiłaś, że jak raz kobieta awansuje w niewyjaśnionych, czyli łóżkowych, okolicznościach, wszystkie inne kobiety traktuje tak samo. Boi się przy Żabskiej powiedzieć, że jesteś po prostu dobra.

– Jaka, kurwa, opinia?! – Suka była już na tyle wkurzona, że magiczną myszkę ściskała do braku tchu elektronicznego zwierza.

– No, wiesz... jakie wrażenie sprawiasz. Że taka piękna dziewczyna jak ty to tak sobie pracuje dla ozdoby, a powinna zajmować się właściwie czymś innym. No jesteś dla wszystkich zagadką. Poza tym nikt nigdy o tobie nic nie wie.

– A od kiedy w moich służbowych obowiązkach leży spowiadanie się z mojego życia? I czym niby powinnam się zajmować?

– Nie wiem. Jakimiś przyjemnościami, a nie montażem czy jakimiś innymi głupstwami...

Suka już nie słuchała. Rozłączyła się, wciągnęła jeansy i narzuciła czarną skórzaną kurtkę, choć był grudzień. Chwyciła kluczyki i zbiegła do garażu.

W aucie odpaliła się jej płyta Caro Emerald, ale szybko uznała, że to nie jest w jej obecnym nastroju. Zmieniła ją na Metallicę – „Die, Die My Darling". Trąbiąc na wszystkich uczestników ruchu, jak najszybciej chciała się dostać do firmy. W głowie jej szumiało. Niby nic się nie wydarzyło, można potraktować to jako nic nie znaczącą plotkę, ale czyż słowo nie rani najbardziej? Jak Furtka mógł publicznie coś takiego powiedzieć? Na początku jej drogi zawodowej, gdzie opinia i polecenie jest tak ważne. Dlaczego nigdy jej wprost nie zapytał, czy ktoś jej pomaga? Przecież mógł to zrobić. Byłoby to nawet uzasadnione. Mógł też poprosić, aby przez jakiś czas pracowała na miejscu, aby się przekonał, że robi wszystko od początku do końca sama. *Po jaką cholerę powiedział coś takiego przy tej cycatej plotkarze? Jak chciał jej zrobić przyjemność, to trzeba było ją przelecieć, a nie obrabiać mi dupę.*

Warszawa jak zwykle stała. Jak to bywa przed świętami. Tym bardziej Suka była wściekła. Bo pęd jej myśli nie odpowiadał obrotomierzowi na desce rozdzielczej. Nacisnęła na klakson i wrzasnęła: „Rusz dupę w tym kombi!". *Swoją drogą, że też ludzie nalepiają te kretyńskie nalepki: „jedzie z nami dziecko". Przecież jak ktoś nie lubi dzieci, może wjeżdżać w dupę właśnie posiadaczom dzieci.* Sama Suka najchętniej wjeżdżałaby właśnie w auta z dziećmi i chrześcijańską rybą. *Poza tym ryba chrześcijańska jest dowodem, że to religia uprzywilejowana w naszym społeczeństwie. Czy ktoś miałby odwagę nakleić gwiazdę Dawida na auto?* Posuwała się do przodu dwadzieścia na godzinę. Złość w niej narastała i pulsowała powoli.

Szybko przeskoczyła przez obrotowe drzwi i użyła elektronicznej karty, aby wejść przez bramkę. Natychmiast udała się do gabinetu Furtki, który był, jak to bywa w korporacjach, w szklanym akwarium. Można było zasłonić żaluzje, aby poczuć się bardziej intymnie. Korporacyjny świat sprowadzał podstawowe prawo człowieka do intymności do miana korporacyjnego statusu. Dlatego Suka tak konsekwentnie unikała pracy w *open space*, gdzie jej prywatność twórcza była zgwałcona na sto pięćdziesiąt różnych sposobów. Nie potrafiła zrozumieć, czemu ma to służyć. To znaczy domyślała się, że chodzi o to, aby będąc jak robak pod lupą, ograniczyć obijanie się ludzi w pracy. O zwiększenie ich wydajności i produktywności. *Krótko mówiąc, aby zasób ludzki ścisnąć jak cytrynę i wycisnąć jak najwięcej. Tylko ten zasób dość dobrze się maskuje w open space. Chodzą z kawą w tę i we w tę i gadają bez sensu w kuchni, a pracy w tym niewiele.* Zawsze miała poczucie, że jej wewnętrzna busola zmusza ją do większej ilości pracy niż przeciętnego *open space'owicza*. Ponieważ rzadko pojawiała się w firmie, wyłapała kilka zdziwionych spojrzeń. Długimi nogami robiła długie kroki, kierując się wprost do luksusowej, statusowej klatki. Furtka miał biuro przystrojone świąteczną smętną choinką. *Właściwie choineczką* – pomyślała z obrzydzeniem. Nie lubiła i świąt, i zdrobnień. Podniósł ze zdziwieniem oczy i zrobił nieudany grymas playboya po przejściach.

– Suka! Co tu robisz przed świętami? Nie dostałaś pracy przez transfer? – wstał i rozchylił szeroko ramiona odziane w sfatygowaną flanelową koszulę na zamek. *Jak można coś takiego nosić?* Chciał złożyć na jej policzku całuśny pocałunek. Suka nie była w stanie ocenić, czy wszystkich pracowników tak wita, czy tylko ją, bo była polecona przez Karola. Męczyła ją ta myśl, kątem oka wychwyciła, że żaluzje w akwarium są spuszczone. – Szkoda, że cię wczoraj nie było. Było naprawdę fajnie.

– Piotrze, faktycznie szkoda, że mnie nie było, może nie miałbyś okazji, aby mi obrobić dupę – wywaliła prosto z mostu, usiłując miarowo oddychać jak na jodze. Robiła to tylko po to, aby nie walnąć Furtki iPadem, którym właśnie się bawił. Jak sam powtarzał: „Wszystkie inne tablety to paździerz", zaśmiewając się przy tym do rozpuku i bezlitośnie pokazując otoczeniu brak czwórek w uzębieniu.

– Nie wiem, o co ci chodzi? – odpowiedział spokojnie Furtka, odpalając papierosa. Zbyt spokojnie. Wróżyło to wojnę totalną. Cisza przed burzą.

– Pracujesz w słowie. Powinieneś wiedzieć, że ma ono moc sprawczą. Tę tworzącą i burzącą. Mam nadzieję, że rozumiesz to abstrakcyjne porównanie i starczy ci RAM-u, aby ogarnąć ten wywód – Suka zaczynała wchodzić na obroty głowy powyżej sześciu tysięcy obrotów. – Jak mówisz o osobie, która dopiero zaczyna swój rozwój zawodowy, że „ona pewnie tego nie robi sama" – zrobiła „cudzysłów" w powietrzu palcami – i podajesz w wątpliwość jej kwalifikacje i ten przekaz idzie od ciebie, czyli z góry, to jak ja mam być traktowana poważnie? Pomyślałeś o tym?

– Oj, Suka! Ja tak tylko do Karola, aby go podkurwić. – Właśnie wtedy Suka zobaczyła, jakim prostakiem jest Furtka, kariery medialne z przypadku w nagrodę za suszenie ulotek w pralce marki Frania. – Przecież wiesz, że mu na tobie zależy i wszystkie informacje o tobie przeżywa.

– A po co miała to usłyszeć największa plotkara Żabska? Co to miał być za odbiorca?Myślisz, że nie powtórzy tego dalej? Czy zdajesz sobie sprawę, jak trudno walczyć z opinią? To chyba najtrudniejsza strategia. I ty, pracując w mediach, tego nie wiesz?

– Oj tam, oj tam – odpowiedział jak nastolatka w okresie pokwitania. – Przecież nic się nie stało. Przecież pracujesz, wszyscy cenią twoje materiały, niepotrzebnie się denerwujesz przed świętami.

– Nie lubię świąt – odburknęła Suka, tępo patrząc w wyliniałą choinkę. I coraz bardziej uświadamiała sobie, że wali głową w mur. Piotr Furtka jest za głupi, aby to zrozumieć. Albo takiego udaje. Przez moment zastanawiała się, czy w ogóle warto z nim rozmawiać. *Przecież to kretyn, który od czasu do czasu posuwa Żabską i liczy ewentualnie na jakąś zmianę.* – Piotrze, najgorsze jest to, że chyba i tak tego nie zrozumiesz. Może jak kiedyś przytrafi ci się coś podobnego, na przykład jak po twoim odejściu dowiesz się, że byłeś fatalnym szefem, który w grudniu zgubił bańkę z budżetu. Wtedy odczujesz, przepraszam, poprawka: może odczujesz, o co mi chodzi.

– Ale widzisz, ty jesteś inna, nie dziw się, że budzisz takie emocje – próbował się nieudolnie tłumaczyć i było widać, że zgubiony w ciągu roku milion złotych z budżetu go zabolał. – Chodzisz własnymi ścieżkami i dziwisz kobiety w pewnym wieku. Nikt nie wie nawet, czy mieszkasz z kimś czy sama… – Furtka zawiesił głos.

– A kogo to obchodzi?! Ja tutaj jestem z powodu pracy, a nie z przyczyn towarzyskich! – Była naprawdę wściekła.

– A nasz HR-owiec powiedział, że się nie integrujesz i nie potrafisz nawiązać relacji z ludźmi. Masz z nimi płytkie relacje.

– Uważasz, że to pierdolenie panienek o dzieciach w kuchni to są głębokie relacje? Potem wszystkie obrabiają sobie dupę, przez co tracą cenny korporacyjny czas. Jestem od tego wolna, dlatego wybieram taki system pracy. Przynajmniej wydawało mi się, że jestem wolna. – W tym momencie do szklanego pudełka

Furtki włożył głowę grubasek w swetrze w romby. Widząc napięcie na ich twarzach, zrobił głupią minę i po chwili zorientował się, że nie może się już wycofać, bo jest za późno.

– O wilku mowa! To jest Rafał Kierlandczyk, nasz HR-owiec – przedstawił człowieka o zapoconej twarzy.

– Kierlandczyk? Ja myślałam, że ten facet jest Irlandczykiem, i myślałam, że pracuję w międzynarodowej korporacji. – Suce właśnie puściły wszystkie hamulce i była wściekła, że po raz kolejny w swoim życiu nie umie porozumieć się ze światem. – A ty, Furtka, jak już cię wywalają, ups, przepraszam, odchodzisz z przyczyn osobistych, zrób sobie w wolnej chwili czwórki, bo wiesz, hipsterski maoizm polega na czymś innym. A status to nie tylko pomieszczenie oddzielone od reszty szkłem i płytą pilśniową. – Wskazała ruchem głowy na pomieszczenie. – I tak nic nie zrozumiesz, choćbyś kupił sobie wszystkie cuda techniki. I nie ślij nigdy więcej po nocach takich kretyńskich SMS-ów do kobiet w pracy. Gdybym miała umowę o pracę, to byłoby molestowanie. – Wstała i wyszła. Kierlandczyk spocił się na twarzy jeszcze bardziej, a Furtka zbladł. Chyba nikt w jego dyrektorskim życiu tak go nie poniżył. I to przy HR-owcu.

Jak można się było tego spodziewać, ostatnią decyzją Furtki w firmie było zwolnienie Suki. Jako demonstracja władzy, a właściwie jej resztek. Zanim dojechała do domu, w jej skrzynce był już mail zatytułowany: „Zakończenie współpracy". Na końcu – życzenia dalszego rozwoju zawodowego. *Po jaką cholerę zawsze tak to kurtuazyjnie kończą? Nie mogli napisać, że mnie wypierdalają za to, że zmieszałam z błotem szefa?* Suka nie znosiła tych fałszywych pożegnań zawodowych. Odpakowała wędzonego łososia i pomidorki cherry. Postanowiła zastosować zasadę Scarlett O'Hary: „Pomyślę o tym jutro". *A piękny, dramatyczny strajk poszedł się pierdolić.* Suka jeszcze wtedy nie wiedziała, że zajmie jej jeszcze kilka lat zrozumienie, że rozwiązywanie problemów w pracy nie polega na tym, że trzeba otworzyć drzwi z kopniaka i zagaić: „Co jest, kurwa, znowu nie tak?!". Dopiero pozna tajniki lawirowania towarzyskiego: jak powiedzieć komuś, że jego opinia jest gówno warta, ale w taki sposób, aby się nie obraził. W końcu nie jest to takie trudne...

Alfa w stadzie potrafi błyskawicznie zareagować. Lubi tylko jasne sytuacje

Matka Suki pojechała już do Zakopanego na święta ze swoim znajomym i Suka została zupełnie sama. Pojechała do domu matki i już w aucie brała głębokie oddechy, aby po wejściu do mieszkania nie zacząć nerwowo sprzątać. Oczywiście zaraz po przekroczeniu progu zaczęła impulsywnie hiperwentylować. Matka nie rozumiała, że minimalizm jest odzwierciedleniem stanu umysłu, a nie wymysłem pism wnętrzarskich. Najbardziej wkurzała ją szuflada w kuchni. W każdej kuchni, w każdym domu jest taka szuflada, w której jest wszystko. Resztki sznurka, nożyczki, rachunki i paragony nie wiadomo skąd. Matka Suki zawsze chciała mieć poukładany dom, w którym jest zapas folii aluminiowych do pakowania kanapek, a ściereczki kuchenne w kratkę vichy poukładano w kostkę. Folii aluminiowej w ogóle nie powinna mieć w domu, bo jej kanapki były po prostu nieestetyczne, jak wszystko, co wyszło spod jej ręki. W przeciwieństwie do Suki w najprostszej kanapce wychodził cały jej antytalent manualny. *Więc do czego ta folia miałaby jej służyć? Odreagowywała w ten sposób swój dom, który był potargany emocjonalnie, ale poukładany w szafach.* Babcia dbała o tak zwaną normalność. Jakby normalność miała być czymś lepszym niż nienormalność. Zdecydowanie za bardzo ceniła ten stan. Brak folii aluminiowej w czasie PRL położył się też pewnie cieniem foliowym na życiu mamy. Pierwsze rolki w sklepach pojawiły się dopiero na początku lat dziewięćdziesiątych jako zwiastuny aluminiowej, konsumpcyjnej wolności. Kanapki w błyszczącym opakowaniu były oznaką statusu i pozycji w szkole. Więc matka zawsze sprzedawała Suce ten tekst z folią (trochę aby się rozgrzeszyć z tego, że zamiast bawić się z nią w piaskownicy, co zawsze ją nudziło,

HAPPY HOUR...
...SAD HOUR

zaszywała się z książką), a dom był i tak zawsze jednym, wielkim chaosem, ale za to z folią i innymi gadżetami kuchennymi. Jak tylko Suka trochę podrosła, obsesyjnie sprzątała w szafkach. Neurotycznie układała kolorystycznie koszule, swetry, bieliznę. Szuflada kuchenna była ostatnim polem jej walki. I nie przekonywało jej stwierdzenie mamy, że wszystko się bierze z chaosu. *No przecież ten tam na górze, nawet jeśliby przyjąć, że prawdą jest jego siła sprawcza, nie mógł działać bez kalendarza czy bez planu? Prawda? To jest logiczne.* Chaos po prostu drażnił Sukę, a na dodatek miała ona od razu poczucie bałaganu w głowie. Przynajmniej to względne poukładanie na zewnątrz dawało jej poczucie złudnego bezpieczeństwa i ulotną świadomość, że jednak jeszcze coś od suczej woli w życiu zależy. Choćby to miała być zaledwie poukładana szuflada czy przycięte klomby na tarasie. Szuflada nie tylko zawierała zapas folii aluminiowej na rok, lecz także była matczynym manifestem zakupoholizmu totalnego. Kilka rodzajów worków na śmieci, kilka rodzajów kremów do rąk i wiele innych pozycji z listy zakupów zmultiplikowanych nie wiadomo po co. Nie przemawiał do niej argument, że jeśli ogromne firmy zarabiają na magazynowaniu, to dlaczego ona to robi za darmo? *Po wizycie u matki muszę się szczepić na grypę, bo tyle bakterii wyhodowała w lodówce.* Minimalizm był jej zawsze obcy. Bizantyjski przepych szuflad był odreagowaniem rygoru w życiu. Bałagan był jedyną dezynwolturą, na jaką sobie pozwalała. Była poukładana w kancelarii i w sprawach zawodowych. To Suce babcia zawsze wypominała: „Ty jesteś jak chłopaczysko". Tak „chłopaczysko", nie „chłopak"! Chłopaczysko to gorsza odmiana młodego osobnika rodzaju męskiego. „Twoja mama" – Suka znała tę opowieść na pamięć – „jak miała nowy płaszczyk, stała nieruchomo przed domem, aby jej jakie chłopaczysko brudnym paluchem nie dotknęło". Suka pamiętała, że ta forma w rodzaju nijakim – „chłopaczysko" – mniej ją intrygowała. Zastanawiała się też, na ile trzeba być wytrzymałym, aby nieruchomo stać z powodu jakiegoś durnego płaszcza? *Może mojej matce jakiś brudny paluch w życiu by nie zaszkodził?* Ale mała Suka brudziła się, ile wlezie, aby w dorosłym życiu nabawić się nerwicy natręctw. Babcia przeżywała, że nigdy nie skończy szkoły muzycznej jak jej matka i że zachowuje się jak „chłopaczysko". Pewnie chłopaczysko zostało w suczej głowie, ale ona przynajmniej sprzątała! *Mama, zamiast brudzić mogłaby inaczej odreagowywać surową babcię i dwanaście lat szkoły muzycznej. Mogłaby na przykład pisać, jak Jelinek, a nie tylko brudzić i nie sprzątać w szufladach. Chaos ma więcej wymiarów niż tylko kurz na książkach i parapetach. To musi mieć jakąś inną, bardziej strawną formę dla takiego neurotyka jak ja.* W pewnym momencie babcia zrozumiała, że szkoły muzycznej Suka nie skończy, bo jej dłonie od sprzątania były zawsze popękane do krwi. Szorowała uparcie wszystko, co dało się wyszorować. Mama wypominała jej, że to rezultat braku poukładania wewnątrz głowy. Zupełnie nie zdawała sobie przez tyle lat sprawy, że to wszystko przez tę jej szufladę w kuchni. Szufladę z kawałkami czekolady sprzed roku, z torebkami, z gumkami recepturkami i z tą nieszczęsną folią aluminiową. *Czuję się, jakby ktoś zapakował mi mózg w folię. Jak nieestetyczne kanapki mojej mamy* – pomyślała Suka i złapała małego sierściucha, który był brudny i śmierdział. *Jak można było kupić psa, który musi chodzić do fryzjera? Wyżeł, gdybyś miał długą sierść, już byś siedział w okienku życia na Karowej.* Spojrzała z czułością na aksamitny pysk weimara, z przejęciem obserwującego swojego młodszego kumpla w wannie.

– Wiem, wiem, co myślisz – zwróciła się do Wyżła i dała mu buziaka w czoło – ja też nie mogę uwierzyć w to, że ty jesteś *canis familiaris*, i ta świnka morska też.

Po stoczonej walce z małym, walecznym terierem (nie obyło się bez gumowych rękawiczek, bo sierściuch dzielnie gryzł w obronie swojej psiej, śmierdzącej natury) poczuła, że ma dreszcze. Miała świadomość, że to wynik spadku adrenaliny po rozmowie z tym idiotą Furtką. Poza tym wiedziała, że została bez pracy. Oczywiście jej sytuacja materialna była o wiele lepsza niż większości młodych ludzi, ale brało ją obrzydzenie na samą myśl, że będzie musiała wziąć udział w konkursach piękności, zwanych potocznie rozmowami kwalifikacyjnymi. Położyła się na kanapie, a że była Wigilia i Suka musiała zbalansować otaczającą ją słodycz, odpaliła film idealny na ten wyjątkowy wieczór: „Melancholię" Larsa von Triera. Wyżeł przytulił się mocno i położył jej łeb na brzuchu. Obrażony, mokry terier spał u siebie w koszyku. W momencie nalotu meteoru Suka poczuła, że jest naprawdę szczęśliwa. *Spędzam czas w idealnym towarzystwie.*

Obudził ją dźwięk maszyny do pisania. Dźwięk, który pamiętała z dzieciństwa, gdy ojciec Suki wstawał o czwartej rano, twierdząc, że wtedy głowa jest wypoczęta i w gabinecie siwym od dymu papierosów pisał apelację, kasację albo coś innego. Otworzyła oczy i zobaczyła Wyżła przy stole, który z zapałem uderzał w klawisze maszyny do pisania. Z pyska zwisał mu papieros.

– Wyżeł, co ty robisz? – zapytała, czując się tak, jakby ktoś ją oblewał gorącą i zimną wodą na przemian, była jak świecidełko choinkowe zawinięte w bibułkę. – Chyba jestem naprawdę chora – wymamrotała.

– Piszę scenariusz – odpowiedział Wyżeł, strzepując popiół z papierosa do popielniczki. – Nie ma zbyt wiele konkurencji na rynku, więc postanowiłem sam go napisać: ile znasz wyżłów scenarzystów? – Podszedł do niej z prawdziwym rekwizytem z lat dziewięćdziesiątych, z termometrem rtęciowym, który boleśnie zakłuł Sukę zimnem pod pachą. Otulił ją kocem i przytulił. Po chwili usnęła przy dźwięku maszyny do pisania. *To chyba ta sama maszyna, którą dostałam od mamy na siódme urodziny.* Wpadła szybko w otchłań gorączkowego, nerwowego snu.

Usłyszała dźwięk kluczy w zamku. Ktoś wyraźnie szamotał się z drzwiami. Zerwała się na równe nogi, choć kręciło jej się w głowie i myślała, że zaraz upadnie. Pobiegła do drzwi. Ujrzała matkę z nartami.

– Czy ty nie powinnaś teraz być w Zakopanem?

– A czy ty bawisz się w Bukę? – Spojrzała na Sukę omotaną w koc.

– Nie, chyba mam grypę albo inne cholerstwo, koszmarnie się czuję – wymamrotała Suka. – Dlaczego wróciłaś? I nie pytam czym, zakładam, że taksówką.

– Wiesz, kupiłam sobie nowy „Angielski dwa kroki do przodu” i „Francuski trzy kroki do przodu”, a z tym palantem czułam się ciągle pięć kroków do tyłu. Mierzyłaś temperaturę? – Chłodną dłonią dotknęła rozpalonego czoła Suki.

– Tak. Wyżeł mi zmierzył.

Matka zrobiła dziwną minę, ale nie dopytywała, co to znaczy, bo widziała, że Suka nadaje się nie do rozmów, ale do lekarza.

Matka natychmiast zachowała się jak rasowa matka trzeciej fali feminizmu. Od razu zrobiła przegląd lodówki z wyrzutami, że Suka nic nie zjadła. Na zarzut, że lodówka jest tak zaopatrzona, jakby miała nastąpić światowa katastrofa, prychnęła: „Starałam się, abyś zjadła coś przynajmniej przez święta”. I chociaż wiedziała, że dla Suki święta nie mają żadnego znaczenia, są tylko weekendem do odbębnienia, ciągle tkwiła w przekonaniu, że trzeba je jakoś zaakcentować. Położyła rozpaloną Sukę na kanapę, aby mieć z nią kontakt wzrokowy, jak się będzie krzątać po kuchni, zrobiła herbatę, nafaszerowała lekami. Suka z podziwem patrzyła na to, jak w chaosie i bałaganie matka bezbłędnie trafia na przykład do aspiryny. *Jak to możliwe, że bez idealnego poukładania w szafkach ona wszystko znajduje?! Ja jestem w kieracie poukładania, bo boję się tego pytania: gdzie TO jest?* Suka leżała szczelnie okryta kocem i myślała. Właściwie było jej dobrze w tym bałaganie pełnym książek, gazet i orchidei.

– Chcesz coś zjeść? – zapytała matka. Stała przy blacie kuchennym i kroiła to, co upchała w lodówce przed wyjazdem. Tym razem był to schab pieczony ze śliwkami.

– Nie, dziękuję. – Zwinęła się szczelniej kocem i lekko przeciągnęła. *Dreszcze zawsze powodują, że człowiek wykonuje jakieś konwulsyjne, nieprzewidywalne ruchy.* – To powiesz mi, dlaczego wróciłaś z tych nart? Jestem chora i żądna plotek.

– Wiesz, że ja chyba nie potrafię już jeździć z nikim poza tobą. – Ukroiła wielką piętką chleba. O takie piętki toczyły boje od zawsze. A marzeniem małej Suki było kupić chleb i obedrzeć go ze skóry. Właściwie to realizowały, bo ich chleby wyglądały zawsze jak po ciężkim wypadku samochodowym albo po oparzeniu trzeciego stopnia. Powyrywane kawałkami w miejscach, gdzie skórka była spieczona i chrupiąca. Suka przychodziła specjalnie do matki wyrwać jej skórkę z chleba lub bułek, ponieważ tej wstydliwej czynności nie wykonywała w swoim prosektoryjnym mieszkaniu, gdzie wszystko musiało być pod linijkę i pod kreskę.

– Daj kawałek. – Wysunęła szczupłą rękę spod koca w kierunku matki w kuchni.

– O! Chyba ci lepiej. – Matka z bólem oderwała kawałek ze swojej piętki. – I jakoś tak męczą mnie te gadki o niczym, to napinanie się i tak dalej. Poza tym wiesz, ja nie widzę jakiejś perspektywy typu „wspólne domy", „wspólne mieszkanie". Jak nie masz tej wiary, tej nadziei, to i motyle w brzuchu też zamierają.

– Ja chyba od lat tego zwierzęcia domowego nie posiadam. – Spojrzała z czułością na Wyżła, który wgramolił się na kanapę i ciasno przywarł do jej nóg.

– Jakich? – Matka straciła wątek.

– No, tych motyli. – Tutaj suka zwizualizowała swój brzuch, ale jedyne, co ujrzała, to jakieś czaszki, kości i zgliszcza. – Ja nie lubię jeździć z nikim obcym, bo się boję, że nie będę mogła sobie spokojnie pomilczeć. Lubię sobie z tobą milczeć.

– Ja też nie lubię tego, że nie mogę spokojnie zrobić kupy w hotelowym pokoju. – Matka wzniosła teatralnie oczy do góry, trzymając kubek z herbatą. – Te pokoje są tak klaustrofobiczne i akustyczne, jakby nikt nie przewidział czynności natury higienicznej. Poza tym wkurwia mnie jeszcze jedno. Że wszystko trzeba robić razem i na zawołanie.

– Tak, wiem, o co ci chodzi.

– Oni już zeszli ze stoku, a ja chciałam jeszcze pojeździć. – Matka Suki odebrała prawdziwą narciarską szkołę życia od córki. Suka ją przećwiczyła na wszystkich albo prawie wszystkich czarnych trasach Europy z homologacją FIS. Od Francji, poprzez Szwajcarię, na Włoszech kończąc, Suka z matką do bólu ćwiczyła jej styl, kondycję i formę. I co najważniejsze – przewalczenie lęku wysokości u matki. Suka wyszła ze słusznego (jak jej się wydawało) założenia, że jeśli ktoś z kiepskim słuchem tylko swoim uporem przeskoczył dwie klasy w szkole muzycznej, to i na nartach może się nauczyć perfekcji. Stąd mimo dojrzałego wieku matka nie tylko budziła podziw na stoku, lecz także pokochała ten sport. – I wiesz, on jest na mnie obrażony, że ja nie schodzę z nim! Bo powinnam! Rozumiesz, tym palantom się wydaje, że moje poczucie szczęścia nie bierze się z tego, że mi się świetnie na nartach jeździ, tylko z tego, że mam u boku kogoś z kutasem w spodniach.

– To prawda… – Suka zamyśliła się nad tym, czy bez pracy uda jej się w tym sezonie pojechać do Szwajcarii na narty. Dla niej sezon bez nart był sezonem straconym. Lubiła zimę nie tylko ze względu na szare poranki, które spędzała w łóżku z Wyżłem, kawą, książką lub pracą. Zimę lubiła najbardziej ze względu na narty. Nie wiadomo, czy to dlatego, że przy jeździe zmieniały jej się obrazki i jako osoba pracująca z ruchomym obrazem odbierała to jak coś naturalnego, czy to o prędkość chodziło, ale na wysokości powyżej trzech tysięcy metrów odzyskiwała równowagę. Oczywiście w czasach ciężkiego kryzysu pewnie jej rozterki byłyby niezrozumiałe dla większości bezrobotnych. Ona jednak narty w Alpach traktowała jak sesję terapeutyczną i one były jej pierwszą potrzebą. – Na narty po prostu trzeba jeździć ze sprawdzonym towarzystwem. A poza tym to śmieszne, że inni poczucie szczęścia definiują przez osobę, która jest z boku, a nie przez własny stan umysłu. Przecież tak jest niebezpiecznie. Lepiej ufać sobie. Miłość na własną rękę też jest bardziej sprawdzona.

– I nie przenosi chorób wenerycznych – dodała matka i obie wybuchnęły śmiechem.

– Słowo na niedzielę? – Suka odgrzebała się spod koca.

– Świąteczna nowina – zakpiła matka i podniosła się z fotela, bo ktoś dzwonił do drzwi. – Pewnie babcia. Mam nadzieję, że nie przyniosła jedzenia dla psów, mój i tak jest za gruby.

Babcia weszła zdyszana z brzęczącą zawartością materiałowej reklamówki. Na reklamówce był napis: „Welcome to the Paradise". Suka szybko odgrzebała w pamięci, że to pozostałość po zakupach na zanzibarskim lotnisku. Zawsze lubiła lotniska. Nawet te najbardziej zapyziałe. Na pytanie o najbardziej podniecające miejsce wybierała bez wahania halę odlotów Okęcie. Bilety lotnicze wertowała w sieci tak samo nałogowo, jak kamery ze stoków narciarskich Europy. Siatka, a właściwie płócienny worek z palmami, kontrastowała z puchową kurtką i beretem babci. *Jeśli babcia się tak unowocześniła, że zaczęła nosić puchowe, lekkie kurtki zamiast przyciężkich płaszczy, to co robi ten jej beret na głowie?* Suka przekręciła głowę równocześnie z Wyżłem, który grzecznie wpatrywał się w zawartość worka.

– Wyżeł, a ty wiesz, że ty jesteś słoik warszawski? Tylko czekasz na jakąś wałówkę od babci – zwróciła się czule do Wyżła nosowym głosem, świadczącym o tym, że jest naprawdę chora.

– Bo ten pies jest za chudy. – Babcia uważała, że szczęście tkwi w fałdkach tłuszczu. – I ma depresję…

– Cooo? – Suka z matką nie mogły uwierzyć, że słyszą to naprawdę.

– Tak, tak. Oglądałam w programie śniadaniowym, że taka szczupła sylwetka to oznaka depresji. I ten pies jest za chudy, ciągle to mówię.

– Babciu – Suka podchodziła z ogromną rezerwą do pasm śniadaniowych i mądrości wypływających przy publicznym smażeniu jajecznicy – myślę, że nie ma co się tak przejmować tym, co mówią w telewizji… Tam po prostu kłamią – teatralnie zniżyła głos i wyszeptała konspiracyjnie.

– No ale przecież pani z telewizji mówiła, że chudnięcie oznacza depresję. Ty też jesteś za chuda. Zawsze to mówiłam! – Wskazała oskarżycielskim paluchem w stronę Suki.

– Babciu, ty mi wyhodowałaś w dzieciństwie całą armię komórek tłuszczowych, które teraz dzielnie wypełniają mój tyłek. Gdybym na przykład chciała być baletnicą w Teatrze Bolszoj, twoje drożdżowe ciasto złamałoby mi karierę!

– Chyba już w tym życiu nie będziesz primabaleriną. Zresztą to i dobrze, bo znając twoją suczą naturę, albo miałabyś romans nie z tym, z kim trzeba, albo wpadłabyś w konflikt z Putinem i skończyłabyś jak Chodorkowski albo Pussy Riot. – Mama zabrała rzeczy od sapiącej babci i ruszyła w stronę kuchni. – Ty się nie nadajesz do żadnych reżimów. Ledwo co znosiłaś szkołę.

– To urocze, mamo, że po latach szkołę porównujesz do państw reżimowych – rzuciła Suka z grymasem na twarzy. – W następnym życiu będę psem, taką suką do głaskania. Pełna micha, czułe ręce pana na mnie, spacer, kawa w centrum. Tylko chciałabym, aby to był Rzym, bo nie chcę chodzić ubłocona.

– Suka, przecież ty trafisz do nieba – rzuciła babcia.

– Jesteś tego pewna, mamo? – Matka Suki wysoko uniosła brwi. – Wiesz, według zasad katolickich Suce daleko do ideału.

Babcia ciągle wierzyła we wszystko, co jest napisane w Biblii, i mimo że Suka wraz z matką dbały o modernizację jej głowy, to jednak wciąż od czasu do czasu rzucała coś, co je dziwiło.

– Właśnie chciałam o czymś z wami porozmawiać. – Babcia rozsiadła się na kanapie i zrobiła poważną minę. – Wiem, że spaliłyśmy dziadka, ale ksiądz na ostatniej mszy powiedział, że po kremacji nie odprawi mszy pogrzebowej. Pewnie chodzi o pieniądze za obsługę. To znaczy trumna jest droższa od urny, ci ludzie do noszenia trumny nie są potrzebni itd. I tak sobie pomyślałam, że najpierw musicie mi kupić sosnową trumienkę, jest najtańsza, sprawdzałam, a potem mnie spalicie i przesypiecie do urny – skończyła na jednym oddechu.

Zapanowała cisza.

– Mamo – zaczęła Suka – a czy ja ciebie z oszczędności mogę pochować w pudle po pralce?

Wybuchnęły śmiechem!

– Ale sobie temat znalazłaś. – Mama Suki przyniosła na stół karpia w galarecie. – Mnie możesz i w pudełku po butach trzymać. Tylko potem masz jechać ze mną na jakiś lodowiec i przy kieliszku świetnego szampana i sączącym się śpiewie Elli Fitzgerald rozsypać.

– Ale… dlaczego? – zapytała zdziwiona i ciągle zakatarzona Suka.

– A nie chcesz zaczynać sezonu narciarskiego pierwszego listopada? – Puściła oko do Suki. *Kochana mama – jednak jest sprawiedliwość na świecie – powinni mi od razu przyznać zniżkę na jesienny skipass* – pomyślała i zapadła w chorobową drzemkę na fotelu.

Matkę Suki obudził dźwięk szkła i szelest. W kuchni zobaczyła wypiętą pupę, która tkwiła w drzwiach lodówki. Suka wykonywała dziwne ruchy, wąchała wszystko i odstawiała na półkę.

– Co ty znowu robisz?

– No, przecież nie zostałam anorektyczką, która tylko wącha jedzenie – odparła Suka, nie wyjmując głowy z lodówki. – Mam problem… – zawiesiła złowieszczo głos.

– Boże! Co znowu? – Matka opadła na fotel zrezygnowana i przyciągnęła pasek jedwabnego szlafroka.

– Bo wiesz, mamo… okres mi się spóźnia.

– Ile?

– No, dzień.

– To chyba nie problem, to normalne, nie ma jeszcze powodu do zmartwień, jesteś chora, to normalne. Bez histerii. – Podeszła do czajnika i go włączyła, czym po raz kolejny w oczach Suki zyskała punkty nominujące ją do czołowego antyoksydanta na życie swojej córki. *W przeciwieństwie do jej chaotycznego mieszkania sama była do bólu racjonalna – zadziwiające!*

– No, niby wiem, ale już się zmartwiłam, jak się okazuje to, że się zwolniłam z zajęć przygotowujących do życia w rodzinie i z religii, to był poważny błąd, kompletnie nie ogarniam tego kalendarzyka, tych przeliczeń itd. Poza tym tak sobie myślę, że skoro w tak wielu sprawach się różnię, dlaczego mam ufać moim jajnikom, że będą funkcjonować jak u pozostałych trzech i pół miliarda kobiet na świecie? – Suka wygrzebała się z lodówkowego snopa światła.

– Obawiam się, że poczucie twojej odrębności nie dotyczy aż tak bardzo spraw fizjologii – zakpiła matka i zalała torebkę herbaty wrzątkiem. – I co ty właściwie robisz? W tej lodówce?

– Wącham, wydawało mi się, że wszystko śmierdzi.

– I testujesz, czy ci wszystko śmierdzi na serach *dor blue*? – parsknęła śmiechem. – Suka, ty, jak jesteś chora, wszystko ci śmierdzi, bo masz katar.

– Ale to śmierdzenie jest podejrzane… – brnęła dalej Suka.

– Idź się połóż spać i daj sobie spokój. Naprawdę to, że kobieta, która potrafi tyle zrobić, nie potrafi zrozumieć swojego cyklu, zawsze mnie dziwi.

Suka faktycznie cyklu nie ogarniała, co więcej, miała ogromną niechęć do tabletek antykoncepcyjnych. Uważała, że to, co na początku feminizmu dawało pełną swobodę, było zwykłą chemią, która nie tylko mroziła libido – na co Suka nie mogła sobie pozwolić, skoro jej własne często gubiło się w terenie – lecz także powodowała liczne komplikacje krążeniowe. Nikt z szanownych lekarzy ginekologów nie ostrzegł małoletniej Suki, że antykoncepcja może powodować zakrzepicę żył. Od tej pory unikała jak ognia wszystkiego, co z apteki. W przeciwieństwie do innych odbiorców reklam wiedziała, jak kreuje się rzeczywistość i potrzeby. Największa ilość suplementów była skierowana do dzieci i kobiet w ciąży. *Wiadomo! Co, dziecku odmówisz? O dziecko nie zadbasz?* Tak zadawane sobie pytania były marketingowym strzałem w dziesiątkę. Pamiętała rozmowę sprzed kilkunastu lat z zaprzyjaźnionym lekarzem, który przepowiadał medialny atak osteoporozy, bo produkcja leków zawierających wapń to bułka z masłem. W ciągu kilku miesięcy nagłówki prasy kobiecej (czyli najbardziej zidiociałej) krzyczały: „Brak wapnia, jak temu zapobiec?", „Czy jedząc tylko sery, możemy się uchronić przed osteoporozą?", „Jak ochronić swoje kości?" itd., itp. A czy ktoś w Europie w XXI wieku, jedzący normalnie i nieprzebywający w Auschwitz, rzeczywiście mógł mieć taki problem? Nie. Bo wapń jest wszędzie.

Problem Suki na szczęście rozwiązał się rano, kiedy dostała okres, co nie wróżyło dobrego dnia, bo wtedy miała wrażenie, że chmury są jeszcze bardziej ołowiane, a niebo zwali jej się na głowę. W Księdze Kapłańskiej pisano, że: „niewiasta, która co miesiąc cierpi płynienie krwi, przez siedem dni będzie odłączona./Każdy, kto się jej dotknie, będzie nieczysty aż do wieczora". *Nie wiem, na ile jestem nieczysta, ale to odłączenie od stada jest całkiem dobrym pomysłem, bo jak mam okres, mogę zabić i jestem toksyczna. Choć z drugiej strony dobrze, że ten okres jest.* Jakoś przeczuwała, że szukanie trzech tatusiów nie byłoby tak wesołe, jak przedstawiła to Meryl Streep w „Mamma Mia". *Jedno jest pewne – tak czy inaczej mogę już zacząć śpiewać piosenkę „Money, money, money"*. Nie powiedziała jeszcze matce, że została bez pracy…

Kolejny świąteczny dzień minął Suce kompletnie bezproduktywnie. Doskonale zdawała sobie sprawę z tego, że najwięcej zawałów jest w weekendy i święta. Była przekonana, że nadmiar wolnego czasu prowadzi do autoanalizy, co dla każdego człowieka jest destrukcyjne. Powszechnej autoanalizie w dzisiejszych czasach podlegali wszyscy. Starsi na zakręcie, nastolatki w okresie pokwitania oraz dzieci w wieku przedszkolnym, które w wieku niemowlęcym na pewno (co z powagą podkreślali psycholodzy) przeżyły jakąś nieodwracalną traumę. Czym oni – czyli psycholodzy/lekarze dusz/osoby, które same miały zawsze problem z sobą, dlatego wybrały taki zawód (jak kto woli) – zajmą się za drobną opłatą. Mówiąc krótko – za dużo wolnego, bezproduktywnego czasu to choroby, zawały i ogólne rozmemłanie, którego Suka wyjątkowo nie lubiła. Najchętniej by coś zmontowała – pytanie tylko co, skoro nie pracowała już dla Firmy. Postanowiła się zastanowić, co zrobi z sobą w najbliższych dniach. Nigdy nie miała z tym problemu. Lubiła sama sobie organizować czas, ale wbrew powszechnej opinii freelancerzy też lubili mieć coś do zrobienia. Jej kalendarz roił się od zapisków, co, kiedy i gdzie ma zrobić. Tym razem otworzyła zupełnie nowy egzemplarz Teneues z Vettriano na styczniu. Zupełnie pustym. Obok pierwszego tygodnia znajdował się obraz młodej kobiety z leżakiem w biało-czerwone paski pod pachą. *Czy w tym roku będę wypoczywać? Relaksować się? Czyżbym miała zacząć wykonywać mój wymarzony zawód świata i zostać rentierem?* Uśmiechnęła się sama do siebie i spojrzała na zmierzch zapadający za oknem, który wyglądał jak zmrożona kawa z mlekiem. W tym momencie dostała SMS-a od Karola. Nie rozmawiała z nim, odkąd przyniósł jej te kretyńskie ploty od Furtki. Nie była na niego zła o to, że jej uprzejmie doniósł. Była zła, że usiłował bronić żenującego zachowania bezzębnego Furtki. Zastanawiała się czy wymaga od świata tak wiele? Przecież nie oczekuje od ludzi jakiejś nadmiernej pomocy czy oddania. Zaledwie – lojalności, a przynajmniej tego, że jeśli ktoś ma uwagi do jej osoby, a szczególnie te dotyczące jej pracy, powinien przekazywać je wprost. Ale może to za dużo, biorąc pod uwagę, że wszystkie dyskusje w mediach uważane za publicystykę, a więc z definicji za coś poważnego są oparte na mniej więcej takim schemacie: „Panie polityku X, pan polityk Y powiedział o panu, że jest pan durny i wygląda jak osioł, co pan na to?" – pyta z zatroskaną miną dziennikarka, nerwowo poprawiając włosy i koniecznie zbijając usta w ciup, aby były bardziej wydatne; polityk na to: „Nie wiem, jak mam to skomentować, dla mnie pan polityk Y to zwykły, ordynarny waleń". Kurtyna. Na pasku na dole ekranu taka „informacja" przemieli się jeszcze dwadzieścia cztery godziny, aby kolejnego dnia mogła się narodzić następna, równie odkrywcza i wiekopomna myśl. Jeśli więc z obrabiania dupy jest zbudowany cały współczesny świat, to kiedy Suka przegapiła ten moment zmiany? Dlaczego nie wykazała się instynktem samozachowawczym i nie nauczyła się jeszcze sobie z tym radzić? Karol jej powtarzał, że jest zbyt mało wyrozumiała dla świata. *A dlaczego mnie świat nie przyjmuje wyrozumiale takiej, jaką jestem? Dlaczego wiecznie mam odgrywać rumieniącą się skromnie panienkę?*

SMS był treści: „Co robisz? Jak ci mijają święta?". Suka na odległość kilku kilometrów czuła, że Karol nudzi się w domu wśród rodzinnego ciepła teściów, wujów i swoich dzieci. Spędzał święta podobnie jak Suka. Podbijał kolejne państwa w komputerze i oglądał filmy porno. Z tą małą różnicą, że Suka zamiast podbijać państwa w grach komputerowych, namiętnie oglądała plany urbanistyczne miast, zastanawiając się, w jakim kierunku będzie się rozlewać i tak już rozległa Warszawa. Tę drobnomieszczańską słabość znała tylko jej matka – Suka po prostu lubiła nieruchomości. Spojrzała na telefon i zastanawiała się, co odpisać. W pierwszej chwili miała ochotę: „Wszystko w porządku. Wywalili mnie z pracy, okazało się, że nie jestem w ciąży z trzema przypadkowymi nurkami, ustaliłyśmy z mamą, jak pochowamy babcię, a poza tym mam chyba grypę, bo mam temperaturę i wszystko mi śmierdzi – czyli OK". Plus obowiązkowy uśmiech na końcu zdania. Zdecydowała się na coś bardziej strawnego w święta. W końcu nie każdy spędza święta tak jak ona – na oglądaniu „Melancholii" Larsa von Triera. Nie chciała mu burzyć rodzinnego ciepła, którego zapewne doznawał w przerwach między oglądaniem filmów porno w zaciszu gabinetu. „Wszystko OK – święta znoszę z godnością, a jest mi łatwiej, bo mam grypę. To prawie jakbym była non stop lekko wstawiona". Odłożyła telefon i odpaliła laptopa, aby znaleźć filmy z Sashą Grey. Dziewczyna zrobiła się gwiazdą filmów porno numer jeden, a gazety przeprowadzały z nią niezliczone ilości wywiadów, już w lidzie stawiając tezę, że to najmądrzejsza i najinteligentniejsza porno star we wszechświecie. *Nietrudno być najpiękniejszą w Pekaesie* – burknęła pod nosem Suka. W tym momencie zadzwonił Karol. Uśmiechnęła się, że pewnie oglądają coś podobnego. Przesunęła palcem po ekranie i przytknęła telefon do ucha.

– Tak, tak! Telepatycznie to wyczuwasz. Oglądam filmy porno, a ty?

W telefonie huczała przez moment głucha cisza, po czym usłyszała aksamitne „klik", jakie wydają smartfony po zakończeniu połączenia. Przerwało? Na to Suka była za mądra i o kilka doświadczeń za daleko. *Drugi dzień świąt, dzień święty, czas połogu Marii Wiecznej Dziewicy, to nie mógł być Karol! Jego żona grzebała w telefonie?* Chwilę potem telefon zadzwonił jeszcze raz. W słuchawce usłyszała kobiecy głos.

– Z tej strony Gabriela, chciałam się dowiedzieć, co się dzieje z moim mężem.

Suka przez moment zdębiała, ale już po sekundzie złapała wkurwa, i to potężnego.

– Nie jestem specjalistą od cudzych mężów, ani telefonem zaufania, więc to chyba pomyłka – odparowała.

– Proszę sobie nie schlebiać. Nie uważam, abyś była specjalistą, a takie uwagi zachowaj dla równych sobie. – *Równych sobie? Jakiś kompleks?* – Suka złapała w locie wyrywek ze zdania.

– A ja do ludzi, których nie znam, nie zwracam się na ty. Proszę nie zakłócać mi świąt. – Wyłączyła telefon, będąc na skraju zdenerwowania.

Z różnych gatunków kobiet najbardziej nie lubiła żon. Szczególnie tych zazdrosnych, które bez żadnych skrupułów potrafią zawracać głowę zupełnie przypadkowym osobom, licząc, że dowiedzą się czegoś więcej o swoim ślubnym. I skąd to przekonanie o wyższości? Nie widziała nigdy kobiety na żywo, ale nagle nie wiedzieć czemu wyobraziła sobie ją w stroju starożytnego wojownika greckiego w walce o dobrostan swojego małżeństwa. Misja ocalenia dumnie brzmiącego słowa „rodzina" (co w istocie najczęściej sprowadza się do koegzystencji kilku osób pod jednym dachem) nie powstrzyma przeciętnej, statystycznej żony przed żadnym głupstwem. Suka nigdy by nie wykonała telefonu do żonatego faceta w święta czy w weekend. Nie chciała komuś komplikować życia, budzić podejrzeń ani wzniecać niepotrzebnych awantur. *Jaki trzeba mieć tupet, aby wykonać telefon do zupełnie nieznanej kobiety i to w święta! Pomijam to, że grzebanie w cudzej komórce jest żałosne. Czy to się zalicza do kanonu małych zbrodni małżeńskich i jest na porządku dziennym? Podstawowe prawa człowieka nie obowiązują po stworzeniu podstawowej komórki społecznej?* Grzebanie w cudzym telefonie, portfelu czy korespondencji Suka uważała za większe pogwałcenie prywatności niż grzebanie w jej majtkach. Poza tym nie lubiła mieszać się w cudze związki małżeńskie. Zawsze kończyło się to jakąś aferą. Kiedy Suka miała dwadzieścia lat i była jak każdy dwudziestolatek przekonany o swojej niezwykłej dorosłości i dojrzałości, przerobiła ścigającą ją żonę. Ostatecznie natrętna kobieta zadzwoniła do kancelarii jej matki. Na szczęście ta zachowała się tak, jak powinna: udzieliła rady, że jedyne, co może zrobić, to co najwyżej ją rozwieść. Po latach Suka zrozumiała, że wyjmowanie z małżeństw facetów po pięćdziesiątce to taka sama frajda, jak polowanie na lisa bez łapy. Woody Allen w „Przejrzeć Harry'ego" genialnie to podsumował do Kirstie Alley: „Jesteś mądrą, inteligentną kobietą, wiesz, czym się różni stateczne, nudne małżeństwo od namiętnego, nowego romansu". *Nie, nie,*

nie. To nie dla mnie. Te dzieci piszące później ci na samochodzie gwoździem: oddaj nam tatusia, ty suko! Suka spojrzała na ekran laptopa, na którym Sasha Grey wyginała się w dziwnej pozie, robiąc miny jak modelki dla „Vouge", tyle że z murzyńskim penisem w sobie. Faktycznie nigdy nie widziała aktorki porno, która tyle mówi podczas filmu. Ale było to zaledwie „fuck my ass!". *I to ma być ta inteligentna kobieta, która ma tyle do przekazania? Właściwie mogłabym produkować takie filmy. Mało dialogów, nie trzeba ich tłumaczyć i jaka dystrybucja światowa jest łatwa. Wybrałabym lepsze kadry.* Wyłączyła głos. *Nie lubię, jak ktoś wrzeszczy* – pomyślała z niesmakiem.

Czas pomiędzy świętami a Nowym Rokiem ludzie najczęściej spędzają albo na wyprzedażach, albo na szukaniu kreacji na sylwestra. Suka wiedziała, że nie będzie robić ani tego, ani tego. Musi przejrzeć oferty w internecie i zacząć wysyłać CV. Odkąd powszechną praktyką w firmach była ochrona z cieciem na bramce, była zdana na wykwintną sztukę epistolarną, która w dzisiejszych czasach przydaje się tylko (a może aż) do pisania listów motywacyjnych. W czasach studenckich Suka drukowała swoje CV, bezczelnie szturmowała drzwi i już była w pracy. Przedstawiała się krótko: „Suka jestem i chcę tu pracować". Ale to były czasy przedkryzysowe i teraz podskórnie czuła, że nie będzie tak łatwo. Wtedy jej się udawało, teraz kryzysem każdy wycierał sobie usta, a nadprodukcja humanistów zbierała ponure żniwa.

Było jeszcze coś, co ją wyjątkowo niepokoiło. Obserwowała rynek pracy, interesowały ją modele zatrudniania, sposób postrzegania zasobu ludzkiego przez firmy. I bała się, że być może nie zmieści się w żadnej ramce, w żadnym wyznaczniku HR-u. Na wejściu odrzucała oferty, gdzie wyznacznikiem było pięć lat na określonym stanowisku. Suka nigdy by nie wytrzymała pięć lat w jednym miejscu. Chyba że byłaby pilotem F16, i to w kilku miejscach na świecie. Uważała, że przecież młody człowiek, który szuka, który się rozwija, jeśli zostaje w jednej pracy, w jednym miejscu zaraz po studiach przez pięć lat, albo jest nieudacznikiem, albo się panicznie boi ryzyka. Ona na miejscu firmy bałaby się kogoś takiego zatrudnić. Zawsze traktowała swoje CV jako dowód swojej zaradności, ale też świadomych poszukiwań. *Kiedy ci ludzie mają szukać miejsca dla siebie? Przecież niezadowolenie jest motorem postępu.* Jednak obawiała się, że jej punkt widzenia, jak wszystkie inne punkty z punktem G włącznie, są inne od ogółu i normy.

Zupełnie inną sprawą okazywało się to, że rynek pracy faktycznie nie był przychylny dla młodych ludzi i praca często była od projektu do projektu. Suka świadomie zawsze omijała umowę o pracę. Mówiła, że woli pracować w ramach czasowych wyznaczonych przez siebie. Jednak przyczyna była inna. Po prostu w pierwszym roku nie przysługiwałby jej urlop i nie mogłaby pojechać na narty.

Suka błądziła po galerii handlowej w tłumie płynących ludzi. Myślała, jak najlepiej napisać list motywacyjny. Zawsze to robiła po swojemu. Nie lubiła gotowców w sieci, które były pełne dziwnych bezosobowych form: gotowość, dyspozycyjność, sumienność, pracowitość. Wykrzywiła twarz z obrzydzenia, a ekspedientka, która ją obserwowała, zmarszczyła brwi. *Co to za chore słowa?* – pomyślała. – *Zmęczyłam się samym pomyśleniem o nich, a co dopiero je powiedzieć, napisać i wykonać.* Przerzucała męskie swetry jedną ręką, druga niedbale tkwiła w kieszeni.

– Może w czymś pomóc? – zakwiliła ekspedientka, która od jakiegoś czasu z niepokojem przyglądała się mimice Suki.

– Nie, dziękuję.

– Szuka pani czegoś dla męża?

Suka miała ochotę odpowiedzieć: „Nie, dla dziewczyny". Choć prawda była zupełnie inna, miała jechać na imprezę sylwestrową do znajomych do Łodzi Kaliskiej. Na imprezie każdy miał być przebrany.

– Nie, szukam czegoś na bal sylwestrowy.

– Tutaj…? – wyjąkała zaskoczona panienka i rozejrzała się, pokazując głową, że obie znajdują się w sklepie męskim.

– Tak, tutaj – odparła, nie przestając przekładać swetrów i nadal nie wyjmując ręki z jeansów. – Wie pani, tutaj odpoczywam, męskie sklepy są takie sterylne, takie poukładane. Nie ma tej kakofonii kolorów, faktur i fasonów. Wszystko jest złożone w kostkę, równo i ładnie. Wiem, że taki sklep mnie niczym nie zaskoczy, wiem, że nie wpadnie wam do głowy wyprodukować garnitur ze strusich piór w kolorze różu. Tu się czuję bezpiecznie. – Wzięła głęboki oddech. – Kobiece sklepy wyglądają, jakby granat pierdolnął w kobiecej torebce.

Ekspedientka nadal nie mogła uwierzyć w to, co słyszy, i zastanawiała się, czy nie włączyć jednak przycisku alarmu pod blatem lady. Przeszła jej tylko myśl po głowie, co powie ochronie: że jakaś wariatka głaszcze swetry i to ją uspokaja?

– Poza tym, czy zna pani normalnego faceta, który w tym szale zakupowym zdecyduje się na zakup kreacji na bal? Tylko kobiety wpadają na takie kretyńskie pomysły – Suka ciągnęła nadal, nie zauważając niepokoju dziewczyny: tym razem zaczęła przytulać policzek do swetra i lekko zamykać oczy, a ekspedientka zaczęła się wycofywać w stronę kasy. Na szczęście Suka przerwała organoleptyczne badanie jakości kaszmiru i rzuciła do dziewczyny: – Biorę ten sweter, rozmiar M albo L może być, bez mierzenia, czarny, szary i błękitny – zupełnie inny ton zaskoczył i tak zdezorientowana dziewczynę.

– Dobrze, dobrze, już pakuję.

– Dziękuję. Będą idealne.

– Bez mierzenia, na pewno?

– Proszę pani, tylko kobiety mierzą...

Suka kupowała rzeczy jak stuprocentowy mężczyzna. Gdy jej się coś podobało, kupowała kilka ubrań w kilku kolorach, dokładnie wiedziała, co chce kupić i nie lubiła łażenia bez celu. Chyba że po księgarniach. Z zaskoczeniem przyglądała się sklepom, które już nie miały dwóch kolekcji jak przed laty, nawet nie miały czterech. Asortyment zmieniał się co trzy tygodnie. Producenci czas produkcji skrócili do niezbędnego minimum, aby zmusić klienta do polowania. *Coś w rodzaju fashion paintballa. Jak nie zdążysz, to przemielą. Przed stu laty Anglik w ciągu jednego życia miał jeden płaszcz i dwa garnitury, biała koszula świad-*

KOBIETA...

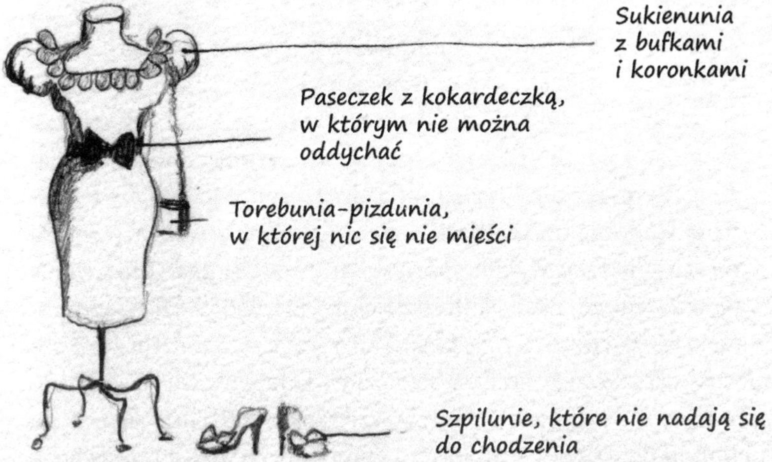

SUKA...

*KOMU ŁATWIEJ?

czyła o pozycji społecznej, bo nie każdego było stać na pranie. Dziś ubrania są jak jednorazówki, pod względem i jakości, i ilości. Boże błogosław mężczyzn – pomyślała Suka, która była ateistką – *dzięki nim istnieją sklepy męskie.*

Aby odetchnąć od zakupowego szaleństwa w galeriach i centrum, umówiła się na kawę z Jerzem w najbardziej prokreacyjnej dzielnicy miasta – Wilanowie. Miejsce, gdzie defetystyczne prognozy rządu o niskiej liczbie urodzin wydawały się zwykłym kłamstwem. Suka z Wyżłem na smyczy czuła się naprawdę nieswojo w otoczeniu młodych matek z dziećmi w wózkach spacerowych, głębokich, tych sportowych do biegania – oraz dzieci dopiero w brzuchach. Całość dzielnicy wyglądała jak scenografia, która za chwilę się złoży jak domek z kart. Sama się zastanowiła, dlaczego coś, co jest estetyczne i ładne, uważa za stan nienaturalny. Czyżby lata PRL-u przyzwyczaiły ludzi do nierównych chodników i ulic? Czy to, że trawniki są przycięte, a mieszkańcy sprzątają po swoich psach, oznacza, że muszą być nazwani lemingami? To, że są zbyt zajęci pracą i spłacaniem kredytów i nie mają czasu na bezsensowne ruchy oburzonych, wkurwionych czy jak im tam, to źle? Być może nie chcą po prostu kwestionować rzeczywistości, szukać teorii spiskowych w wolnym czasie, a chcą normalnie żyć? Suce było daleko do szukania spisków i knucia dziwnych teorii, miała w ogóle problem, aby utożsamić się z jakąkolwiek grupą, ale też starała się zachować obiektywizm i odrzucała łatwe kategoryzowanie zachowań społecznych. Czy leming faktycznie pracuje tylko w korporacji? Czy naprawdę jest uzależniony od markowych rzeczy? Jakby Suka miała z ręką na sercu powiedzieć, co lubi najbardziej, to był to jej sposób spędzania wolnego czasu – ramy czasowe miała jak u hipstera, bo starała się nie pracować od godziny do godziny, ale nie pojechałaby na Hel do przyczepy, a raczej do dobrego hotelu na południu Europy. *Czy bycie sybarytą jest czymś złym? Przecież życie jest i tak wystarczająco męczące.* Szukała w głowie swoich znajomych i poza studentkami gender cała reszta była modelowymi lemingami. W dużym uproszczeniu była w dobrej kondycji finansowej.

Czy brak możliwości finansowych, które można nazwać zwykłą frustracją, można traktować jako wybór? Ten polityczny – też? Czy brak możliwości można nazwać wyborem? Taką pokrętną logikę czasem serwowali Suce mężczyźni: „Wiesz, moja żona nigdy nie miałaby odwagi tak żonglować facetami i związkami jak ty, nie mieściłoby się to w jej poczuciu moralności". Taki frazes sprzedał Suce kiedyś Karol. Na to ona zrobiła mu całą egzegezę, że to nie o moralność chodzi, lecz o możliwość właśnie. *Nie mając możliwości, zasłaniasz się bogobojnością, przyzwoitością i całą resztą dumnie brzmiących rzeczowników, bo wiesz, że tylko one ci pozostały. A tę niewielką część kobiet, które robią, co chcą, i mogą sobie na to pozwolić, określają jako: kurwy, suki i puszczalskie. Jakie to niesprawiedliwe... Czy jakiś facet dostał kiedyś etykietkę, że się puszcza? Nie. On zalicza, bawi się, poszerza horyzonty. Brak możliwości finansowych hipsterzy nazywali wyborem, poruszając się metrem, zasłaniali się pokrętną ekologiczną ideologią w duchu, ale marzyli o służbowej toyocie auris.* Mijała kolejną matkę z dzieckiem i naprawdę pierwszy raz poczuła się spokojna o swoją emeryturę.

Wilanów był idealną dzielnicą do rozmnażania się. Nie chodzi tylko o to, że było zielono, ale o to, że ludzie tam mieszkający najczęściej brali kilka lat temu kredyt we frankach szwajcarskich. A że kredyt wiąże bardziej niż święty węzeł małżeński, decydowali się na dziecko. Wydało im się, że to jeden z projektów obowiązkowych na życie. Suka nie potrafiła sobie wyobrazić siebie jako matki. Już opiekując się Wyżłem, miała ciągle wyrzuty sumienia, że być może robi to źle i Wyżeł po latach jej wypomni, że nie został championem, myśliwym albo przynajmniej gwiazdą internetu dzięki filmom na youtubie. Miała świadomość, że większość ludzi decydujących się na posiadanie dziecka nie ma za dużo do zaoferowania światu. Suka chciała jeszcze coś zrobić, nie wiedziała – co, ale to determinowało jej głowę. Ludzkość swoje pragnienia i marzenia przerzuca na dzieci, mające przedłużyć ambicje rodziców. Prawdopodobnie dlatego nie stoimy w miejscu. Jej myśli uleciały na chwilę w stronę Karola, który najwyraźniej miał ochotę założyć podstawową komórkę społeczną drugi raz. I nie tylko on. Dotyczyło to wielu mężczyzn w jego wieku. Nie cieszyły ich już domy z ogrodami, chcieli się zmierzyć się z życiem jeszcze raz. *A może* – pomyślała Suka – *to jest sposób na niż demograficzny? Eksploatacja mężczyzn po pięćdziesiątce? Przecież to zupełnie nieproduktywne, aby tak leżeli odłogiem. To oni, a nie młodzi gówniarze mają możliwości i stabilizację finansową, aby się rozmnażać.* Już sobie wyobraziła kampanię społeczną Ministerstwa Pracy i Polityki Społecznej skierowaną do dojrzałych kobiet: „Oddaj swojego męża młodszej, niech się nie kurzy w domu" albo „Zmień męża po dziesięciu latach, może się przyda innej". Właściwie takie rozwiązanie jest racjonalne – uśmiechnęła się pod nosem, sama zadowolona ze swojego awangardowego pomysłu, który z pewnością nie zostałby zaakceptowany przez resztę społeczeństwa. Odpłynęła w stronę franków szwajcarskich. Nie z powodu kredytu, bo żadnego nie miała: dlatego franki należały do jej ulubionych walut. Po pierwsze były to najpiękniejsze banknoty, jakie miała w ręku, po drugie kojarzyły jej się ze Szwajcarią pachnącą czekoladą, czystością i idealnie przygotowanymi trasami narciarskimi. *Biedny frank szwajcarski.* – z czułością pomyślała o szeleszczących banknotach. – *Zawsze wiedziałam, że ładni prędzej czy później padają ofiarą czarnego PR-u.*

Niestety, knajpy w Miasteczku Wilanów wyglądały nie lepiej niż chodniki i ulice. Suka postanowiła podejść do tego racjonalnie i się nie denerwować. *To jest twoja przyszła emerytura, to jest twoja przyszła emerytura.* Powtarzała sobie to w myślach i brała głębokie oddechy. Na szczęście wybrała miejsce, gdzie psy są tolerowane. Ba, nawet mają swoją miskę z wodą. „Mała Czarna" pod tym względem była znośna, chociaż za oknem było pole ogrodzone przez dewelopera, który obiecał postawić apartamentowiec, ale jakoś żurawie nie paliły się specjalnie do roboty. Niestety, kryzys urealnił ceny nieruchomości. Ci, którzy zakredytowali się po uszy, mieli sznur na szyi, a na myśl o nieruchomościach robiło im się słabo. Z kolei ci, którzy mieli kupione

UWAGA! PRZEJŚCIE DLA DZIECI
UWAGA! IDZIE TWOJA EMERYTURA

nieruchomości w gotówce, czekali grzecznie, aż będą mogli zainwestować w najbardziej korzystne oferty. Byli jeszcze ci trzeci, którzy nie istnieli dla banków, a nawet dla ZUS-u. Niestety, tych też Suka znała. Żadnej z grup specjalnie nie żałowała. Uważała, że jeśli ktoś był na tyle naiwny, aby płacić cenę za metr kwadratowy na Powiślu równą cenie metra w Paryżu, nie powinien się dziwić, że Powiśle okazało się Paryżem dla ubogich. W pewnym momencie Warszawa osiągnęła takie apogeum głupoty, że ludzie byli w stanie zapłacić siedemset tysięcy złotych za kawalerkę. Teraz deweloperzy utyskiwali na słabą kondycję rynku nieruchomości i ich rozpacz była równa farmaceutom, którzy z rozrzewnieniem wspominali słodkie lata dziewięćdziesiąte, gdy to była jedna apteka w dzielnicy, a o wielkich samoobsługowych aptekach można było pomarzyć. Suka pomyślała ciepło o tych wszystkich specyfikach, w których lubiła czasem pobuszować – te dni nazywała dniem szczęśliwego hipochondryka. W ten sposób mogła zapełnić swoją wiecznie pustą lodówkę.

– Cześć – wyrwał ją z zamyślenia Jurek. Wyżeł kojarzył go z krówkami, za którymi przepadał. Suka ze względu na dobro jego zębów i stan swojego portfela słodyczy mu nie dawała. Chodziła z nim co roku do psiego stomatologa i wydawała tonę kasy, aby ten drapieżnik w stanie kanapowego spoczynku miał kły w stomatologicznym kolorze A0. Tymczasem Wyżeł, nie zwracając uwagi na rozterki swojej pani, kręcił całą pupą, a ogon robił zamachy powyżej stu osiemdziesięciu stopni. – Co przeglądasz?

– Nic. – Odłożyła szybko ulotki fundacji, które wraz z początkiem roku będą informować o swoim istnieniu na każdym kroku, licząc na to, że podatnicy przekażą swój 1 procent podatku. Suka nie lubiła takich ulotek, łapała się na tym, że posiada takie uczucia jak żałość, współczucie i empatia.

– Dlaczego ty, Suka, tak się nie cieszysz na mój widok? – Spojrzał na radosnego Wyżła. – No, napisałaś mi, że wyleciałaś z pracy, ale to chyba nie jest źle, mówiłaś, że chciałabyś robić coś więcej niż tylko sklejać obrazki. – Jurek wyciągnął z kieszeni krówkę, a Wyżeł na szelest papierka zerwał się na równe nogi.

– Tak, masz rację, ale sam sposób tego rozstania pozostawia niesmak. Nie lubię tak… – Utkwiła wzrok w filiżance kawy i sama wyciągnęła dłoń po mlecznego cukierka.

– Myślałem, że kto jak kto, ale ty się nie przejmujesz takimi rzeczami. – Jurek rozparł się wygodnie w fotelu i wyciągnął z kieszeni całą torebkę cukierków, która wypychała mu spodnie.

– Nie przejmuję, ale wiem, że takie wyjście z przytupem pozostawia echo. A nieobecni nie mają racji. Choćby Furtka był najgorszym palantem, takim, co to do bańki zliczyć nie potrafi, to jednak on zwalnia mnie, a nie ja jego. I efekt jest taki, że plotka w stylu: coś jednak musiało być z nią nie tak, żyje własnym życiem.

– Tego się boisz? – Jurek upił łyk swojej kawy, lekko siorbiąc.

– Nie tylko tego. Boję się tego całego konkursu piękności, jaki będę musiała przejść, szukając pracy. Już się tego boję – mówiła z trudem, bo właśnie zdradziecki, lepki przysmak przylepił się nie tam, gdzie powinien. Wyżeł miał minę w stylu: ja pomogę, ja pomogę, wyliżę!

– Nie, no co ty? Przecież sama mówiłaś, że kociaki spadają na cztery łapy. – Sam zaśmiał się z kwestii kiedyś wypowiedzianej przez Sukę, która w jego ustach brzmiała wyjątkowo niewłaściwie.

Niewłaściwie to najlepsze określenie – zmarszczyła brwi.

– Tym bardziej Suki! – zagrzmiał. – Suka, dasz sobie radę.

– A kto u was w wydawnictwie prowadzi funpage na Facebooku?

– A jakieś żony czy tam dupy redaktorów. Ale to, wiesz, nie są pieniądze. Siedzą w domu i koszą jakieś marne trzy tysiące. Suka, to nie jest praca dla ciebie.

Suka wiedziała, że nawet jeden funpage dawałby jej płynność finansową. Ku jej zaskoczeniu, nie wiedzieć czemu, Jurek miał najwyraźniej podobne zdanie o Suce jak Furtka. Uważał, że Suka pracuje tylko dla zabawy. *Czy naprawdę aby wyglądać wiarygodnie, muszę jeździć metrem, ubierać się w wór po kartoflach i przestać nosić zegarki? Przecież to, że nie wynajmuję pokoju w pięcioosobowym mieszkaniu na Ursynowie, nie znaczy, że nie potrzebuję pracy. Pierdolona, pewna siebie propaganda sukcesu rodem ze Stanów mnie zgubiła. Czułam, że tak będzie.*

Reszta rozmowy była przewidywalna i lekka. Szybko zorientowała się, że jeśli nie znajdzie oparcia w sobie, nie znajdzie go nigdzie. Wracając, przycisnęła pedał gazu, co było dla niej prawdziwą przyjemnością, bo w automatycznej skrzyni nie musiała zmieniać biegów. *Rozprostowuję łapy przed spadaniem* – pomyślała. W tym momencie zadzwonił telefon. Facet w słuchawce poinformował ją, że jest z agencji prasowej i koniecznie chce się spotkać 31 grudnia, bo to pilne. *To jednak ktoś czyta te CV i listy motywacyjne, a umiejętność konstrukcji zdań kilkukrotnie złożonych się przydaje.* Przycisnęła pedał gazu i nawet flesz radaru na Sobieskiego nie pozbawił jej dobrego humoru.

Czasem samiec alfa orientuje się, że jego pozycja jest zagrożona…

Są takie dni, kiedy po przebudzeniu masz wrażenie, że wszystko, co cię otacza, to jedno wielkie nieporozumienie. Ostatni dzień roku był dla Suki takim dniem. Już w czasie robienia kawy pomyślała, że Lavazza jest jednak przereklamowana, do tego złapała się na tym, że kupuje kawę, w której reklamie kobiety po łyku mają orgazm. *Ja go nie mam.* Nagle złapała zły nastrój. Nie wiadomo, czy przyczyną był ów orgazm, a raczej jego brak, czy po prostu śnieg z deszczem za oknem. Spotkanie miała o 13.00. Stwierdziła, że zajmie to około godziny i potem pojedzie prosto na sylwestra do Łodzi. Zdecydowała, że Wyżeł poczeka na nią w samochodzie. Jej głowę nadal zaprzątały podziały i etykietki, jakimi posługuje się społeczeństwo. W głowie dźwięczał jej tubalny głos Jurka: „Suka, to nie dla ciebie". *To co jest dla mnie?* Nalewając kawy, kątem oka zobaczyła reklamę Intimissimi. Ich bieliznę lubiła i to bardzo, ale te reklamy działały jej na nerwy. Te piękne dziewczyny wiecznie wyginały się z półotwartymi ustami. Widok miły, nawet bardzo. Ale Suka szybko łapała się na tym, że być może większość ludzi (mężczyzn) postrzega ją właśnie tak. Suka służy po prostu do wyginania się w łóżku z półotwartymi ustami. Więc z wielką podejrzliwością patrzyli na nią jej znajomi, kiedy chciała pracować za średnią krajową. *Czy ja naprawdę sprzedałam taki wizerunek siebie? Naprawdę właśnie taki? Kiedy to się stało, że ja tego nie zauważyłam?* Co prawda sama żartowała, że pieniądze jej nie interesują, jachty mają być zacumowane, auta – zatankowane, a hotele – zabukowane. Ale czy jest coś takiego wśród ludzi, jak ironia, dystans i poczucie humoru? *Z drugiej strony żyjemy w kraju, gdzie minister jest rozliczany z zegarków* – pomyślała i zdjęła zapobiegliwie cartiera z przegubu, a założyła męską certinę. Nie mogę mieć lepszego zegarka niż ten frajer, z którym będę dziś rozmawiać o pracy. Zaczęła się ubierać.

Wszystko musi być tak cholernie usystematyzowane? Takie zramkowane? Jak ładna to WIADOMO, że głupia i leniwa, jak młoda, to WIADOMO, że zaraz zajdzie w ciążę, jak nie jest z Psiej Wólki i nie wygląda jak komandos palestyński, to WIADOMO że nie zależy jej na pracy itd. itp. Wciągała na siebie swoje ulubione lewisy 517 slim fit. Zawsze je kupowała, bo mimo bardzo wąskich nogawek uwzględniały taką część kobiecego ciała jak pupa. Jednak i to Levi postanowił poddać okrutnej targetyzacji. Firma słynąca z tego, że miała niezliczoną ilość modeli spodni, nagle się unowocześniła. Wyszła z założenia, że kobiety są grube, chude i takie w sam raz. Suka z poświęceniem ratowała u krawcowych każdą parę, a każde następne przetarcie ją bolało, bo wiedziała, że prędzej czy później będzie musiała się wybrać na poszukiwanie nowych, idealnych spodni. Tymczasem zapinała zamek i gładziła dłońmi pupę. *Widzisz, ty też masz przerąbane, może powinnaś należeć do kogoś innego. Tak przynajmniej wynika z światowej ewidencji pup. Najwyraźniej też jesteś w niewłaściwym miejscu. Ale się nie martw. Wiem, co to znaczy: „nie pasować do reszty".* Zapięła męską koszulę w błękitne paseczki, narzuciła szarą marynarkę o kroju fraka i wyszła. Przyglądała się swojemu odbiciu w lustrze w windzie i z zadowoleniem doszła do wniosku, że stare lewisy są faktycznie świetne. Pociągnęła nosem. *Każdy produkt, który bezpowrotnie znika z rynku, sprawia mi ból. Bo zawsze się okazuje, że ten starszy model był lepszy. Wynika z tego, że albo jestem sentymentalna, czyli się starzeję, albo nie nadążam za światem, czyli powinnam się już ułożyć w trumnie. Levi's 517 RIP.*

Była na miejscu piętnaście minut przed czasem. Wiedziała tylko, że stara się o pracę związaną z ekonomią i rynkami walutowymi. Na szczęście na ten temat mogła powiedzieć znacznie więcej niż tylko to, że marka była pięknie złamana. Jasna, przejrzysta, klarowna. Nie to, co toporne euro. *Wyraz przeciętnego gustu eurolandu?* Stała na światłach skrzyżowania i po przeciwnej stronie ulicy szukała wzrokiem miejsca, gdzie mogłaby zaparkować. Na szczęście udało jej się to dość szybko. Zrezygnowała z kamizelki z piaskowych jenotów, chociaż było zimno. Na ramiona zarzuciła prosty czarny płaszcz, doszła do wniosku, że będzie bardziej odpowiedni. Na martwych zwierzętach szybko ułożył się Wyżeł. – Poczekaj na mnie godzinkę, to krótko potrwa. I jedziemy na imprezę. – Potarmosiła aksamitny łeb Wyżła i pocałowała go w nos. Odchodząc, zauważyła, że pies przytulił się do kamizelki. *Tak się cieszę, że przynajmniej on się integruje z innymi zwierzętami. Mimo że są martwe, to chyba też jakaś forma socjalizacji.* Robiąc długie kroki, przeskoczyła przez pasy dla pieszych.

Na miejscu odmeldowała się w recepcji. Kiedyś miała taką zasadę, że najpierw sprawdzała, jakie buty ma portier, aby wiedzieć, czy w ogóle warto w jakiejś firmie pracować. No ale to były standardy przedkryzysowe, poza tym jest w tej agencji prasowej, gdzie umawiają się na spotkanie w trybie pilnym. *Nie ma co marudzić.* Rozsiadła się w skórzanym fotelu, gdzie zamierzała poczekać, aż ktoś po nią zejdzie. W myślach przelatywały jej takie pojęcia, jak kredyty w obcej walucie, jeny japońskie, stan szwajcarskiego eksportu oraz inne zagadnienia, które mogą być przedmiotem dzisiejszej rozmowy. *Jednak myślenie o pieniądzach sprawia mi odrobinę radości.* – Poprawiła koszulę i szarą męską marynarkę, którą według własnego projektu przerobiła u krawcowej.

– Pani ładna! Eeee… bo pan Marek wyszedł – rzucił portier zza blatu recepcji, trzymając słuchawkę telefonu przy uchu.

Suka na początku się nie zorientowała, że człowiek zwraca się do niej.

– Jak to wyszedł? Przecież umówił się ze mną na trzynastą.

– Tak, tak, ale wyszedł na obiad. Nie wiadomo, kiedy wróci, tam tak mówią – kiwnął głową na słuchawkę telefonu, którą nadal trzymał w ręce. „Tam" brzmiało jak po drugiej stronie lustra. „Tam" było miejscem, gdzie portier nie miał wstępu, a ponieważ Suka też nie miała, zwrócił się do niej jak równy z równym per „pani ładna".

– OK. A jest TAM ktoś, z kim mogę porozmawiać? – wysyczała przez zęby i prawie położyła się na blacie recepcji, jakby miała zaatakować portiera i przegryźć mu tętnicę.

– Ale mówią, że pan Marek… – zaczął nieśmiały portier, znowu podkreślając bezosobową formę „mówią" jakby chcąc dać do zrozumienia, że on tu nie ma nic do gadania.

– Pan Marek, pan Marek, dla mnie pan Marek może być i panem owczarkiem, ale jeśli umawia się ze mną na określoną godzinę, to jego psim obowiązkiem jest tu być na godzinę trzynastą. – Wiedziała, że jest na skraju zrobienia wykładu z savoir-vivre'u Bogu ducha winnemu portierowi. Wzięła więc głębszy oddech – …dobrze, poczekam. – Ruszyła w kierunku skórzanych foteli. – Aha! Jak dla pana, tylko „pani", bez „ładna". – Puściła oko portierowi i pomyślała, że aby się uspokoić, powinna sobie trochę posprzątać.

Pożałowała, że nie wzięła laptopa albo książki. Bała się zostawać sama, w obcym miejscu bez słowa pisanego. Został jej tylko zbiór czasopism leżących obok foteli. Bała się do nich zaglądać, bo mogła się zdenerwować rozmiarem pisanej głupoty. I tu chodziło nie o treść, ale o konstrukcję takich periodyków. Poszła do łazienki.

W lustrze zobaczyła młodą dziewczynę, która przyszła na rozmowę i z najwyższym trudem starała się uniknąć przy tym stroju stewardessy. Umyła ręce i zachlapała przy tym marmurowy blat. Nerwica natręctw była silniejsza od niej. Szarpnęła ręcznik papierowy i zaczęła energicznie ścierać mokrą powierzchnię. W tym momencie wjechał wózek z wiadrami, a za nim sprzątaczka, która ujrzała Sukę w szpilkach stojącą w rozkroku. Pomiędzy kolanami trzymała wielką skórzaną torbę. *Czy architekci nigdy się nie nauczą, że kobieta musi mieć gdzie powiesić torbę?*

– Ale ja tu sprzątam! – wykrzyknęła z wyrzutem sprzątaczka, jakby Suka aplikowała do pracy właśnie na jej miejsce.

– Przepraszam. – Suka szybko wyrzuciła mokry ręcznik i znowu zaczęła myć ręce. – Bardzo nachlapałam.

Spojrzała na swoje zniszczone, przesuszone dłonie. *Ciekawe, czy lady Makbet też miała taki problem.*

Wyprowadziła Wyżła i wróciła na skórzane fotele z kawą w papierowym kubku. *Kultura picia kawy z tektury jest mi obca.* Jednak wiedziała, że nie ma co liczyć na kawę w filiżance w oczekiwaniu na Marka-Owczarka. Nawet nie przekroczyła magicznej granicy „wcipkarty", które to zaistniały równocześnie z wysyłaniem CV mailem. Kontakty, które Suka tak ceniła w swoim życiu – czyli bezpieczny i higieniczny mail – akurat w tym przypadku były przeszkodą. Miała dużą ilość asertywności, można nawet powiedzieć, że była jednym wielkim napisem „nie". Zakładała, że gdyby spotkała owego Marka wychodzącego na obiad, zmusiłaby go do odbycia rozmowy przed wyjściem. Czekała ją jeszcze jazda do Łodzi w padającym śniegu z deszczem, a i jego by przekonała, że w czasie tych trzydziestu minut rozmowy on nie umrze z głodu. *W końcu dzieci w Afryce jakoś sobie radzą* – ten suczy argument na pewno by do niego trafił. Wyłowiła wzrokiem lid w gazecie: „W Polsce istnieje głód!". Zastanowiła się. *Czy to nie jest wniosek na wyrost?* Odłożyła jakiś stary dziennik, a wzięła do ręki gazetę skierowaną do mężczyzn: „Metka – czyli 260 rzeczy, które w tym miesiącu musisz mieć". Ten ambitny tytuł „Metka" był produkcją Gazety Wspaniałych. Powstał w czasach, kiedy to GW miała jeszcze czas i pieniądze na przeprowadzanie badań rynkowych. Był skierowany do chłopaka w okolicach dwudziestu kilku lat na przykład z Przasnysza, którego największym dorobkiem była miniwieża stojąca na meblościance. Miało być o gadżetach, których nie może dostać w okolicznym sklepie wielobranżowym. Suka szybko przekartkowała numer i doszła do wniosku, że gazetę składają idioci. Nie chodziło jej o tytuły: „Testujemy najlepszy napój izotoniczny", „Szalik na grudzień" czy „Nietypowy sport: piłkarzyki" albo „Dyskoteka ze smartfona", ale o to, że wydawca, który mógłby spokojnie być mormonem, całkowicie odsączył gazetę z seksu. Największą porażką był dział „podróże", gdzie zamiast trójki chłopaków rozbujanych życiem wysyłano na drugi koniec świata starą raszplę, która opisywała, jak to przeprawiła się rzeką Jangcy w Chinach. *Co za bzdura i niezrozumienie rynku* – parsknęła pod nosem. Na fali przedkryzysowego sukcesu (osiemdziesiąt tysięcy egzemplarzy) postanowili wydać małym kosztem wersję shoppingowej gazety o sporcie dla kobiet. „Happy" miało być kolejnym słupem na reklamy, a tworzyć je mieli ci sami redaktorzy co resztę. Po godzinach i za darmo. Suka dała im kilka miesięcy i wiele się nie pomyliła. Najbardziej zawsze zastanawiał ją fakt, że po takich spektakularnych fuck-upach w korporacjach nikt nie ponosił odpowiedzialności. *Może ten kryzys nie jest taki najgorszy. Może zweryfikuje rynek. Tak do tego muszę podejść.* Spojrzała na zegarek. Była 16.00, a portier powoli pakował się do wyjścia.

Gdy widmo braku literatury stawało się coraz bardziej realne, w drzwiach ujrzała mężczyznę opatulonego w szary szalik. Portier, który przekazywał zmianę portierowi numer dwa, kiwnął głową w kierunku drzwi i zwrócił się do Suki – O, jest! To pan Marek. *Najwyraźniej facetowi ktoś powiedział, aby nie pokazywać niczego palcem, dlatego tak kiwa tym łbem* – przeleciała myśl przez suczą głowę. Zerwała się na równe nogi i odrzuciła na bok jakąś ambitną gazetkę reklamową, którą miała w ręce, a która w ciągu tych prawie czterech godzin ostała się jedyna nieprzeczytana. Akurat była to oferta sylwestrowa Super-Pharm, gdzie każdy hipochondryk, w rodzaju Suki, mógł sobie z okazji Nowego Roku znaleźć zupełnie nową, świeżą chorobę, o którą będzie mógł zadbać.

– Witam, byliśmy umówieni na trzynastą. – Podskoczyła do „szalikowca", starając się przy tym być bardzo miła, jak na te kilka godzin czekania i perspektywę podróży ze sporym opóźnieniem.

– Tak? – spojrzał na nią z niedowierzaniem, zadzierając głowę. Na szpilkach Suka miała dobrze ponad metr osiemdziesiąt wzrostu – …Ach, tak, faktycznie. Zapomniałem, spotkałem znajomych przed świętami w knajpie. Jakoś tak zeszło.

– No tak, rozumiem. – *Pacanie, nie słyszałam „przepraszam".* – Rozmawialiśmy 26 grudnia około godziny szesnastej i powiedział pan, że to pilne. Nie ukrywam, że ja za dwie godziny mam imprezę sylwestrową w Łodzi, więc mnie też pasowałaby inna data, ale jak pilne… – znacząco zawiesiła głos, dając szansę bucowi wykrztuszenia słowa „przepraszam".

– No, tak, to może to przełożymy… – wymamrotał. *Marne szanse* – pomyślała.

– Nie, nie przekładajmy, mój czas też jest cenny, zawsze może pan spotkać kogoś w okresie karnawału podczas obiadu. Nie ryzykujmy. – Usiłowała zachować poczucie humoru, choć miała wielką ochotę kopnąć go szpilką prosto w jaja, a następnie udusić tym lansiarskim szalikiem, który przy jego niskim wzroście wyglądał monstrualnie.

– Jak pani woli – rzekł zrezygnowany i wyraźnie zniecierpliwiony. – To może załatwmy to już tutaj – wskazał na fotele przy recepcji.

– Dobrze – odpowiedziała Suka, która źle się czuła w roli petenta, natręta i w ogóle kogoś, kto się nadmiernie stara i prosi.

– Nie pamiętam pani CV, nawet nie pamiętam pani imienia, to może coś pani opowie o sobie?

Suka już wiedziała, że ktoś, kto umawia się na godzinę, spóźnia się cztery i nie jest przygotowany w zakresie minimum do takiej rozmowy, najprawdopodobniej szuka taniej siły roboczej. Po kilku minutach buc nieznający słowa „przepraszam" wydusił z siebie, że szukał kogoś na szybko, na okres sylwestra i tuż po, bo redaktorzy wzięli urlopy. I zależy im na stażyście. Oczywiście za darmo. Suka z trudem powstrzymywała się przed tym, aby go nie opierdolić.

– Następnym razem, jak pan będzie szukał stażysty, proszę wybierać ludzi albo na studiach, albo tuż po nich. Po pięciu latach pracy zawodowej nie pracuję za darmo. Parkometry w centrum sporo kosztują – uśmiechnęła się z grymasem – ale biorąc pod uwagę ciężką sytuację na rynku pracy, myślę że znajdzie pan cały tłum ludzi, którzy nie tylko przejdą test pracy za darmo, ale i test oczekiwania na audiencję. Te cztery godziny z prasą bulwarową były dla mnie prawdziwym wyzwaniem. – Wstała i spojrzała na niego z góry. – Muszę się zbierać, bo wódka mi się w Łodzi chłodzi. – Zarzuciła płaszcz.

Facet patrzył osłupiony wzrokiem wskazującym na to, że ktoś, kto od dłuższego czasu przeprowadza rozmowy rekrutacyjne, wie, że panuje na nich zasada pełnego feudalizmu.

Wsiadła do auta i ucałowała Wyżła. Zdjęła płaszcz, wyjęła koszulę z wąskich spodni i podwinęła rękawy. Usadowiła się wygodnie i włączyła płytę Alicii Keys „As I am".

Jakim cudem rynek pracy w ostatnich latach zmienił się w wyłudzanie cudzej pracy? Suka doskonale rozumiała prawidłowość popytu i podaży. Miała świadomość, że *baby boom* z lat osiemdziesiątych postanowił się usamodzielnić. Kolejna przyczyna to kryzys, który nabrał magicznego znaczenia. Firmy cięły koszty na zapas. Była to też świetna wymówka do zatrudniania za darmo, na czarno itd. *Ale czy naprawdę, nawet jak zatrudnia się stażystę, przyjście na umówioną godzinę to taki wyczyn? Czy naprawdę ta banda etatowców nie ma grama przyzwoitości? Czy ktokolwiek zasługuje na takie traktowanie? Kretyni* – mruczała pod nosem, cisnąc pedał gazu. Mijając Janki, widziała tłum samochodów kierujących się w stronę miasta. Ona dopiero rozpoczynała drogę i nie wiedziała, o której pojawi się na imprezie. Miała ogromną ochotę na setkę wódki.

W czasie drogi dostała SMS-a od chorej Marianki. Suka z ulgą przyjęła, że jej dziewczyna ma grypę, bo podróż w małej, zamkniętej przestrzeni auta mogłaby się skończyć katastrofą. Marianna coś przebąkiwała o nowym, spektakularnym projekcie Grupy HCl, a Suka nie mogła tego słuchać. Tymczasem Marianna opowiadała tylko o tym. Z wiadomości wynikało, że dziewczyna Suki ma stan podgorączkowy i sylwestra spędza w łóżku. Suka usiłowała odpowiedzieć jej, aby napiła się herbaty z miodem, ale smartfon widocznie nie znał takiego sposobu leczenia. Edytor tekstu zamiast „z miodem" podpowiadał jej „z modem" i „iPodem". Zniecierpliwiona wybrała „wypij herbatę z modem". *W końcu przez tego idiotę Wrańskiego i tak jest uzależniona od internetu.* Nacisnęła „Wyślij" i zaczęła rozglądać się za stacją benzynową.

Stacje dobrze się jej kojarzyły. Od najmłodszych lat je lubiła. Przywodziły na myśl podróż. Kawa w tekturowym kubku smakowała dobrze tylko dlatego, że Suka miała poczucie pokonywania jakiejś trasy. Z mamą ustaliły sobie, że na urlopie już od momentu zapakowania się do auta panuje zasada: wszystko nam się podoba. Była to też próba zbalansowania neurotycznego ojca. Każdy wyjazd z nim był prawdziwą męką. Problemem było wszystko. Zapakowanie się, pobudka wcześnie rano, mapa, która nie składa się w tych miejscach, w których składała się na początku, ktoś, kto jedzie za nim, przed nim i obok niego. Prawdziwym powodem było to, że musiał się pożegnać ze swoją armią kochanek. A że stosował średniowieczną metodę trójpolówki – miał ich przynajmniej trzy w obiegu. *Aby w każdą się wstrzelić w dni płodne* – pomyślała Suka i skrzywiła się z obrzydzeniem. Nie na myśl o dniach płodnych, bo ona sama je lubiła i uważała, że seks w vipowskiej strefie płodnej przypomina latanie klasą business, ale na myśl o ojcu, którego uważała za jakiś kompletny przypadek w jej życiu. Od najmłodszych lat wprowadzał taki zamęt i zawirowanie, że przez to bała się z kimś związać. A próba zaplanowania czegokolwiek razem nie wykraczała poza najbliższy weekend. To odejmowanie sobie na zapas problemów przypominało prewencyjną mastektomię kogokolwiek na stałe.

Na stacji zatankowała do pełna, klnąc pod nosem, jak drogie jest paliwo, i ruszyła do sklepu, aby kupić kubek kawy i jakiś alkohol, który będzie mogła spokojnie wypić w hotelu. Rozdygotanie, które zafundował jej facet od rozmowy w agencji prasowej musiała jakoś rozładować. I tym razem samo prowadzenie auta to za mało. Na początku trzymała w ręku martini, jednak szybko doszła do wniosku, że kobiece alkohole to bzdura i zbędna fanaberia. Wymieniła martini na waniliowego absoluta. *Jeśli chodzi o skandynawskie bestsellery, wolę wódkę od Muminków.*

– Proszę mi to zapakować, aby się nie potłukło. – Położyła wódkę i kawę w kubku na ladzie. – Płacę kartą.

– Już pakuję – odchrząknął człowiek za ladą, który wyglądał jak w stuporze.

– Gdzie tu jest toaleta? – zapytała, szukając wzrokiem tabliczki ze strzałką.

– Nie ma… – powiedział w czasie, w którym Suka zauważyła tabliczkę z napisem WC.

– Jak nie ma, jak jest.

– Ale to nie jest dla klientów – odparł beznamiętnie.

– Chyba pan żartuje? – Suka zaczynała się nakręcać nie na żarty, a dzisiejsza sytuacja dała jej cały bak paliwa negatywnej energii. – Chce pan powiedzieć, że płacę wam prawie sześć złotych za litr benzyny, do tego robię zakupy i nie mogę skorzystać z toalety?

– No, nie… – odpowiedział tym samym, matowym głosem.

– To gdzie mam się wysikać? – zapytała, wyjmując kartę płatniczą z czytnika.

– No, nie wiem. Może w jakiejś restauracji? Po drodze?

– Dziękuję za dobrą radę. Bóg zapłać. – Schowała kartę i ruszyła w stronę samochodu. *Jakim cudem potrzeba fizjologiczna uchodzi w tym kraju za luksus? Jak to jest możliwe? Czy na jakiejkolwiek stacji w Europie Zachodniej coś takiego by się zdarzyło?*

Jeśli mamy standardy rodem z trzeciego świata, to ja też mogę się zachować jak z kraju trzeciego świata – pomyślała, szybko jednak złapała się na tym, że określenie „kraj trzeciego świata" jest niepoprawne politycznie. Spojrzała na wymuskane otoczenie stacji. Akurat ta sieć słynęła z ekwilibrystycznie wyciętych bukszpanów, tuj i innych iglaków, które Suka tak bardzo lubiła. Nie zastanawiając się długo, wskoczyła na korę drzew, która to nie wymagała przycinania jak trawniki, i wybrała najbardziej okazały okaz *buxus sempervirens*. Miał może z metr. Podciągnęła płaszcz i ściągnęła spodnie. *Dlaczego słowo „olać" jest zarezerwowane tylko dla mężczyzn? I kto powiedział, że kobieta ma trudniej na wojnie, bo nie może się wysikać w krzakach? No kto?* Z trudem utrzymywała równowagę na szpilkach w rozkroku, ale gdy olewała bukszpan, korę, a nawet ceny benzyny przynosiło jej to niewiarygodną ulgę. Przez automatyczne drzwi wyskoczył facet zza lady.

– Tak nie wolno! – wydarł się do niej, jakby zapominając o swoim stanie stuporu sprzed kilku minut.

– Leję na to! – odkrzyknęła Suka, zapinając spodnie. – Dwa złote za toaletę jest pod krzakiem.

Do Łodzi dotarła po dwudziestej. Impreza właśnie się zaczęła, a ona nawet nie zameldowała się w hotelu. Była w mieście, do którego miała ambiwalentne uczucia. Z jednej strony kojarzyła je ze świetnymi imprezami – może dlatego, że Łódź była kameralna, Piotrkowska nie jest za długa w przeciwieństwie do rozległej Warszawy, z drugiej – Łódź miała coś smętnego w sobie. Agnieszka Osiecka mówiła, że Łódź pachnie starą, piwniczną marchwią. *A przecież ja ją znam nie z czasów świetności filmówki i SPATiF-u. U mnie powinna śmierdzieć, a nie pachnieć.* Minęła łódzki wydział prawa, który wyraźnie kontrastował z resztą miasta. Wielki, czarny, szklany paragraf, bez zachowanej skali i wyczucia otoczenia. *Chyba mają jakiś kompleks.* Suka uważała, że miasto fabryczne powinno pielęgnować swoją tradycję i spójnie odwoływać się do czerwonej cegły, klinkieru i form z początku rewolucji przemysłowej. Mała Suka przeżywała fascynację industrializmem w najczystsze postaci. W wieku siedmiu–ośmiu lat zapalczywie malowała rozmaite taśmy produkcyjne, koła zębate oraz inne skomplikowane przęsła, haki i prowadnice. Wymyślała jak najbardziej abstrakcyjne maszyny, a jej ulubionym programem był „Agrobiznes" emitowany w TVP1 przed programem dla dzieci „5–10–15". Siedziała w kucki przed telewizorem i jej małą suczą wyobraźnię zaprzątały maszyny do drążenia wiśni w skali przemysłowej, pasteryzacji słoików, automatyczne karmniki dla trzody chlewnej i dojarki. Miała wrażenie, że ona cały swój rozwój estetyczny przeżywała wraz z dorastaniem. Bo czy właśnie nie dzieci najpierw stosują w przedszkolnych rysunkach perspektywę pasową i kulisową? Potem jest długi, długi okres fascynacji antykiem, który przechodzi w klasycyzm i barok. *Szkoda, że niektórzy nigdy nie dorośli do modernizmu z XX wieku. Pewnie dlatego tak dużo jest koszmarków pod miastem z kolumnami i portykami. Do tego one zawsze mają kolor jajeczny* – skrzywiła się z obrzydzeniem i powędrowała myślami do przepastnych i genialnych fabryk łódzkich oraz rozpadających się secesyjnych kamienic. Bolało ją wszystko, jak patrzyła, ile obiektów niszczeje z roku na rok.

Jechała do Grand Hotelu. Kusił ją też nowy Andel's w którym nie miała jeszcze okazji nocować, ale Grand na Piotrkowskiej był dwa kroki od Łodzi Kaliskiej, więc mogła spokojnie dowlec się nad ranem do łóżka i nie musiała zamawiać taksówki. Nigdy nie nocowała u znajomych. Lubiła suwerenność własnego łóżka, poza tym jej nerwica natręctw raz na jakiś czas musiała pomieszkać w hotelu, aby nie musieć ciągle myśleć o sprzątaniu. *Takie spa dla nerwicy* – pomyślała i pożałowała, że w ogóle idzie na imprezę, bo z przyjemnością poleżałaby w świeżej pościeli z mokrymi włosami zawiniętymi w biały ręcznik. *Takie drobne, hotelowe przyjemności.* W kontekście braku pracy właściwie powinna wybrać coś tańszego, tym bardziej że Grand poza lokalizacją cały się rozsypywał i wymagał gruntownego remontu. Ale rezerwację zrobiła wcześniej, więc niczego już nie zmieniała. Postanowiła nie zmieniać drastycznie swojego życia z powodu braku roboty. W tym momencie złapała się na myśli, że zazdrości etatowcom jednego – okresu wypowiedzenia. Mają moment na oddech. Co prawda, Suka miała mały wstydliwy sekret, tzn. po opuszczeniu każdej pracy odczuwała lekką ulgę, ale to taka ulga jakby jechała na wakacje. Później tęskniła za zadaniami do zrobienia, za kalendarzem z odhaczonymi projektami. Taka przerwa na szczęście nigdy nie trwała długo, więc liczyła, że i tym razem też tak będzie. *Poza tym Hotel Grand to nie taki wypas. Gdybym była każdą normalną bohaterką powieści dla kobiet i straciła pracę, pojechałabym na Mazury albo w Bieszczady i zbudowała hotel za kilka baniek, a następnie odnalazła tam szczęście.* Zastanowiła się przez chwilę nad tymi regionami. Pamiętała z nich komary, budy z jedzeniem i ogólny brud, który powszechnie nazywano łonem natury. *W regionach, gdzie jest największe stężenie ludzi z depresją, szczęścia jakoś nie zauważyłam.* Zaparkowała na Piotrkowskiej.

Szybko wzięła klucz do pokoju i pojechała rozklekotaną windą na trzecie piętro. Czerwone dywany w hotelu miały czasy świetności dawno za sobą. Były na nich plamki i lekkie przetarcia. Przypomniała sobie reklamę odkurzacza Rainbow. W latach dziewięćdziesiątych oznaką dobrego poziomu życia były nie torby Louis Vuitton, ale właśnie odkurzacze Rainbow i garnki Zepter. Odkurzacze reklamowano w taki sposób, że najpierw w czasie prezentacji pokazywano w powiększeniu obrzydliwe roztocza, później informowano, że roztocza lęgną się w pozostawionych kropelkach spermy na łóżkach i kanapach. Wtedy każdy mężczyzna czuł się winny, że jego ejakulacja może zagrozić bezpieczeństwu jego rodziny i czuł się zobowiązany wybulić dziesięć tysięcy, aby żona nie podejrzewała go o zbrodnie przeciwko rodzinie. Spojrzała nerwowo na dywan i długimi susami przeskoczyła do pokoju, aby nie mieć kontaktu z materiałem biologicznym, który się na nim znajdował.

Wyżeł od razu zajął strategiczne miejsce w łóżku w białej pościeli, a ona szybko wskoczyła pod prysznic. Włączyła telewizor, a tam ku jej zdziwieniu ukazały się „Psy" Pasikowskiego. Nie znosiła tego filmu. Papierowe postacie, fascynacje reżysera niemieckimi nazwiskami (Maurer, Gross, Wenz) i te kabotyńskie dialogi i szowinistyczne postrzeganie świata. U Pasikowskiego każda kobieta to kurwa, której trzeba pilnować. Bo jak się jej nie przypilnuje, to się puści i prześpi z kolegą. *Puści – nie znoszę tego słowa. I ten wykrzywiony ryj Lindy w grymasie, jaki miał inny idiota i idol popkultury – Marek Hłasko. Cała niezależność i męskość kończyła mu w miejscu, gdzie zaczynały się przelewy od Sonji Ziemann, która przez lata go utrzymywała. Buc jeden z drugim.* „Bo kobieta to jest zwykłe zwierzę – w końcu to jest córka psa" – wysyczał przez wykrzywione wary Linda do Pazury. Suka prychnęła, rozczesała mokre włosy i włożyła czarne, obcisłe skórzane spodnie na gołą pupę, aby nie było widać majtek. *Boże, i to gówno naprawdę może się komuś w ogóle podobać? I te kobiety w tych filmach. Każda w wieku dziecięcym, androgeniczny typ sylwetki, miauczące do słuchawki, a do tego kompletnie bezwolne. Pasikowski tak widzi kobietę? No ale czego mam się spodziewać po mizoginie, który w filmie pali zdjęcie swojej żony. On i świat! On i kobiety! On przeciwko wszystkim! On przeciw wieczności. On przeciwko złu. Mógłby się spokojnie zająć filmem o mgle smoleńskiej. Etos, patos i drewniane dialogi to jego specjalność.* Włożyła czarny męski kaszmirowy sweter, świeżo zakupiony, buty z wysoką cholewką za kolano na szpilce, a do ręki wzięła palcat, z którym kiedyś jeździła konno. Na głowę włożyła czarny, aksamitny toczek. Spojrzała w lustro i zauważyła, że przez sweter prześwitują jej sutki, a do tego sweter spada jej z jednego ramienia. *No cóż, najwyraźniej w mojej wersji współczesnego dżokeja jest trochę Sashy Grey* – wzruszyła ramionami i ruszyła do Łodzi Kaliskiej.

– Myślisz, że ona do pracy? – zapytał swoją koleżankę z recepcji kelner z „Malinowej", gdy Suka wychodziła z hotelu.

– Chyba tak... – z niesmakiem odpowiedziała recepcjonistka.

Przebranie zaliczam do udanych – pomyślała Suka.

Łódź Kaliska była miejscem szczególnym. Dla Suki oczywiście. Była tam cała masa niespełnionych artystów, utyskujących nad losem Łodzi, która mogłaby się rozwijać, a się nie rozwija, i to jest główna przyczyna ich klęski. Tymczasem sto trzydzieści kilometrów dalej mieli Warszawę, niewiele dalej – Kraków. Nie rozumiała tego męczenia się w śmierdzącym sosie bezrobocia, upokorzeń i niespełnionych marzeń. *Ale widocznie niektórzy tak lubią*. Odnalazła wzrokiem swoich znajomych i ruszyła do baru. Przypomniał jej się Pee, który przez cały czas rozprawiał o tym, że na pewno by pisał, ale nie mógł, bo Łódź dotknęła klęska gospodarcza. Suka próbowała mu przetłumaczyć, że Dickens miałby na ten temat inne zdanie, ale szybko doszła do wniosku, że to zupełnie nie ma sensu. Jego próby pisarskie albo były zwykłym zabiegiem marketingowym w celu zwiększenia swojej atrakcyjności na rynku męskim, albo wynikały z zamiłowania do kupowania kolorowych kartek. Które przeliczał i nie pozwalał Suce ich ruszać, bo nigdy nie wiadomo, kiedy zdecyduje się spłodzić jakąś strofę. Po tym, jaki wiersz dostała od niego na urodziny, pomyślała z ulgą, że może dobrze że jednak pisanie pozostało w sferze jego marzeń. Dobrze też, że nie kręci filmów. *Na pewno w pierwszej scenie spaliłby moje zdjęcie* – zamówiła setkę wódki, którą uznała za naturalną kontynuację absoluta wypitego w hotelu.

Pomiędzy niezliczoną ilością piratów, Amy Winehouse, Audrey Hepburn, Marylin Monroe, Suka prezentowała się nieco dziwnie. Ale szybko przestała zwracać na to uwagę, bo kolega przyszedł z przepiękną dziewczyną o imieniu Kasia, z superbiustem. Niestety, byli zaręczeni. *Szkoda, można by się z nią pocałować trochę z okazji północy* – pomyślała i zaczęła rozglądać się za barmanem. Imprezy mocno zakrapiane alkoholem mają jedną zaletę. Wydają się fajne. Na trzeźwo i znajomi nie byliby tak interesujący, i muzyka nie była by tak ciekawa. Tuż po północy wszyscy siedzieli przy stoliku, mocno wstawieni i zaczęli opowiadać kawały – znak, że impreza dobiegła końca i najlepsze momenty już były. Rozpoczęło się łagodnie. Klasyczne dowcipy o teściowej, następnie – o wrednych żonach czule nazywanych starymi, później o blondynkach: klasyka gatunku. Następnie o Murzynach i Żydach. Przy stoliku znajdowali się pracownicy naukowi, świeżo upieczeni aplikanci adwokaccy i radcowscy oraz kilku inżynierów. *No, kurwa, „elyta", jakby nie spojrzeć. Jeśli im tak puszczają hamulce po alkoholu, to znaczy, że oni tak naprawdę myślą. Dla nich cała prawda jest zawarta w tych wulgarnych dowcipach – tylko oni nie mówią tego wprost, na co dzień. W dzień powszedni są zapięci w eleganckie koszule, jeżdżą niezłymi autami. Są poprawni. Dopiero dziś mogą sobie trochę poluzować. Zupełnie jak Pasikowski , który uważa za naturalne, że każda kobieta to kurwa.*

– U mnie w pracy w moim dziale każda dziewczyna ma jakąś grupę, której nie lubi – szczebiotała Kasia z fajnymi cyckami, które po tej paplaninie wydały się Suce zupełnie nieatrakcyjne.

– A jakiej ty, Kasiu, nie lubisz i dlaczego? – zapytała lekko nakręcona Suka.

– No, ja to Murzynów nie lubię – odpowiedziała ubawiona na co dzień pani psycholog, pracująca w dziale HR w dużej korporacji. *Jak taki HR ma mnie lustrować, to marnie widzę swoją przyszłą pracę* – pomyślała Suka.

– Ale dlaczego? Zgwałcił cię czarnoskóry w dzieciństwie i masz traumę? – Starała się zachować maksymalną poprawność. – Pozbawił cię domu, rodziców? Dlaczego? Nie lubić to tak po prostu można lodów czekoladowych, ale jak masz negatywne emocje wobec drugiego człowieka, trzeba to jakoś uzasadnić… – Po tej ilości wódki plątał jej już się język.

– No, tak dla zasady – szczebiotała w wysokich rejestrach i teraz wydała się Suce zupełnie beznadziejną dupą.

– To ja wam opowiem teraz dowcip. Każdy Niemiec musi zbudować dom, zabić Żyda i ukręcić łeb wiewiórce…

– Ale dlaczego wiewiórce?!!! – zapytali chórem współtowarzysze imprezy zatroskani losem gryzonia.

– A dlaczego Żyda? –Suka opróżniła kieliszek i wstała. – Muszę wrócić do Wyżła, jest sam w hotelu.

– Suka, a ty właściwie za co się przebrałaś? – zagadnął ją kumpel, kiedy już stała i zbierała się do wyjścia.

– Za Sashę Grey – musiała się szybko przewietrzyć, bo wśród tych obrzydliwych dowcipów czuła się jak ONZ podczas konfliktu pomiędzy Tutsi i Hutu.

Zdjęła rzeczy i rzuciła je na podłogę. Taka dezynwoltura zdarzała jej się tylko w hotelu i to wtedy, gdy była w nim bardzo krótko. W czasie wakacji dwutygodniowych po tygodniu oswojenia wnętrza zaczynała wycierać pałeczkami do uszu kratki wentylacyjne. *Pojedyncza noc do niczego mnie nie zobowiązuje.* Weszła pod kołdrę, przytuliła Wyżła i zasnęła.

– Pani, co pani tu chodzi, jak my demontujemy – krzyczał do niej robotnik na drabinie, który zdejmował fasadę kamienicy na Mokotowskiej. Wyglądała jak scenografia do filmu z tektury.

– Jak to? Dlaczego zdejmujecie te kamienice? – patrzyła osłupiała Suka, jak kamienice składają się domki z kart.

– Bo to jest koniec. Jak koniec, to sprzątamy świat – odburknął fachowiec z wysokości – składamy go. Może się jeszcze przyda w innej produkcji. Ten świat się kończy.

– To to jest koniec świata? – Suka nadal nie mogła uwierzyć, że stuletnie kamienice są z tektury i składa się je tak łatwo jak miasteczka w westernach na planach amerykańskich filmów.

– No, przecież to koniec – odpowiedział Wyżeł, który usiłował zapalić papierosa na wietrze. – Nie czytasz gazet?

– Wyżełku, ale co my teraz zrobimy?

– Nie wiem – odrzekł spokojnie – życie nie znosi próżni, będzie inna produkcja niż aktualny świat. Najgorsze jest to, że zapomniałem ulubionych papierosów – zaciągnął się marlboro.

Suka obudziła się z lekkim kacem. Obok niej spokojnie i miarowo oddychał Wyżeł. Była 9.00, a ona poczuła, że musi szybko zjeść śniadanie w „Malinowej" i wyjechać z Łodzi. W aucie na kokpicie przywitał ją komunikat: „Happy New Year" z graficznymi sztucznymi ogniami. Poczuła się naprawdę wzruszona, że jej auto o niej pamięta. *No ale w końcu to japońska produkcja – muszą sobie jakoś rekompensować tę oziębłość pachnącą kwiatem wiśni.*

W drodze powrotnej wciąż nie mogła wyjść z podziwu, jakie dowcipy i jakie wyznania usłyszała na tej imprezie. Część ludzi z wczoraj miała już dzieci. *Co oni tym dzieciom przekażą* – pomyślała. Zawsze, gdy się dowiadywała, że ktoś z jej znajomych ma dziecko, miała ochotę zamiast tradycyjnego „gratuluję" zapytać: „No co ty? Pozwolili ci?". Właściwie po co ma się dzieci? Spojrzała na Wyżła w tylnym lusterku który był wyjątkowo niespokojny i się kręcił. Sama łapała się na myśli, że Wyżeł wkurwia ją przynajmniej kilka razy dziennie. Nie, nie denerwuje. Właśnie wkurwia. A ona nawet odczuwa pewną ulgę, jak go zostawia w zaprzyjaźnionym hotelu, kiedy gdzieś wylatuje. *Nic nie robi cały dzień: tylko je, robi kupę i śpi. No więc dzieci ma się po coś... zachowują się podobnie* – zastanowiła się. Argument ze szklanką wody na starość uważała za niezwykle słaby. Niektórzy coś mówili o przedłużaniu gatunku swoimi genami. Ale ten z kolei uważała za wyjątkowo nieskromny wobec świata...

– Mamo – doszła do wniosku, że to jest najlepszy adres do zadania takiego pytania – dlaczego ludzie decydują się na dzieci?

– Słucham? – usłyszała zaspany głos w słuchawce. – Która jest godzina?

– Dziesiąta. Dlaczego człowiek decyduje się na posiadanie dzieci? – Dodała gazu na zupełnie pustej drodze i bardzo ostrożnie odpakowała wafelka, aby nie pobrudzić tapicerki czekoladą.

– Nie wiem, jak z tobą rozmawiam, ciągle zadaję sobie to pytanie – mamrotała do słuchawki. – Suka, jest rano, pierwszy stycznia, spałam cztery godziny, a ty mi zadajesz egzystencjalne pytania?!

– Ale wpadło mi teraz do głowy... – Suka wafelki w aucie zawsze jadła metodą z zasysaniem okruszków.

– Poczekaj, zwlokę się z łóżka i włączę ekspres... – Suka usłyszała szuranie, a po chwili buczenie w słuchawce, co wskazywało, że ekspres już pracował. Sama ugryzła wafel, następnie wessała okruszki, później miejsce ugryzienia zbadała jeszcze językiem, czy nie zostały jakieś kawałeczki, które mogłyby spaść. – No, jestem – zabrzmiała bardziej trzeźwo matka.

– No to? Masz jakiś pomysł? Bo mnie się wydaje, że powoływanie się na matkę naturę jest sporym nadużyciem. Prędzej uwierzę w argument, że przyszłe matki chcą kupować te małe, słitaśne ubranka w sklepach dziecięcych. Nie wierzę w to, że istota rozumna, czyli człowiek, decyduje się na coś z powodu instynktu.

– No nie. Tak chyba też nie jest... – Matka siorbała kawę i próbowała zebrać myśli.

– Mam wrażenie, że dzieci mają te osoby które mają już świadomość, że nic w życiu nie zrobią i mają trochę wolnego RAM-u w pamięci, aby móc się zajmować tymi kupkami, przedszkolami itd. Tzn. nic nie stworzę, związek też jakiś taki letni, to sobie zrobimy dziecko i będziemy mieć zajęcie na najbliższych dwadzieścia lat. – Znowu ugryzła wafelek.

– No jest jeszcze ten argument z przekazywaniem genów... – Matka dalej siorbała kawę.

– A jak ktoś jest samolubem i nie chce się dzielić genami? – zapytała Suka z pełnymi ustami, wyprzedzając jakiś samochód na pewno zalkoholizowany, bo jadący bardzo wolno.

– Nie, no, Suka, ja rozumiem, że ty masz supergeny i nie chcesz się nimi dzielić – wybuchła śmiechem po drugiej strony słuchawki – duże, tłuste, jędrne i złote.

– No właśnie! Takie złote geny to jak złote runo! – wykrzyknęła, ubawiona rozmową.

– Ale dzięki tym genom tak dobrze nam się rozmawia, choć faktycznie z praktycznego punktu widzenia posiadanie dzieci nie ma sensu. Nigdy nie wiesz do końca, co ci wyrośnie. Zamiast czytać Arthura Millera będą pić piwo Miller, a do tego słuchać popu. – Matka się zamyśliła.

– A ty nie miałaś ochoty mnie oddać do jakiejś ochronki? Ja odczuwam ulgę, gdy się na trochę pozbywam Wyżła. – Spojrzała w lusterko, ale go nie zobaczyła, więc chyba zasnął.

– Ciągle mam ochotę! – wybuchnęła śmiechem. – Wiesz, większość związków opada jak fusy w herbacie. I wtedy ludzie, niestety, najczęściej decydują się na dzieci.

– Ale ja ciągle chcę być zalewana wrzątkiem i skrapiana cytryną! – wykrzyknęła zrozpaczona Suka.

– Wiem, ty chcesz, aby ciągle ktoś cię mieszał... – powiedziała matka.

– Właśnie! I cytryną! I cytryną! – podsumowała Suka, zgniatając w dłoni papierek po wafelku.

– Dobrze. Kocham cię, Suka. Jedź ostrożnie i daj znać, jak wrócisz.

– Ja też cię kocham. Zadzwonię, jak dojadę. – Nigdy nie wiedziała, co zrobić ze śmieciami w aucie. Poczuła, że musi się zatrzymać i wyrzucić papierek, bo nie będzie mogła spokojnie jechać dalej.

Gdy dojechała do domu, zobaczyła na komórce trzy nieodebrane połączenia od Karola. Pewnie chciał wytłumaczyć swoją żonę z tych niefortunnych oskarżeń i podejrzeń. Ona za to nie miała ochoty ani słuchać, ani tłumaczyć mu, że żona potrafi spierdolić najbardziej udany układ kumpelski. Jakoś przeczuwała że ta rozmowa skończy się na wybuchu Suki: „Jak nie potrafisz upilnować żony, to trzymaj ją na smyczy – bo jest agresywna". Zdjęła z siebie ubranie i postanowiła spłukać pod prysznicem resztki kaca. Pod nosem nuciła: „Już kąpiesz się nie dla mnie w pieszczocie pian./Nie dla mnie już przy wannie odkręcasz kran./ Nie dla mnie już natryskiem zraszasz czary swe wszystkie /Wiem, że czeka, aż wyschniesz, już inny pan".

W styczniu wysłała ponad sto CV. Chodziła też z wydrukowanymi osobiście, bo miała cień nadziei, że może uda jej się gdzieś wejść i z kimś porozmawiać. Starała się podejść do problemu z wiarą i optymizmem. *Przecież to sytuacja przejściowa, to się musi skończyć. Amerykański optymizm musi czemuś służyć. Oni nigdy by nie zbudowali Nowego Jorku gdyby nie wierzyli, że można zbudować coś na terenach zalewowych.* Przypomniał jej się jakiś news sprzed kilku miesięcy, który montowała. Amerykanin po huraganie który jego dom zrównał z ziemią, powiedział do kamery: „Jest dobrze, żyjemy, a to się odbuduje i przetrwa do kolejnego huraganu". Jakim to było kontrastem w stosunku do polskich powodzian skamlących, że postawili domy na terenach zalewowych, a do tego nie byli ubezpieczeni, bo i po co? *Będę jak ten facet po huraganie* – wzięła łyk różowego wina – *przecież muszę sobie jakoś poradzić. Tym bardziej że nie oczekuję Bóg wie czego, a zaledwie płynności finansowej. Kociaki spadają na cztery łapy, a tym bardziej Suki* – włączyła pilotem telewizor. Akurat na TVN Style był reportaż zakupiony od BBC. Były to produkcje niskobudżetowe, ale kaloryczne merytorycznie. Dowód na to, że można zrobić coś wartościowego, nie wypuszczając na scenę w kulminacyjnym momencie lwów i nie odpalając sztucznych ogni, a przy tym grać to na żywo dziesięcioma kamerami. Dziennikarka pozbawiona scenicznego wizerunku, jaki prezentują polscy prowadzący w czasie „gwiazd na lodzie i gwiazd na wzwodzie", chodziła z kamerą po Londynie i rozmawiała z kobietami na intrygujące ją tematy. Czasem były to wesela, czasem – rodziny wielodzietne, a czasem – spożywanie alkoholu przez kobiety na imprezach. Tym razem tematem były callgirls. A właściwie escortgirls. *Wyższa półka dziwek* – pomyślała z uznaniem Suka lekko już wstawiona winem. Dziennikarka rozmawiała właśnie z jedną z escortgirls, która mówiła, że poznaje tak niesamowitych mężczyzn, że czasem zastanawia się, dlaczego to oni jej płacą, a nie ona im. Ile kosztuje taka przyjemność? Od trzystu do tysiąca funtów za godzinę. Suka zastrzygła suczymi uszami. *I ja przez tyle lat inwestowałam w mózg, w studia podyplomowe? A mogłam sobie za to zrobić cycki* – pomyślała i dolała jeszcze jeden kieliszek wina. Z zapartym tchem oglądała dalej. Prowadząca doszła do podobnego zdania jak Suka, bo po rozmowie już na ulicach ekskluzywnego Mayfair wyznała do kamery: „Pracuję za grosze". Niestety, z dużo mniejszym entuzjazmem usiłowała wypełnić ankietę agencji, która reprezentowała jej rozmówczynię. „Seks oralny" – dziennikarka: fuuu!, Suka: *super*, „seks grupowy" – dziennikarka: Boże, tego nie przewidziałam, Suka: *jasne!*, „seks analny" – dziennikarka: nigdy w życiu!, Suka: *owszem!* I gdy w połowie butelki Suka była już pewna, że znalazła pracę jej życia – callgirl, coś jej się przypomniało. *Przecież ja nie znoszę odbierać telefonów!*

Po takiej ilości wysłanych CV i wypełnionych ankiet e-rekrutera Suka na pamięć znała pytania, które tam się pojawiały.

Po miesiącu odezwała się do niej zaledwie jedna firma, ale tylko dlatego, że znudzona wypełnianiem tego samego, codziennie rano, na pytanie: „Gdzie się widzisz za dziesięć lat" wpisała w odpowiedzi: „na plaży z drinkiem z palemką", a na pytanie: „Twój najmocniejszy punkt" bez wahania wpisała: „punkt G". Niestety, praca była w Trójmieście.

Co za banda idiotów układa te testy? Spuścizna polskiej edukacji? Chociaż internet aż kipiał od debilnych pytań zadawanych w korporacjach na całym świecie, to Suka była jednak przekonana, że są one sztampowe i aby dobrze odpowiedzieć, musisz zmieścić się w jednej z oczekiwanych odpowiedzi. Cieszyła się, że zdawała starą maturę, bo nowej po prostu mogłaby nie zdać. *Ale skoro takie pytania są na całym świecie, to znaczy, że to powszechna praktyka, tylko ja tego nie akceptuję. Da się tego systemu jakoś nauczyć? Może ja te ankiety zwyczajnie źle wypełniam, skoro telefon milczy.* Suka nie zdawała sobie sprawy, że kryzys tak wyśrubował rozmiar bezrobocia, że na każde ogłoszenie przychodziło około 2000 aplikacji. Ostatnio zdała sobie też sprawę z tego, że istnieje ukryte bezrobocie. Będąc na zakupach w Auchan, które wybierała ze względu na dobrą cenę win, zwróciła uwagę na młodego chłopaka siedzącego na kasie. Miał miłą inteligentną twarz i to, co przykuło uwagę Suki: wkładał zakupy do siatek według klucza! Pieczywo z makaronami, owoce z warzywami, krewetki z rybami itd. Szybko zorientowała się, że to nie jest zwykły pracownik fizyczny, ale ktoś, kto pewnie tu trafił z powodu braku innych możliwości zatrudnienia. *Gdyby był dziewczyną z perłą, mógłby przynajmniej spotkać Vermeera* – pomyślała Suka – *ale jak barany z Goldman Sachs zadają pytania rekrutacyjne „gdyby zmniejszono cię do wielkości ołówka i włożono do blendera, jakbyś się wydostał", to nic dziwnego, że mamy kryzys. Bo się im wydawało, że ciągle wszystko będzie puchło i rosło. Teraz muszą zmiksować mnie w blenderze i wylać, przepowiadają koniec kryzysu i mam nadzieję, że tym razem się nie mylą.*

To nie jest kraj stworzony do miłości. Suka z obrzydzeniem mijała czerwone, papierowe serca roztapiające się w kałużach rozmokłego śniegu. Były jaskrawym kontrastem do ołowianego świata, jaki serwował w okresie zimowym klimat umiarkowany. Właśnie w walentynki uświadomiła sobie, że najbliższy jej przyjaciel umiera. Wracała z Wyżłem od weterynarza. Właściwie od weta. Tak zawsze mówiła do niego. *Idziemy do weta, Wyżełku.* On znał to słowo i chociaż, jak każdy szanujący się pies, weterynarza nie lubił, to jednak z pełnym zaufaniem do Suki znosił dzielnie wizyty. Od kilku tygodni Suka zauważyła, że Wyżeł dziwnie się zachowuje. Na początku myślała, że to ona jest przewrażliwiona. Z nadmiaru wolnego czasu wyczyściła już wszystkie kratki wentylacyjne, więc zakładała, że być może jest nadmiernie wyczulona na otoczenie. Brak pracy spowodował jeszcze większą ochotę schowania się w norze. Daleko od ludzi. Nigdy nie myślała, że poczuje się nieprzydatna i nigdy nie myślała, że praca tak podnosi poczucie własnej wartości. Mogła za nią nie przepadać, mogła jej nie lubić, ale lubiła mieć świadomość, że coś robi. Teraz odczuwała głęboki wstyd że jej nie ma i nie potrafi zdobyć. Z podziwem patrzyła na kobiety których głównym zajęciem jest jeżdżenie na zakupy do galerii handlowych, chodzenie do kosmetyczki, fryzjera i na solarium. *One muszą mieć jakoś inaczej skonstruowany mózg. Ja bym dostała wścieklizny!* – Przeprowadziła słabego Wyżła po kałużach do samochodu. U „weta" zostawiła właśnie ponad tysiąc pięćset złotych i wiedziała, że na tym się nie skończy. Odczuwała jeszcze większy wstyd, że kwota, która jeszcze kilka miesięcy temu wydawała jej się nieduża zaczyna stanowić problem. *To nie jest kraj stworzony dla miłości. To nie jest kraj dla młodych ludzi. Dupa ze mnie wołowa, a nie samiec alfa.* – Wsiadła do auta. Wyżeł miał stwierdzoną białaczkę.

Postanowiła odpuścić spotkanie z Marianną w walentynki. Ostatnim razem czternastego lutego skończyło się awanturą na środku Media Marktu. Dziewczyna Suki chciała koniecznie obejrzeć jakąś romantyczną komedię ze względu na walentynki. Suka za to chciała przełamać słodką konwencję jakimś europejskim i przyciężkim kinem. Niestety, argument „Nie będę się poddawać dyktaturze kalendarza" dla Marianny był tak odległy jak Neptun od Słońca. Po wyrzuceniu sobie wzajemnych żali w otoczeniu pralkosuszarek, chłodziarek i obsługi czającej się i podsłuchującej na dziale „Czyszczenie i Sprzątanie" rozstały się po raz pięćdziesiąty czwarty w bieżącym roku. Suka chciała oszczędzić Wyżłowi takich rewelacji. Wiedziała, że powinna się rozstać z Marianną, jednak jak tylko o tym zaczynała myśleć, przychodził jej najbardziej absurdalny wniosek: *Wyżeł powinien się wychować w normalnej rodzinie!* Pewnie dlatego podstawowa komórka społeczna, jakkolwiek by była wadliwa odznaczała się względną trwałością.

Wyżeł spał na kanapie, przykryty kocem. Schudł i często było mu zimno. Suka zrobiła sobie herbatę i po raz dziesiąty danego dnia przystępowała do wertowania stron internetowych w poszukiwaniu ofert pracy. Robiła to niestrudzenie. Dzień w dzień. Aby samej przed sobą mieć czyste sumienie, że robi wszystko, co możliwe. Piła herbatę z cytryną, skrollowała strony, a w myślach liczyła pieniądze. Ostatnio zaczynała to robić coraz częściej. Obliczyła, że na spokojne życie, bez zmiany poziomu, starczy jej gotówki na pół roku. Nie chciała się zwracać do mamy o pomoc. Uważała, że jest dorosła i powinna sobie poradzić. Zaczynała liczyć kawy w centrum (które tak lubiła), zakupy w Empiku co weekend (czyli książki i płyty) oraz benzynę. Gotówka topniała jak śnieg za oknem. Jej ego i poczucie pewności siebie – też. Spojrzała na wyciszony telefon, który zaczął migać. Marianna z jakąś głupią miną patrzyła na nią z ekranu. Zdecydowała się odebrać.

– Słucham – powiedziała cichym, zrezygnowanym głosem.

– Hej! Domyślam się, że bunkrujesz się w domu – zaszczebiotała Marianna, widocznie wiadomość o chorobie psa nie zrobiła na niej żadnego wrażenia. *Głupia cipa.* – Słuchaj pamiętasz, jak ci opowiadałam o tym nowym projekcie Wrańskiego?

– Tak, coś pamiętam. – Miała szczerą ochotę odpowiedzieć „nie", bo nie znosiła słuchać o tej firmie. Zamieszała łyżeczką miód w herbacie.

– No, więc słuchaj, Wrański wybrał mnie na prezenterkę Precel.tv!!! - zapiszczała w słuchawkę Marianna.

– No i? – zapytała Suka, usiłując zlizać kilka kropel z podstawki filiżanki. Nie znosiła, jak jej się coś wylewało, ciekło i zostawiało plamki.

– Jak to „no i"? – zajęczała rozczarowana Marianka.

– Cieszysz się, jakbyś została nominowana do Nagrody Nobla. Będziesz twarzą tej szmiry? – Suka nadal walczyła językiem z plamkami na spodeczku.

– To jest bardzo poczytny portal. Teraz będzie jego wersja telewizyjna do sieci. Będę chodzić z mikrofonem po imprezach i zadawać pytania celebrytom – odpowiedziała z taką powagą, jakby chodziło przynajmniej o rozpoczęcie misji pokojowej na Bliskim Wschodzie.

– Nie no, gratuluję – powiedziała w funeralnym nastroju. – No, naprawdę, trzymam kciuki.

– Ale ja nie tylko dlatego dzwonię... – tajemniczym tonem zaczęła dziewczyna Suki – ...Wrański potrzebuje ludzi do formatowania obrazka i ja poleciłam mu ciebie.

– Nie wiem, czy to jest dobry pomysł... – zawiesiła głos.

– Dlaczego? Przecież potrzebujesz pracy.

– Bo ja jakoś czuję, że nie pasuję do tej firmy... – „Strzeż się swych pierwszych odruchów – zwykle są szlachetne" – Suka pamiętała słowa Talleyranda. Tym razem jej pierwszy odruch miał chronić ją samą. Przeczuwała podskórnie, że z tej współpracy nie wyniknie nic dobrego. Jednak w kontekście braku pracy i milczącego telefonu po chwili dodała: – Dobrze, spróbujmy się spotkać i porozmawiać.

Postanowiła, że nie będzie myśleć nadmiernie nad profilem Grupy HCl, tylko podejdzie do zadania jak do rzemiosła. Wzięła do ręki „Mapę i terytorium" Houellebecqa. Jednak po chwili wybuchła. *Nie, no nie! Co to, kurwa, ma być?* W momencie gdy autor opisuje powrót malarza Jeda z domu Houellebecqa, który też w powieści występuje, zachwyca się audi A6. *Jakie audi? Jakie? Dlaczego on mi to robi?* – przewertowała zapamiętale książkę, aby kilka stron wcześniej znaleźć opis, jak to główny bohater wyrusza w podróż terenówką. Już w „Możliwości wyspy" autor dostał od Suki żółtą kartkę za to, że kundel przygarnięty na parkingu przepoczwarzył się sto stron dalej w welsh corgi pembroke. *Czy on naprawdę ma czytelnika za idiotę?* Sama zastanowiła się, dlaczego nadal go czyta. Pisał często o problemach i zagadnieniach ekonomicznych, choć kompletnie nie znał realiów. Żaden pisarz za wstęp do katalogu do wystawy nie dostałby dziesięciu tysięcy euro, żaden malarz czy żaden grafik nie uzyskaliby ceny za swoje dzieło rzędu miliona euro. *No chyba że byłby to ktoś, kto by zmartwychwstał i w ramach pośmiertnej rozrywki chciałby coś namalować.* Houellebecq jest dowodem na to, że artyści w większości są kompletnie oderwani od realiów. Do tego on był pieprzonym mizoginem, dla którego każda kobieta po czterdziestce była przywiędła, a ich opisy były tak beznadziejnie papierowe, że Suka zachodziła w głowę, za co dostał Nagrodę Goncourtów. Przecież to jest aktor jednej roli. Na początku jest mało znanym artystą, o niepozornej posturze, ale jak osiąga sukces, kobiety wprost rzucają mu się do stóp. A on, zakompleksiony, wyliniały szczur i tak z wyższością nuworysza sukcesu zawsze podsumuje, że Tajki lepiej obciągają niż kobiety z Europy. *Pewnie i on by lepiej pisał, gdyby mu płacili te dziesięć tysięcy euro. Co za pacan* – pomyślała i spojrzała z obrzydzeniem na kolejną jego książkę napisaną wraz z Henrim Levym: „Wrogowie publiczni". *I oni mają coś do powiedzenia o świecie współczesnym? Dyletant jeden z drugim. Dwóch zadufanych buców nie zniosę.* Zaczęła rozumieć, dlaczego artystów należy trzymać z dala od pieniędzy i biznesu. *A do tego Houellebecq dobrego seksu nawet nie powąchał* – przypomniała sobie, jak przyszedł na wywiad z Agnieszką Drotkiewicz wysmarowany samoopalaczem ze smugami na twarzy. – *Pajac* – burknęła pod nosem i pożałowała każdej złotówki wydanej na jego książki.

Zawsze musi być tak, że jak nic się nie dzieje, to aż cisza piszczy, a jak coś się ma zdarzyć, to musi być to w formie kumulacji? – Suka, skacząc na jednej nodze, usiłowała wyłączyć ekspres, aby kawa w filiżance się nie przelała i równocześnie założyć jeansy. Jednego dnia miała spotkanie wraz z Marianną w Grupie HCl, a dwie godziny później – w agencji reklamowej, do której aplikowała na stanowisko account executive managera. Musiała najpierw wygooglać, do czego w ogóle startuje, bo nowomowa stosowana w ogłoszeniach o pracę była dla niej ciężkostrawna. *To już nawet bierny, nieestetyczny język prawniczy brzmi lepiej* – piła kawę na środku salonu z jedną nogą w spodniach. Jak czytała CV niektórych ludzi, których sama znała z Goldenline albo LinkedIn, była pewna, że babcia klozetowa zgodnie z obowiązującymi zasadami powinna mieć opis: dbanie o zadowolenie klienta, w tym kontakty z kluczowymi klientami, kontrolowanie jakości usług – controlling oraz dystrybucja środków i wyznaczanie obszarów ryzyka. *Więcej w tym pierdolenia niż roboty* – dopijała w pospiechu filiżankę kawy. Miała zabrać po drodze Mariannę, więc musiała do centrum wyjechać wcześniej. Przed spotkaniem z Grupą HCl wygooglała Wrańskiego oraz samą firmę. Znani i lubiani raczej ich nie lubili. Nic dziwnego, skoro firma głównie zajmowała się tym, kto jakie majtki włożył. Sukę na początku zastanawiało, jak można mieć tylko trzysta tysięcy w skali roku na odszkodowania. Jednak szybko naszła ją smutna refleksja, że celebrytany są tak głupie, że nie tylko nie potrafią walczyć o swój dobry wizerunek i nie wiedzą, jakie prawa im przysługują, lecz także cieszą się, jak o nich w ogóle piszą. Nawet źle. Niestety, tempo pracy sądów też działało na korzyść Grupy HCl. *Podziwiać za wyczucie rynku czy mimo wszystko się brzydzić?* – zapatrzyła się na osłabionego Wyżła leżącego na kanapie. – *Dobrze, pecunia non olet. Zobaczymy. Prawda, Wyżełku?* Ucałowała aksamitne uszy psa, założyła prostą jedwabną bluzkę w kolorze złamanej bieli i beżowy, wełniany płaszcz. Kompletnie nie wiedziała, jak się ubrać. Przez to siedzenie w domu zdziczała już do końca i to wyjście do ludzi było dla niej jak święto. Gdy zaczął się dla niej czas bez pracy, szybko zdała sobie sprawę, że jednak każda osoba tworząca, nawet jeżeli lubi sam stan tworzenia, potrzebuje weryfikacji tego, co zrobiła, z otoczeniem. Ta weryfikacja nie musi być pozytywna, ale sam fakt, że jest, daje poczucie istnienia. Od grudnia wszystko, co robiła, montowała czy pisała, było dla niej nierealne. *No chyba że sprzątanie – to przynajmniej widać – ale jak tak dalej pójdzie, zostanę zawodową sprzątaczką. Taka wersja bunga-bunga dla mnie: pucen-pucen.*

Przejeżdżała przez most Poniatowskiego, a na równoległym pasie zobaczyła bujną blondynkę w bmw Z4. Drelichowy dach pokrywała gruba warstwa topniejącego śniegu. *Takie auto powinno zimą stać w garażu.* Przypomniała sobie, jak zobaczyła podobną blondynkę w takim samym aucie w podobnej sytuacji latem na moście Świętokrzyskim. Czyżby w mieście wszystkie blondynki z napompowanymi ustami miały takie auta? Tamta pisała SMS-a, stojąc w korku, a Suka mogła przeczytać każde słowo na ekranie. *Zero intymności – czyżby ona w dzisiejszych czasach nie była w cenie*? W ogóle po co takie auto? Pamiętała utyskiwania znajomych, którzy mercedesem CLK wybrali się do Toskanii. „No musieliśmy się pakować w foliowe siatki, bo walizka i dach w bagażniku się nie mieściły" – piszczała znajoma. *Notabene też bujna blondynka!* – zauważyła z ożywieniem pewną prawidłowość Suka. – *Spisek na miarę mgły smoleńskiej* – zachichotała sama do siebie. – *Piękne, przedkryzysowe problemy i czasy.* Postanowiła złapać dobry nastrój przed spotkaniem, a miała czas na ładowanie akumulatorów za kierownicą tylko do momentu zabrania Marianny po drodze. Wykorzystując chwilowe przyspieszenie sznura samochodów, przycisnęła pedał gazu i wrzasnęła.

Tak jak przypuszczała, musiała zupełnie wyłączyć funkcję słuchu, aby znieść obecność swojej dziewczyny. Dobiło Sukę podniecenie, z jakim Marianna opowiadała o firmowej imprezie. „W ubiegłym roku mieliśmy ponad pięćdziesiąt milionów przychodów, a zysku ponad dwadzieścia milionów" – szczebiotała podniecona przed spotkaniem, stale używając pierwszej osoby liczby mnogiej.

– A masz przynajmniej bańkę z tego? – zapytała Suka. – Z ubiegłego roku? – Podgłośniła radio i postanowiła w ten sposób pokonać najbliższe cztery kilometry.

Siedziały przy dużym owalnym stole. Zasiadło przy nim już dwóch grafików, którzy, sądząc po ich strojach, o kompozycji nic nie wiedzieli. *Ale może ja jestem za surowa. Nie powinnam oceniać ludzi po wyglądzie.* Choć pamiętała pierwszą i ostatnią kampanię na billboardach Grupy HCl o której wspominała Marianka. Postanowiono skorzystać z zasobów firmy i graficy zajmujący się stronami zrobili billboardy czytelne zaledwie z trzech metrów. *No to taka odległość proporcjonalna jak odległość twarzy od ekranu komputera* – parsknęła śmiechem, a reszta towarzystwa dziwnie na nią spojrzała. Coś jej nie pasowało w tym miejscu, nie wiedziała, czy to zgrzewki wody mineralnej ustawione w sali konferencyjnej jak w składziku, czy ludzie wyglądający, jakby urwali się z liceum. Wrażenie prowizorki nie dawało jej spokoju i poczucia bezpieczeństwa. To ją niepokoiło, bo wielokrotnie się przekonała, że powinna słuchać siebie. W czasie tej autoanalizy drzwi sali się otworzyły i wszedł on. Sam Wrański. Wszyscy się zerwali na równe nogi poza Suką. Kilka sekund później nadrobiła podniesienie tyłka i zorientowała się, że patrzy na Wrańskiego z góry. *Gnomy nie wyginęły w drodze selekcji naturalnej, czy jakoś tak?* Zgodnie z zasadą savoir-vivre'u przywitał się z każdym, ale przez ogromny owalny stół. *No, nie doczytał, nie doczytał...* – obserwowała nadal Suka. Wszyscy oprócz niej byli wyraźnie podnieceni i poruszeni spotkaniem z szefem: gdyby mieli ogony jak psy machaliby radośnie. Dziewczyna o imieniu Ewelina, o wyglądzie żaby rzuciła się do drzwi, informując, że zrobi herbatę dla szefa. Jak się później okazało, to jeden z product managerów. *Po co kobiety szufladkują się do ról usługowych?* Wrański był bardzo wyciszony, a przynajmniej starał się sprawiać takie wrażenie: jego twarz była kompletnie pozbawiona emocji. Wąskie usta, na nosie okulary wyglądające jak zerówki. „Młodszy junior, prawda, że dynamiczny?" – przypomniał się Suce opis zdjęcia dziecka Wrańskiego na Facebooku. *Opisał go jak wektor na giełdzie, co za palant.* Koszulka Burberry, która pewnie kosztowała majątek, a wyglądała jak szmata ze względu na kolor zielony podkreślający jego bladą twarz, oraz jeansy Armaniego uwydatniające wyjątkowo niezgrabne nogi i tyłek. *No, gnom, zwykły wystraszony gnom, miejmy nadzieję, że przynajmniej konkretnie się z nim rozmawia.* W tym momencie Wrański wyjął na stół iPada, iPada mini oraz iPhone'a. „W ciągu sześciu godzin kupiłem mentalnie/idea wszystko, co wypuścił Apple dziewięć godzin temu" – napisał ostatnio na Facebooku. – *No, widać, że jego własne idee nie są jego mocną stroną, skoro tak szybko kupuje cudze.*

– Dobrze, możemy zacząć – przemówił guru plotkarskiego internetu. – Poczekajmy tylko na herbatę dla mnie. – *Mógłby wspomnieć o tej dziewczynie, a nie o herbacie.* – Jak wiecie, chcemy stworzyć telewizję Precel.tv. Coś o celebrytach, muszą być jacyś prowadzący, coś dla masy, ale inteligentnie. Marianna miałaby być prowadzącą. – W tym momencie Marianna wyprostowała się i wykonała gest skinięcia głową, jaki wykonują „miski" tuż po ogłoszeniu werdyktu. – Nasi menadżerowie produktu nie wiedzą, jak to powinno wyglądać, a Marianna poleciła ciebie – w tym momencie zwrócił się do Suki, ale ciągle unikał jej wzroku. *Ale nie dotyczy to tylko mnie, on w ogóle jak mówi, nie patrzy się na żadnego rozmówcę.*

– Mam na szybko naszkicować, jakbym to widziała? – zapytała kontrolnie, bo myślała, że jeśli ktoś chce zrobić jakiś projekt, sam powinien posiadać przynajmniej jakąś wstępną wizję czy założenia. Tym bardziej była zaskoczona, że to do niej, osoby, którą Wrański widzi pierwszy raz na oczy, należy przedstawienie zarysu problemu. – Więc widzę to na dwa sposoby uzależnione od budżetu, jaki posiadamy. – *Posiadamy?* Sama siebie zaskoczyła użyciem formy mnogiej, ale widocznie jeśli choćby w minimalnym stopniu człowiek utożsamia się z wizją, lepiej mu się projektuje. – Możemy zrobić wersję tańszą, czyli zwykłe setki z imprez, co kto powiedział do mikrofonu. Nic specjalnego, ale na pewno będzie to tanie, jak to się dobrze zmontuje, będzie przyzwoite, a jak Marianna będzie umieć rozmawiać z tymi ludźmi, to będzie super. Potrzebujemy do tego dobrej grafiki, aby był początek i tyłówka, może jakieś animacje. – Tutaj Suka spojrzała na dwójkę grafików, ale mieli takie miny, jakby o animacjach słyszeli tylko w Pixar Animation Studios. – Cała strona musi być przejrzysta, no ale to wiadomo – kontynuowała zaniepokojona, bo Wrański w czasie jej wywodu cały czas grzebał w iPadzie. – Druga wersja jest droższa, ale dużo ciekawsza. Nagrywamy Mariannę na greenscreenie, to takie zielone tło, na które później nakłada się wirtualne studio, czyli to jest tak, że prezenter może mieć w tle wszystko i przy dobrej grafice nawet plaża będzie wyglądać naturalnie. – Tutaj graficy zrobili bardzo przerażoną minę i Suka w lot pojęła, że graficy są z łapanki za trzy tysiące brutto. – W to studio wmontujemy setki, które Marianna nagrała na imprezach, poza tym powinna to jakoś opisywać i podsumowywać w zabawny sposób, do puenty, aby ten język był felietonowy i zabawny. Musi zbudować postać, która jest dowcipna i ma coś do powiedzenia… – zawiesiła głos.

– Ja słucham, słucham, cały czas – zapewnił Wrański znad okularów i iPada. *Ja pierdolę, kto tego faceta wychowywał? To, że mentalnie kupił całą ideę Apple, nie znaczy, że ma mieć ciągle przyklejony wzrok do ekranu.*

– Muszę jeszcze porozmawiać z dyrektorem artystycznym, bo to jest nowy i świeży pomysł i powinno się go na tym etapie skolaudować pod względem nie tylko merytorycznym, lecz także wizualnym. Trzeba pamiętać, że ruchomy obrazek jest bardziej wymagający niż strona internetowa.

– Tak, tak – Wrański zmienił iPada na iPada mini. Podniósł wzrok, ale nie spojrzał w dalszym ciągu nikomu w oczy i wydał komendę – Dobrze, dziękuję wam, ty jeszcze zostań, chciałbym z tobą porozmawiać. – *To chyba chodzi o mnie.*

Wszyscy bez słowa opuścili salę konferencyjną, a Wrański w dalszym ciągu bawił się swoimi zabawkami.

– To poznam dyrektora artystycznego? Aby coś wymyślać, muszę też znać ramy finansowe, możliwości określają formę. – Jego wzrok utkwiony w ekranie naprawdę zaczął ją irytować. *Co on się, kurwa, naoglądał „Diabeł ubiera się u Prady"?*

– Ja nim jestem – odpowiedział, w dalszym ciągu nie odrywając wzroku od produktu Apple, który zrewolucjonizował świat. *I jak się okazuje, zasady spotkań towarzyskich i biznesowych także.*

– Aha... – odpowiedziała zrezygnowana, patrząc na faceta, który kompletnie nie potrafi się ubrać, a z którym powinna porozmawiać o aspektach artystycznych. *Czyli o czymś, o czym ten gość nie ma fioletowego pojęcia.* W tym momencie jego święty iPhone wydał jakiś dźwięk z siebie.

– Mów, mów dalej, albo wiesz co? Masz, pobaw się moim iPadem, launchuję nowy projekt z Anglii i muszę odpisać, przepraszam – wcisnął w dłoń Suce iPada, a sam przerzucił się na iPhona. Suka patrzyła osłupiała i nie mogła uwierzyć, że ktoś ją potraktował jak niesfornego trzylatka, któremu daje się zabawkę na moment, aby się czymś zajął. – No, dobrze – Wrański zerwał się na równe nogi. – Muszę lecieć, bo jestem umówiony na squasha, jeszcze pogadamy.

Suka została w osłupieniu w pustej sali i zadała sobie pytanie: *Jeśli Wrański za idee płaci tak ciężkie pieniądze Apple'owi, dlaczego ja swoje sprzedaję za darmo?*

Nie mogła wyjść z podziwu, że tak można się zachowywać. Czy poczucie władzy, przewagi daje takie efekty? Była pewna – to musi wynikać z jakiś kompleksów. Przecież nawet ona to wiedziała, że lepiej się pracuje z kimś kogo szanujesz. A Suka przestała szanować Wrańskiego już po pierwszych pięciu minutach spotkania. Jechała na drugie spotkanie do agencji reklamowej i nie chciała się nakręcić negatywnie. Przesunęła palcem po kierownicy i podgłośniła radio. Niestety, zamiast muzyki usłyszała reklamę: „Był zupełnie inny od wszystkich, dla niego była gotowa postawić na głowie cały świat". *Kolejny gniot dla miejskich księżniczek, które marzą o dobrobycie „u boku kogoś", albo ewentualnie jak dobrobyt i spokój mają to o romansie z ogrodnikiem lub instruktorem pilatesu. I będą przeżywać przez trzysta stron, jaki to trudny wybór je czeka. Albo podstarzałe princessy, albo studentki marzące, aby posunął je Grey.* Wzniosła oczy do góry i o mało nie wjechała komuś w tyłek w korku. *Boże, błogosław czujniki parkowania.* Pisk alarmu wydobył ją z rozmyślań o beznadziei kobiecej literatury. *Naprawdę nie ma o czym pisać książek i scenariuszy? Jest tyle aktualnych spraw.* Pasmo reklam się skończyło i wreszcie coś zagrało. Ale po pierwszych taktach i zawyciu piosenkarki o miłości włączyła Kabaret Starszych Panów. *Piosenka też się skończyła. Dziś wszystkie śpiewają o tym, że ktoś ich tam nie chciał, zdradził, nie powiedział, nie dotrzymał. A kiedyś z miłości do pomidorów można było zrobić małe arcydzieło.* „Minął sierpień, minął wrzesień,/ znów październik i ta jesień/ rozpostarła melancholii mglisty woal. /Nie żałuję letnich dzionków,/ róż, poziomek i skowronków, /Lecz jednego, jedynego jest mi żal" – taka twórczość z głośników powodowała grymas na suczej twarzy, który można nawet nazwać uśmiechem. *Z drugiej strony jeśli sztuka, nawet ta pop, jest odzwierciedleniem potrzeb i pragnień, jesteśmy w najbardziej spokojnym okresie. Żadnych wojen, żadnych gwałtownych przeobrażeń gospodarczych. Może to ja nie potrafię tego wykorzystać albo docenić i stąd te problemy z pracą.* Spojrzała na kokpit z zapaloną kontrolką „brak benzyny". Na światłach wyjęła portfel z ogromnej torby i zaczęła sprawdzać, czy ma gotówkę. *Kurwa mać!* – spojrzała na swój portfel firmy Hermes. – *Mam portfel za dwa tysiące dolarów, w którym za moment wszystkie karty będą mniej warte. To żałosne...*

Z trudem znalazła miejsce parkingowe na Żoliborzu. Przez zalegający śnieg było jeszcze mniej miejsc do zaparkowania niż zwykle. Czekała w pokoju zastawionym miękkimi fatboyami – poduszkami wypełnionymi styropianowymi kulkami. Pomieszczenie było w modnej stylistyce świetlicowej. Parkiet w jodełkę z widocznymi zarysowaniami, regały z nielakierowanej sosny wypełnione książkami o designie i reklamie. Spróbowała zająć miejsce w fatboyu, ale najwyraźniej fotel stworzony do relaksu był zaprojektowany dla ludzi o wzroście metr sześćdziesiąt albo ona relaks traktowała inaczej. Zaraz po usadzeniu na nim pupy zapadła się i nieomal nakryła nogami. Do tego w jednej ręce ciążyła jej książka „Historia reklamy" Taschena, którą miała też w domu i uważała za jedną ze swoich ulubionych, a w drugiej – wielka torba. Taschen słynął z legendy, że nawet książkę telefoniczną wydałby pięknie. Akurat tę znała na pamięć. Uwielbiała reklamy. Z wyjątkiem tych seksistowskich i prymitywnych. Chociaż nawet do tych podchodziła z uwagą – może dlatego, że reklama zawsze w jakimś stopniu odzwierciedlała aktualne pragnienia mas. Przy sieczce w telewizji z czasem zauważyła, że reklamy potrafią ją bardziej interesować niż program. W momencie gdy jej kolana były wyżej niż broda, akurat otworzyły się drzwi, w których stała dwójka młodych ludzi.

– Cześć! – odezwał się przyjaźnie wysoki, szczupły chłopak w trampkach i T-shircie.

– Witaj. – Do Suki podeszła dziewczyna w rozmiarze plus czterdzieści i wyciągnęła dłoń na powitanie.

– Cześć. – Suka usiłowała wydostać się z potrzasku relaksu. *Jakim cudem te kobiety w telewizorni potrafią siedzieć z nogą na nogę na takich niskich kanapach, przecież to niewykonalne.* Spięła mięśnie brzucha i podniosła się do pionu. – Jestem Suka.

– Wiemy, czytamy CV – odpowiedział ze śmiechem chłopak, a Suka z powrotem klapnęła w fatboyu.

– To miłe zaskoczenie, niektórzy nie czytają... – odpowiedziała ze spiętymi mięśniami i nadal usiłując utrzymać równowagę. *Jak to robi Jaworowicz? Ona nie ma żadnych mięśni brzucha, a siedzi na jednym pośladku i do tego ekwilibrystycznie wywija nogą.*

– A my tak – odpowiedziała dziewczyna i podeszła do regału z książkami, zza którego wyciągnęła składane krzesła. – Nie męcz się. Chcesz normalnie usiąść?

– Tak. – odetchnęła z ulgą, że nie będzie musiała więcej się wyginać i skupi się na rozmowie. – Dziękuję. – Usiedli we trójkę w kręgu na rozkładanych krzesłach.

– Od razu przejdziemy do rzeczy, aby nie tracić czasu – zaczęła pulchna dziewczyna, spoglądając w dół, jakby chciała się ukryć w niedbale zawiązanym szarym szaliku wokół szyi. – Chcemy ustawić balon reklamowy w okolicach Arkadii: jak załatwisz miejsce do postawienia takiego balonu?

– Skontaktuję się z Arkadią.

– Ale my chcemy ustawić balon przy ulicy Jana Pawła, a nie na terenie przylegającym do centrum – dodała dla utrudnienia dziewczyna.

– Najpierw sprawdzę właściciela terenów, później wybiorę właściciela prywatnego, a nie miasto.

– Dlaczego? – zapytał chłopak.

– Bo z wszystkimi instytucjami państwowymi długo się negocjuje. Tam każde pismo nazywa się „pisemko" jak w czeskim filmie i załatwianie czegokolwiek też przypomina czeski film.

– Dobre – parsknęła śmiechem dziewczyna. – Czyli jesteś skuteczna. To dobrze. Szukamy kogoś takiego. Robimy naprawdę wielomilionowe kampanie…

– …i zależy wam na szybkości – dokończyła Suka. – Rozumiem, to dla mnie jasne.

– A która kampania ambientowa najbardziej ci się podobała? – zagadnął chłopak.

– Chyba w dalszym ciągu moim faworytem jest Mini Cooper. I nie chodzi mi o jego pierwsze reklamy i przełamanie konwencji, ale o ostatnie kartony po Mini z naklejką „99 euro". Pomysł super. Lubię też odwołania do komiksu oraz ogólnie zabawę z obrazem.

– My też lubimy – odpowiedziała dziewczyna. – Współpracujemy z najlepszymi grafikami w Polsce i nie tylko. Potrafimy wydać kilkadziesiąt tysięcy na dobry rysunek – podkreśliła z nieukrywaną dumą.

– To pięknie – z niedowierzaniem podsumowała Suka, która miała w pamięci funpage na Facebooku dla grafików pod nazwą: „Zrobię grafikę za bułkę". *Widocznie oni nie mieli przyjemności trafić w to miejsce.*

– Widać, że reklama cię interesuje i potrafisz dużo rzeczy zrobić – zaczął pewnie i szybko chłopak, co Sukę zaniepokoiło, bo takie opinie wygłasza się po dłuższym przemyśleniu kandydatury. – Masz też auto, to bardzo dobrze, bo jest sporo spraw na mieście do załatwienia.

Suka zrobiła dziwną minę.

– Ja jestem na tak – powiedziała dziewczyna.

– A mogę dowiedzieć się coś o warunkach pracy? O formie zatrudnienia, jakie obowiązki miałyby do mnie należeć? – Użycie przez nią trybu przypuszczającego natychmiast spowodowało zmarszczenie brwi u dziewczyny.

– Wszystkiego się dowiesz, jak będziesz pracować. Od dziewiątej do siedemnastej musisz być w firmie. No chyba że wypadasz na naszą prośbę gdzieś za miasto lub do centrum. Mamy mnóstwo rzeczy w terenie do zrobienia… – chłopak kontynuował za swoją koleżankę.

– Ale, przepraszam, że się zapytam, w dalszym ciągu nie wiem, jaka jest forma mojego zatrudnienia. Na podstawie jakiej umowy mam pracować. – Suka resztką sił próbowała dowiedzieć się jakiś konkretów, bo portfolio agencji znała, a wielomilionowe kampanie nie robiły na niej wrażenia, do momentu dopóki te miliony nie były na jej koncie.

– No, pod koniec miesiąca, jak zobaczymy, jak się sprawdzisz, podpiszemy umowę o dzieło – odpowiedziała dziewczyna.

– Skoro umowa o dzieło, to jak rozumiem nacisk jest kładziony na efekt. Naprawdę muszę tutaj siedzieć od godziny do godziny?

– Tak wolelibyśmy… – odpowiedział chłopak. – Ważny jest kontakt, dobra atmosfera, flow przy projekcie.

– No tak, wszystko rozumiem, ale skoro mam wykorzystywać własne auto do pracy, mogę się dowiedzieć, ile zarobię?

– Tysiąc pięćset złotych.

– Na tydzień? – zapytała, niedowierzając Suka.

– Nie. Na miesiąc – odpowiedziała dziewczyna.

– Tyle to ja wydam na dojazdy do pracy i na załatwianie moim autem waszych spraw na mieście.

– No tak, ale mamy kryzys… – próbował tłumaczyć chłopak.

– Tak, wiem, ja wszystko rozumiem. Ja też mam kryzys w budżecie domowym i z tego powodu nie tankuję za darmo, RWE nie obniża mi rachunków, a do tego jedzenie w supermarketach nie potaniało. Skąd taka kwota? Przecież to niepoważne…

– No, kryzys, cięcie kosztów, naciski z każdej strony – zaczął się tłumaczyć chłopak.

– No, nic. Będę się zbierać – podniosła się Suka. Od początku czuła, że mydlenie oczu kampaniami za kupę kasy to gra PR-owa.

Tylko do kogo? Przecież czytają w CV, że jestem na rynku pracy od kilku lat. Naprawdę ciągle mam być traktowana jako student? Mam zarabiać na kieszonkowe? – Miło było mi was poznać. Życzę większych budżetów w kampaniach wielomilionowych.

Od dłuższego czasu w reklamach pojawiał się obraz domków jednorodzinnych nawiązujących do dworków polskich. Z klasycznymi dwiema kolumnami przy wejściu. Takie sielskie obrazy pojawiały się w reklamach serów, papieru toaletowego, wędlin, parówek. Dla młodych ludzi pokolenie ich rodziców wydało się przy obecnym bezrobociu oazą spokoju i dobrobytu. *A jak tu budować domy? Za tysiąc pięćset złotych miesięcznie?*

Suce gotówka topniała z dnia na dzień, choroba Wyżła pochłaniała większość pieniędzy. A Suka nie chciała podejmować decyzji o jego uśpieniu. Jak usłyszała od jednego weterynarza, że psa się nie leczy, tylko się usypia, natychmiast go zmieniła. Wyżeł był jej najlepszym przyjacielem i nie wyobrażała sobie, że może go tak po prostu uśpić z przyczyn finansowych. Nadal nie chwaliła się matce, że jest bez pracy. Ponieważ zawsze miała nieregularny tryb pracy, matka na szczęście nie zadawała kłopotliwych pytań. Ani przez moment Suka nie przestawała wierzyć, że gospodarka wolnorynkowa jest jedyną słuszną. Jednak coraz bardziej czuła rozczarowanie, że większość modeli biznesowych bazuje na darmowej sile roboczej. Może nie w stu procentach, ale przynajmniej w pięćdziesięciu. Kiedyś czytała o prekariacie, czyli grupie społecznej, która nie potrafi nic zaplanować, bo funkcjonuje od jednej umowy o dzieło do drugiej. Kiedyś uważała, że wyrównywanie cen czynników produkcji, a więc też ujednolicenie, a w rezultacie równanie w dół jest czymś normalnym. Teraz zaczęła dostrzegać, jak bardzo winni sobie są młodzi ludzie. Przypominała sobie Ruch Oburzonych, któremu udało się wywalczyć coś naprawdę dużego. Pięć minut czasu antenowego. *I co zrobili? Spierdolili ten wywalczony czas w każdej nanosekundzie. Banda gówniarzy z okresu licealnego, którzy postanowili się oburzyć.* W TVN24 krążyła setka, jak lider ruchu powiedział na

NOWE OSIEDLE, DO ZAMIESZKANIA JEDEN KROK...
od 5999 pln m/2
NIE KUPUJĘ BO... ...W DOMACH Z BETONU NIE MA WOLNEJ MIŁOŚCI

antenie: „Jestem wkurwiony". *I to wszystko?* Nikt z nich nie raczył zauważyć, że nikt inni jak właśnie stażyści wyznaczają stawkę płac. I ta stawka jest równa zero. Wiedziała, że gdzieś trzeba zdobyć doświadczenie, sama je zdobywała, ale czuła, że model oparty na darmowej sile roboczej jest szkodliwy i dla osób już pracujących, i dla tych, którzy chcą wejść na rynek pracy. A wysługiwanie się darmowym stażystą stało się normą. Samo wkurwienie jest dobrą motywacją do zmian, ale trzeba je przecież jakoś detonować z głową. Samo wrzeszczenie po ulicach nic nie daje. Ze smutkiem też coraz częściej zauważała, że nie mieści się ani w ramkach społecznych, ani w politycznych. Nigdy nie była za modelem rozdawania ryb. Ona chciała wędkę. Ale z przykrością zauważała, że liberalizm gospodarczy, a więc syta prawica, nie istnieje. W Polsce była tylko prawica zawijająca się w polską flagę, wykrzykująca nacjonalistyczne hasła. Prawica, której całą wyobraźnię zajmowały związki partnerskie, zapłodnienia *in vitro* i inne zagadnienia, które w XXI wieku nie powinny budzić żadnych emocji na poziomie państwa. *Jak się komuś nie podoba, bo jest katolikiem, to niech nie zmienia prawa, tylko skorzysta z dostępnych mu narzędzi. Mogą nałożyć na mnie ekskomunikę za to, że sypiam z kobietą, a do tego bez ślubu. Gdyby prawicowe ugrupowania całą swoją katolicką, czyli z natury pełną miłosierdzia energię skupiły na rynku pracy, a nie na ściganiu Żydów/czarnych/zdrajców narodu itp., może coś dobrego by się z tego urodziło. I to bez potrzeby* in vitro.

Spała na kanapie, wtulona w Wyżła, który ciężko dyszał. Właściwie to nie był sen. Przez głowę przelatywały jej myśli, jak związać koniec z końcem, co z propozycją współpracy w Grupie HCl, na jakich warunkach miałaby ta współpraca się opierać i za ile. *Pierdolony stan prekariatu – nic nie mogę zaplanować, niczego ułożyć.* Zawsze miała świadomość, że luksus tzw. wolnych zawodów to w pierwszej kolejności wolność od pieniędzy, a dopiero potem – wolność planowania dnia. Ale to już zaakceptowała i nawet polubiła. Jednak nigdy nie przypuszczała, że kryzys będzie dla niej tak ciężki. Z letargu na kanapie wybił ją dźwięk zaczynających się wiadomości. Zestaw tematów obejmował:

podróż z Gdańska do Zakopanego (wiadomo – czas ferii zimowych), psie kupy na chodnikach pod roztapiającym się śniegiem (wiadomo – czas zimy) oraz oczywiście na deser historia niepełnosprawnego dziecka walczącego o rentę/świadczenia/mieszkanie. *Widocznie bez niepełnosprawnego dziecka wiadomości się nie liczą. Kto kolauduje te informacje? Gdzie informacje gospodarcze, gdzie ci ludzie mają szukać wiedzy o pracy, o ekonomii? No, gdzie?* Delikatnie odgrzebała się z koca, aby nie zbudzić Wyżła. *Lepiej bym zrobiła to wydanie* – pomyślała. Jednak czuła się jak izraelski myśliwiec, który musi startować w kierunku morza, bo zaraz po wzbiciu się w powietrze przekroczyłby granicę Syrii i zostałby zestrzelony. *Ja nawet nie mogę się wzbić w powietrze. A jak już to zrobię, ciągle ktoś do mnie strzela.*

Starym zwyczajem zeszła do garażu. Usiadła za kierownicą. Jednak żal jej było jeździć po mostach bez celu, bo nie posiadała nadwyżek gotówki na benzynę. Włączyła na pełny regulator płytę The Doors. Uznała, że na poziomie minus jeden nie będzie nikomu przeszkadzać, mimo że było grubo po dwudziestej trzeciej. W głośnikach Jim Morrison śpiewał: „This is the end/ Beautiful friend/This is the end/My only friend, the end /Of our elaborate plans, the end/Of everything that stands, the end/No safety or surprise, the end/I'll never look into your eyes... again".

– Przepraszam, ale co pani tutaj robi? – Ochroniarz budynku pukał w okno samochodu, a ona miała opartą głowę na kierownicy.

– Myślę – odpowiedziała zaskoczona.

– Ale jest noc, słychać w całym budynku... – dodał nieśmiało.

– Dobrze, dobrze, już wyłączam – odpowiedziała zaskakująco ciepło nawet dla siebie samej. Być może dlatego, że jeszcze niedawno na ochronę w swoim apartamentowcu patrzyła jak na bezproduktywnych dziadków, a dziś jak – na pracowników osiem złotych za godzinę.

Wysiadła z samochodu i skierowała się do windy. *Nie no, Suka, bez jaj* – spojrzała w lustro w windzie. – *Nie babraj się w tym mule na dnie, tylko jak już tam jesteś, znajdź tam coś. Poza tym nie jest jeszcze tak źle, aby słuchać psychodelicznego rocka tego alkoholika Morrisona. Facet nie miał wybitnie talentu do radości.* Wyżeł przywitał ją rytmicznym machaniem ogona, którym uderzał o kanapę. *Ogonem możesz wybijać metrum miłości. Coś czuję, że dziś to jest dwie czwarte.* Wyłowiła suczymi uszami takt. Pocałowała go i troskliwie okryła kocem. Ostatnio schudł i bardzo marzł.

Spotkanie dwóch samców alfa szybko weryfikuje, który z nich jest silniejszy. Czasem wystarczy, że na siebie popatrzą, a wtedy można uniknąć rozlewu krwi

W pośpiechu szukała białej koszuli ze spinkami do mankietów. Ponieważ jej szafa była dość monochromatyczna – biel, beże, szarości i czerń – przerzucała wieszak po wieszaku białe koszule, ale swojej ukochanej, szytej na miarę nie było. Nie lubiła kobiecych dramatów w stylu: „Nie wiem, w co się ubrać". Założyła proste jeansy i czarny golf. Włosy związała w koński ogon na czubku głowy. Co prawda, nikt w Grupie HCl nie puszczał do niej oczek, nie robił żadnych aluzji, jednak nauczona doświadczeniem, wolała mieć strój odsączony z wszelkiej seksualności. *Swoją drogą to ciekawe, że bycie kobiecym w odbiorze społecznym kłóci się z profesjonalizmem. Przecież to głupie. Jak jesteś kobieca i atrakcyjna, to możesz być pielęgniarką, przedszkolanką albo dziewczyną do towarzystwa.* Stąd kobiety zaczynające pracę w wielkiej czwórce (KPMG, Deloitte, PwC, Ernst & Young) pakowały się w męskie marynarki z poduchami, męskie sznurowane buty i bezkształtne spódnice. Tylko to nie był ich wybór, a wynik braku norm dla kobiet. Po prostu dekadę wcześniej kobieta mogła być tam zaledwie sprzątaczką albo sekretarką. W rezultacie na początku lat dziewięćdziesiątych na wybiegach królował minimalizm, który był nie tylko reakcją na gospodarcze prosperity, lecz także odpowiedzią na potrzeby kobiet, które musiały się ubrać do pracy i zarządzać podśmiewającymi się gnojkami rzucającymi komentarze w stylu: „Pani dyrektor coś nie w formie, pewnie ma okres". Spojrzała w lustro z zadowoleniem. Jeansy, golf, okulary. *Wszystko dobrze – wszystko gra. Jestem aseksualną profesjonalistką* – sama się uśmiechnęła do siebie na myśl o kategorii nadanej sobie.

Jechała na spotkanie, tym razem bez Marianny. W radiu wypowiadał się właśnie specjalista od zachowań psów. „Samiec alfa znajduje się w odosobnieniu od swojego stada, on nawet nie musi pokazywać wyższości nad pozostałymi członkami. Wszystkie psy to wiedzą. Samcowi alfa nikt nie patrzy w oczy. Samiec alfa wymusza zachowanie innych członków, ale nie agresją, bo bez sensu jest osłabiać stado. W końcu muszą razem polować, więc takie zachowanie byłoby dla stada niekorzystne". Gdy dojeżdżała do Grupy HCl, ekspert informował: „Próba kopulacji pupila na przykład z naszą nogą nie musi oznaczać tego, że nasz pies chce mieć szczeniaki. Takie ruchy frykcyjne i to, że pozwalamy mu na siebie wskoczyć, to też forma dominacji". *A więc jednak ubranie aseksualne w pracy ma jakiś sens. W końcu tak daleko od wilków nie odskoczyliśmy.* – Narzuciła płaszcz starannie rozłożony na tylnym siedzeniu, i poszła w kierunku windy.

Przy owalnym stole siedzieli: Ewelina o wyglądzie żaby, grafik z rozbieganym wzrokiem, sam mistrz Wrański, jakiś wysoki i chudy chłopak oraz kolejna nieznajoma twarz w jaskrawoczerwonych trampkach. Nawet nie próbowała się domyślić, czym się zajmują dwie nowe twarze, bo pewnie i tak by nie trafiła. Wrański od razu pozbył się Eweliny i wysłał ją po herbatę i wodę dla pozostałych – najwyraźniej ktoś wyniósł wreszcie nieestetyczne zgrzewki wody mineralnej od ostatniego spotkania. Dziewczyna z żabim uśmiechem rzuciła się w kierunku drzwi, aby spełnić prośbę szefa. Suka pomyślała – *Samiec alfa wymusza zachowanie innych członków, nie okazując agresji.*

– To możemy zaczynać – rozpoczął spotkanie, biorąc do ręki swoją ulubioną zabawkę: iPada mini. Nikomu tradycyjnie nie patrzył w twarz. *Samiec alfa nikomu nie patrzy w oczy.*

– Tak, możemy – potwierdził facet w trampkach.

– Więc myśleliśmy o twoim pomyśle na telewizję Precel.tv i podoba nam się – Wrański nadal wodził wzrokiem po ekranie iPada. – Ale myślimy, że poza tym, że masz pomysł na to i wizję, to chciałbym, abyś prowadziła takie programy. Nagrywała setki, chodziła na imprezy i rozmawiała z gwiazdami.

– Ale ja się do tego nie nadaję... – jęknęła Suka, która raz w życiu była na pokazie mody znanego projektanta i od ilości lansu i bounsu w powietrzu natychmiast dostała alergii oddechowej.

– Aha! I ważne, abyś robiła to w jakimś seksownym stroju. Obcisłe spodnie czy coś – kontynuował Wrański. *Samiec alfa ma prawo do wszystkich przejawów seksualnych zachowań* – przypominała sobie w myślach audycję radiową.

– A skąd taki pomysł? To nie jest mój wizerunek. Poza tym chyba nie mogę ciągnąć projektu od strony organizacyjnej i wizerunkowej – broniła się Suka, usilnie próbując zajrzeć Wrańskiemu w oczy. *Co silniejsze osobowości, które chcą przejąć pozycję alfy, zaczynają patrzeć w oczy przewodnikowi stada.*

– A kto powiedział, że ty masz się tym zająć? Tym się zajmie jakiś doświadczony product manager. – Tutaj spojrzał na wysokiego, chudego i wylęknionego chłopaka. *Samiec alfa rozdziela zadania podczas polowania oraz dzieli zdobycz.*

– Przecież jeśli wymyślam coś od początku do końca, powinnam za produkt też odpowiadać od początku do końca.

– Nie, nie uważam tego za dobre rozwiązanie. – Ewelina wróciła z herbatą i wodą. – Dziękuję, możesz nas zostawić – zwrócił się do niej, zmieniając iPada mini na iPada w regularnym rozmiarze.

– Nawet jeślibym się zgodziła, to na jakich warunkach miałabym współpracować? – Sucze myśli na chwilę wróciły do ukochanego Wyżła i stanu konta, który był bliski zeru.

– Umowę podpiszemy pod koniec miesiąca, ale tymczasem zanim zaczniesz dla nas coś robić, musisz podpisać umowę poufności – udzielił odpowiedzi Wrański, muskając palcem czule swój ukochany sprzęt. *Samiec alfa nie okazuje uczuć* – Suce nadal dźwięczała w uszach audycja. – To jest nasz prawnik Łukasz Pień. – Chłopak wręczył jej pięciostronicową umowę.

Przerzuciła ją szybko z długopisem w ręku i już na drugiej stronie zauważyła coś, co ją zaniepokoiło.

– Moment, przecież zapis, że „za jakiekolwiek naruszenie praw Grupy HCl będę zobowiązana zapłacić pół miliona złotych na jednorazowe wezwanie Grupy HCl" jest niedorzeczny. Może być to naruszenie praw, ale z dopiskiem: „naruszenie stwierdzone prawomocnym wyrokiem sądowym", poza tym ta kwota jest z księżyca. Przecież nawet nie wiem, ile będę zarabiać. Jak rozumiem, ta umowa podlega negocjacji?

– Nie – odpowiedzieli chórem.

– To chyba jakieś żart? Podpisał wam ktoś coś tak skonstruowanego?

– Tak. Wszyscy – odpowiedział Pień, a Suka stwierdziła, że jeśli ludzie mediów podpisują taki wyrok na siebie, to stąd wiadomo, jaka jest kondycja intelektualna mediów. – Podpisz, co ci szkodzi? – Próbował ją przekonać prawnik Pień.

– Wiesz co? Ja mam inny pomysł. Ja podpiszę umowę o poufności, jak Grupa HCl podpisze umowę o treści: „Za jakiekolwiek naruszenie względem mnie zapłacicie mi odszkodowanie na moje jednorazowe wezwanie pół miliona złotych". Podpisz. Co ci szkodzi? – *Ruchy kopulacyjne mają na celu tylko ustawienia hierarchii i podległości,* nadal myślała o konstrukcji stada ludzkiego po programie radiowym.

Zapadła niezręczna cisza, a Wrański przeniósł wzrok na Sukę ze swojego iPada. Ich spojrzenia pierwszy raz się spotkały. *Jeśli dochodzi do konfrontacji samca alfy z drugim samcem alfą, jeden z nich będzie musiał odejść ze stada i stworzyć swoje własne.*

– No to chyba na tyle – Suka wstała i wyprostowała się. *Samiec alfa zawsze chodzi wyprostowany.* – Raczej się nie dogadamy.

Ruszyła w kierunku wyjścia. Nikt nie próbował jej zatrzymać. *Kurwa mać, nikt nie będzie mnie dymał* – pomyślała, zaciskając w dłoni klucz do samochodu.

Grupa HCl wprowadziła jej założenia punkt po punkcie, które zaprezentowała na pierwszym spotkaniu. Nigdy nikt nie zapłacił jej za pomysły. *Samiec alfa szybko musi znaleźć sobie swój punkt odniesienia, bo nie potrafi się odnaleźć w sytuacji podległości.*

Wyżeł spał na kanapie, coraz rzadziej miał ochotę na spacer. Czekała ją ważna decyzja. Śnieg zalegający ciągle za oknem mimo kwietnia w kalendarzu działał na nią dołująco. Jednak tym razem wakacje nie wchodziłyby w rachubę. Nic by nie pomogły, a zresztą nie było jej tym razem na nie stać. Ograniczyła wydatki do minimum. Czuła, że powinna zawiesić działalność gospodarczą, bo preferencyjny okres składek zdrowotnych i ZUS się kończył, a nie miała ochoty wyrzucać w niepewny organizm ZUS-owski tysiąca złotych miesięcznie. Nagle się okazało, że kwota, którą jeszcze pół roku temu wydawała na kilka kolacji, stała się ogromna i ważna w budżecie domowym. Wiedziała, że część jej znajomych nie ma żadnego ubezpieczenia zdrowotnego, ale ona nie chciała ryzykować. Pijąc gorącą herbatę z miodem przy idealnie startym szklanym stole, wygooglała numer infolinii do NFZ, a zaraz potem go wybrała.

– NFZ, słucham – odpowiedział bardzo młody głos w słuchawce.

– Dzień dobry, chciałam się dowiedzieć, jak mogę się ubezpieczyć zdrowotnie jako osoba fizyczna – zaczęła między jednym łykiem herbaty a drugim.

– A ma pani działalność?

– Mam, ale chcę właśnie zawiesić – Suka węszyła jakiś problem, bo w końcu już na początku zadała pytanie o osobę fizyczną.

– Aha!… A ma pani męża? – zapytał młody głos.

– Nie mam – *Co to, kurwa, za pytanie?*

– Bo gdyby pani miała… – próbował błysnąć inteligencją i erudycją głos.

– …wiem, wiem, gdybym miała, tobym miała ubezpieczenie na męża. No ale tak się składa, że nie mam, dlatego dzwonię – *Swoją drogą gdybym miała żonę, żadne ubezpieczenie by mi nie przysługiwało* – szybko podsumowała w myślach.

– A ma pani rodziców? – *Skąd tych konsultantów tam biorą? Ta kobieta czyta pytania z kartki czy jak? Ona ma przeprowadzić proces w głowie zwany logicznym wnioskowaniem z użyciem ustawy.*

– Tak się składa, że mam. – *Choć właściwie ojciec już dawno wylogował się z tej funkcji społecznej* – ale, proszę pani, ja już mam skończone dwadzieścia sześć lat i już nie studiuję. Rodzice mi nic tu nie pomogą.

– Aaaaa… – westchnęła z rezygnacją konsultantka. – No, gdyby pani jeszcze była w ciąży, to na książeczkę ciąży też jest ubezpieczenie.

– Proszę pani! – wrzasnęła Suka do słuchawki zniecierpliwiona absurdalną rozmową. – Nie jestem w ciąży, nie mam męża i jestem dorosła. Chcę się ubezpieczyć. Na takich warunkach, że ja po prostu płacę, a wy mnie ubezpieczacie. I jak mnie przejedzie tramwaj i mnie ktoś zeskrobie z chodnika, to jak dostanę papier do podpisania, czy jestem ubezpieczona, to go podpiszę, że jestem. Rozumie pani?

– Tak, rozumiem, ale to chyba na szkoleniu tego nie było, musi pani chyba podpisać jakąś umowę z NFZ – pisnęła przestraszona dziewczyna.

– Dobrze – lekko zirytowana Suka próbowała złapać oddech. – Skąd mam tę umowę wziąć i jaka jest kwota składki?

– To ja nie wiem – odpowiedziała ze smutkiem dziewczyna.

– Dobrze, dziękuję, dowiem się gdzie indziej. – Sucze uszy po tonie głosu zwizualizowały studentkę, pewnie na bezpłatnym stażu w NFZ, która siedzi tam po osiem godzin za darmo z wmontowaną słuchawką w uchu i której w głowie się nie mieści, że są ludzie starsi od niej, którzy studia już skończyli, a męża nie mają. – Dziękuję jeszcze raz za wyczerpujące informacje.

Teraz rozumiem, dlaczego tak wiele osób nie płaci ubezpieczenia zdrowotnego. Dowiedziałam się z tej rozmowy, że państwo jako gwarant mojej opieki zdrowotnej proponuje mi męża albo ewentualnie ciążę. Świetnie, kurwa, no po prostu świetnie.

Drżącą ręką wzięła telefon do ręki i wybrała numer taksówki. Wyżeł cierpiał i nie było sensu tego cierpienia przedłużać. Musiała podjąć decyzję, jaką podjęłaby wobec każdego cierpiącego przyjaciela. Ludzkiego też. Nawet optymistycznie doszła do wniosku, że dobrze że Wyżeł jest psem, bo gdyby był człowiekiem, eutanazja nie byłaby tak łatwa. Owinęła go kocem i wzięła na ręce. Kiedyś czterdzieści kilo, teraz zaledwie trzydzieści. Wyżeł pełen ufności pozwalał się przerzucać jak szmaciana lalka. *Może i ustawiamy relacje ludzkie jak w stadzie wilków albo i psów, ale do poziomu ich miłości ludziom jeszcze daleko. Coraz bardziej mnie rozczarowuje* homo sapiens.

Siedziała na tylnym siedzeniu taksówki z wyżłowym łbem na kolanach. Nie chciała jechać samochodem, chciała ostatni raz być blisko niego. W głośnikach auta usłyszała pierwsze takty kupletu Starszych Panów: „I znaleźliśmy się w wieku trudna rada,/ że się człowiek przestał dobrze zapowiadać". Suka pomyślała ponownie o swojej pracy, a raczej o jej braku. Wszędzie słyszała ludzi mówiących, że pewna era się kończy, że transformacja rynku, kryzys i ogólna apokalipsa. Strasznie nie lubiła tego starczego tonu w ustach młodych. Jeśli była w stanie wybaczyć takie kwękanie Pee, to tylko dlatego, że osoby dojrzałe, gdy wpadają w ton, że „kiedyś to były czasy", wspominają po prostu swoją młodość. *Kryzys, kryzysem, nie pierwszy raz w Europie jest kryzys, w latach trzydziestych też był i jakoś wszyscy to znieśli.* Przypomniała sobie, że Niemcy mieli wtedy 40-procentowe bezrobocie. Bała się narodowców i ugrupowań na siłę szukających winnego, ale wierzyła, że z tej transformacji rynkowej musi coś się narodzić. Życie nie znosi próżni. Musi być jakaś praca, jakieś możliwości. Nawet w dobie powszechnego outsourcingu i bezpłatnych staży.

Z tych rozważań wybił ją taksówkarz, który podgłośnił wiadomości w radiu.

– Wie pani, ja to już nie mogę patrzeć, co się w tym kraju dzieje – zaczął rozmowę, choć Suka wybitnie nie miała ochoty w nikim rozmawiać.

– A co się dzieje? – odpowiedziała, ciągle czule głaszcząc przysypiającego Wyżła po łbie. Myślami była zupełnie gdzie indziej.

– No, bezrobocie, proszę pani, te podatki, to złodziejstwo w rządzie.

– I co pan proponuje? Jak to zmienić? – Tępo patrzyła się na zimowy krajobraz.

– Wie pani, Polacy to są durni, Francuzi to by wyszli na ulicę, rewolucję zrobili – ciągnął taksówkarz.

– Tak, faktycznie, Francuzi mają długą tradycję, jeśli chodzi o rewolucję – rzuciła sarkastycznie. – Ale co pan chciałby zmienić? Samo wyjście na ulicę jest tylko środkiem, i to dość gwałtownym, na wprowadzanie zmian. Może nie rewolucja, a ewolucja? Co chciałby pan konkretnie osiągnąć? Trzy najważniejsze rzeczy.

– No, tak to nie wiem.... eee... no, sam nie wiem.

– Wie pan co? Myślę, że w tym kraju nigdy nie było tak dobrze od dwudziestu lat. Mamy generalnie w całej rozciągłości pełen dobrobyt, jesteśmy bezpieczni, nie mamy wojny. Czujemy się obywatelami świata. Mamy zaledwie chwilowe i przejściowe trudności gospodarcze. Nie może być wiecznej hossy. Ale proszę mi wierzyć, ci którzy przetrwają, będą najsilniejsi. Ile płacę? – Sama nie wierzyła do końca w to, co mówi, ale w końcu samiec alfa nie ulega emocjom.

Wytaszczyła Wyżła w kocu i weszła do kliniki weterynaryjnej. W kolejce czekały trzy osoby. Pacjenci – dwa koty, jeden pies. *Nigdy nie lubiłam kotów* – pomyślała – *z wyjątkiem Behemota z „Mistrza i Małgorzaty". Miał poczucie humoru, ale czy każdy kot tak ma? Nie mam pewności.* Umówiła się na konkretną godzinę i była punktualnie. Chciała mu oszczędzić czekania i stresu. Rozejrzała się po zwierzakach i chyba żaden z nich nie był w tak ciężkim stanie jak Wyżeł. Usiadła z nim na kolanach, obok starszej pani trzymającej jamniczka, który natychmiast wyciągnął pysk, aby obwąchać Sukę.

– Fajnie ma pani, ma pani stosunkowo długi jeden głask do wielkości psa. Jamnik to wybitnie pies do głaskania, tak sobie myślę… – wymamrotała sama do siebie i przypomniała sobie nagranie „Jak działa jamniczek" Antonisza.

– A co się stało pani pieskowi? – zapytała zaskoczona kobieta, która nie do końca wiedziała, co Suka ma na myśli.

– Nic. To znaczy już nic. – Łzy same napłynęły jej do oczu, a nos zrobił się czerwony. – Przyjechałam go uśpić. Ma białaczkę, chyba powinniśmy wejść bez kolejki. Nie chcę, aby tu czekał, rozumiecie państwo? – zwróciła się do pozostałych.

– Tak, jasne, oczywiście – poburkiwało towarzystwo z poczekalni, które natychmiast mocniej przycisnęło swoich pupili na kolanach i każdy szybko obrócił głowę. Wszyscy wiedzieli, że kiedyś w końcu przeżyją swojego najlepszego przyjaciela.

Spędziła najbardziej ciche, głuche i puste dni w swoim mieszkaniu.

Po drugiej dobie od wyjścia z gabinetu weterynaryjnego złapała taksówkę i pojechała do matki. *Mama pełni funkcję ABS, kontroli trakcji i poduszek powietrznych* – pomyślała, siedząc u niej na kanapie z zatkanym nosem od płaczu. Piła zrobioną przez nią herbatę z wkładem z procentami, mały włochaty york spał na jej stopach, a ona usiłowała dojść do siebie.

– Mamo, jest jeszcze coś, o czym ci nie mówiłam – zaczęła Suka.

– Co? – odpowiedziała zaskoczona matka znad filiżanki z kawą.

– Nie mam pracy.

– Jak to nie masz? Przecież pracujesz.

– Nie, właśnie nie pracuję.

– Od kiedy?

– Od grudnia.

– Masz pieniądze, szukasz czegoś?

– Szukanie pracy to jakaś farsa. Wszyscy chcą stażysty za darmo, a najlepiej, jakbym w ogóle dopłaciła, że mnie zatrudnili.

– A jak szukasz?

– Wysyłam CV, chodzę na rozmowy. Na wszystkie sposoby. Jest jeszcze taka grupa zatrudniających, co by mnie chętnie przeleciała.

– To nic nowego. Jak widać, świat się tak bardzo nie zmienił od ostatnich dwudziestu pięciu lat – matka parsknęła śmiechem.

– Mamo, ja nie widzę tu nic śmiesznego, czuję się fatalnie, kompletnie nieprzydatna, muszę coś robić, bo zwariuję – zawyła zrozpaczona Suka. *Samiec alfa tylko przed innym samcem alfa pokazuje swoje najczulsze punkty, czyli podbrzusze.* – Pomijając ten drobny fakt, że jestem spłukana do zera.

– Zaraz, zaraz. Nie rozumiem. Ty, jako osoba kompletnie niepotrafiąca znaleźć się w pozycji podległości oraz nieakceptująca układów feudalnych, szukasz pracy przez wysyłanie CV? I chcesz pracować w korporacji? U kogoś w firmie?

– A masz inny pomysł?

– To ty go musisz mieć. Pomysł na siebie. Na co czekasz? Na pieprzonego Godota? Co najbardziej lubisz robić?

– Montować obrazki, filmy i opowiadać historie. – Ta odpowiedź wypłynęła z niej w naturalny sposób.

– To kręć filmy dokumentalne. I później je sprzedaj. Bądź partnerem w dyskusji z firmami, a nie jednym z wielu aplikujących. Rób coś od początku do końca. Miej gotowe produkty, a nie jedynie pomysł. Tego nikt nie doceni, a zaledwie wysłucha i zrealizuje jako swój projekt. Nie czekaj, że ktoś ci coś umożliwi. Bierz los w swoje ręce. Zrób to sama.

Wyżeł siedział przy stole, a w łapach trzymał czerwoną książeczkę z charakterystycznym, białym krzyżykiem. Obudziła ją lampa zapalona przy biurku matki.

– Wyżełku, co tam masz?

– Paszport szwajcarski. Postanowiłem zostać Szwajcarem. Lubię zegarki, czekoladki i Alpy. – Układał na blacie obok paszportu papierosy i zapalniczkę firmy Zippo.

– Ale dlaczego tak?

– Pamiętasz Helwetów? W pierwszym wieku przed naszą erą chcieli przenieść się z Wyżyny Szwajcarskiej na południe. Aby nie dać sobie możliwości powrotu wcześniej spalili wszystkie swoje wsie i miasta. Przygotowywali się do tej wyprawy dwa lata, gromadzili żywność i zwierzęta zaprzęgowe. – Wyjął z paczki papierosa i zaczął obracać go w łapach.

– I co było dalej? – zapytała Suka, podpierając głowę obiema dłońmi.

– Nie wyszło im. Juliusz Cezar zawrócił ich w okolicach Rodanu poniżej Genewy i musieli wszystko odbudować. Ponieśli druzgocącą klęskę. – Wyżeł zapalił marlboro i zaciągnął się dymem ze smakiem. – A wiesz, co jest najlepsze?

– Co?

– Że dziś nikt ze Szwajcarii uciekać nie chce. – Puścił do niej oko. – Jakoś się z tej klęski podnieśli. Czasem warto coś zacząć od zera.

Nigdy więcej Wyżeł się jej nie przyśnił.

Epilog

Pierwszy raz od kilku miesięcy miała się spotkać z Jurkiem. Właściwie nie wiedziała, po co jedzie do „Czułego Barbarzyńcy" na ulicę Dobrą. Jerzy zniknął z jej życia w czasie jej największych problemów. *Może nie zdawał sobie sprawy, w jaki ciężkiej sytuacji jestem.* Wtedy nie oczekiwała wiele, tylko potrzebowała z kimś pogadać. Tylko i aż tyle.

– Cześć. – Wbiegła zdyszana do środka. Wiosna ma być w pełni, ale wieczorami całkiem chłodno. Rzuciła płaszcz na fotel i ruszyła zamówić sobie kawę. Żadnej kolejki, więc szybko wróciła do stolika z filiżanką w dłoni.

– A mnie nie zamówiłaś? – Suce przypomniało się, że faktycznie ostatnio to Jurek płacił za nią. *Ale aby tak czekać na dziewczynę o dwadzieścia lat młodszą o suchym pysku i przez trzydzieści minut? Bo tyle się spóźniła.* – Nie zauważyłam, że nic nie masz. Już ci kupuję.

– Dziękuję. – Okrągły Jerzy rozsiadł się w fotelu. – No więc kręcisz filmy dokumentalne? O współczesnych kobietach?

– Tak – odpowiedziała, cała rozpromieniona. Przed kilkoma tygodniami zaczęła swoje pierwsze produkcje za pieniądze pożyczone od matki i chociaż jeszcze na tych filmach nic nie zarobiła, widziała perspektywę, że będzie to jej zawód i jej praca od początku do końca. Praca, w której to ona dobiera sobie współpracowników i kształtuje stado. – To początek, ale cieszę się, że robię coś tylko na swój rachunek.

– To świetnie, świetnie – mruczał Jurek. – A mam do ciebie prośbę, bo skoro już to robisz, mogłabyś mi zbudżetować koszty produkcji takiego filmiku? Bo chciałbym u mnie w wydawnictwie na stronie coś takiego zrobić, ale nie wiem, ile to kosztuje.

Suka znieruchomiała, a kawa stanęła jej w gardle.

– Wiesz, w ogóle świetnie sobie poradziłaś. Tak sobie myślę, że dobrze, że nigdy ci nie pomogłem. Wiedziałem, że spadniesz na cztery łapy. – Śmiał się sam do siebie, najwyraźniej nie zauważając zmarszczonych brwi Suki.

Tylko po to mnie zaprosiłeś na kawę, nędzny gnoju, za którą jeszcze sama płacę, aby zdobyć jakieś informacje za darmo? Jeszcze się przyznajesz do tego, że nigdy mi nie pomogłeś? Chyba relacje przyjaźni istnieją naprawdę tylko z psem.

– Wiesz, Jurku, jak mnie zaprosisz na rozmowę do twojego wydawnictwa, jako partnera do rozmów, ja zrobię szkic budżetu, a później wystawię fakturę, to się dowiesz, ile taka produkcja kosztuje. – Dopiła na jednym oddechu kawę, parząc sobie gardło i język, i wstała. – Wiesz, coś czuję, że moje auto jest brudne, a myjnie zamykają za pół godziny. Muszę lecieć. Cześć.

– Tak nagle? – zapytał zaskoczony Jerzy.

Suka nigdy więcej nie odebrała od niego telefonu ani nie odpisała na SMS-a.

Jeszcze jeden pokemon z kolekcji Facebooka kompletnie nieprzydatny do niczego.

Grupa HCl położyła projekt telewizji internetowej. Okazało się, że jedynym doświadczeniem, jakie miał ich „doświadczony" product manager, był udział w talent show. Praktyka pokazała, że to trochę za mało. Wrański z przyklejonym i rozjechanym uśmiechem na twarzy tłumaczył się portalom branżowym w stylu swojej ulubionej nowomowy: „Nie zamykamy, ale relaunchujemy, bo to rynkowo bardziej pragmatyczne". Co tak naprawdę znaczyło: „Polegliśmy, nie umieliśmy tego zrobić, jesteśmy do dupy".

Agencja prasowa nadal stale zatrudnia jakieś trzydzieści procent stażystów pracujących za darmo. W okresie wakacyjnym ta grupa zwiększa się do czterdziestu procent.

Agencja reklamowa dalej robi wielomilionowe kampanie, a ich account manager posługuje się własnym autem.

Suka nadal nie ma męża, a nawet gdyby miała żonę, i tak nie byłaby ubezpieczona.

Marianna, zanim padł projekt telewizyjny, została zwolniona. W momencie jak stała się rozpoznawalna, paparazzi zrobili jej zdjęcia, jak całuje się z dziewczyną. Zdjęcia trafiły na Precla. Wrański zwolnił ją w trybie natychmiastowym, argumentując, że nie będzie tolerował takich zachowań.

Suka nigdy więcej nie ujrzała Furtki z Firmy ani nie spotkała się z Karolem. Postanowiła ograniczyć kontakty z ludźmi do zera i skupić się na pracy.

Długo oczekiwana wiosna przyszła później, ale za to z pełnym rozmachem. Suka jechała na spotkanie z matką. Pierwsze ogródki szybko wyrosły przy zielonych skwerach Powiśla. Słuchała piosenki: „Jeszcze w zielone gramy/Jeszcze nie umieramy/Jeszcze któregoś rana odbijemy się od ściany/Jeszcze wiosenne deszcze obudzą ruń zieloną/Jeszcze zimowe śmieci na ogniskach wiosny spłoną".

– Mamo, chyba kogoś poznałam. – *Pierwsze słoneczne promienie sprawiają prawdziwą radość* – pomyślała.

– Tak? Kogo? – Matka zapaliła cienkiego papierosa.

– Jest jeszcze bardzo młody, ale czuję, że będzie moim prawdziwym przyjacielem. I nie mogę go zabrać jeszcze z hodowli. Ale wiesz... – zawiesiła głos – zawsze chciałam być dziewczyną z beaglem.

Suka mogłaby udać się na Mazury lub w Bieszczady w poszukiwaniu siebie i mężczyzny swojego życia. Mogłaby ewentualnie zacząć jeść, modlić się, kochać. Ale zawsze uważała, że poczucie bezpieczeństwa bierze się wyłącznie z oparcia w samej sobie. Trzy miesiące później sprzedała swój pierwszy serial dokumentalny „Stażyści" – o młodych ludziach zaczynających pracę. Miesiąc później jej przyjaciel Beagel pojawił się u niej w domu.

KUCYK